被开拓的诗世界

程千帆 莫砺锋 张宏生 著

凤凰出版社

图书在版编目（ＣＩＰ）数据

被开拓的诗世界 / 程千帆，莫砺锋，张宏生著.
南京：凤凰出版社，2024. 6. -- ISBN 978-7-5506
-4213-3

Ⅰ. I207.227.423-53
中国国家版本馆CIP数据核字第2024WN9781号

书　　　名　被开拓的诗世界
著　　　者　程千帆　莫砺锋　张宏生
责 任 编 辑　许　勇
装 帧 设 计　陈贵子
责 任 监 制　程明娇
出 版 发 行　凤凰出版社(原江苏古籍出版社)
　　　　　　发行部电话025-83223462
出 版 社 地 址　江苏省南京市中央路165号,邮编:210009
照　　　排　南京凯建文化发展有限公司
印　　　刷　南京凯德印刷有限公司
　　　　　　江苏省南京市江宁滨江开发区宝象路16号，邮编:210001
开　　　本　890毫米×1240毫米　1/32
印　　　张　5.875
字　　　数　147千字
版　　　次　2024年6月第1版
印　　　次　2024年6月第1次印刷
标 准 书 号　ISBN 978-7-5506-4213-3
定　　　价　48.00元
　　　　　　(本书凡印装错误可向承印厂调换,电话:025-52603752)

目　次

杜诗集大成说

程千帆　莫砺锋

一

在中国古典诗歌史上,杜甫占有特别重要的地位。前人论杜,或誉之为"集大成"①,或誉之为"诗圣"②,在封建社会中,这样的称誉是至高无上的。自从孟子用"集大成"这个词赞美孔子以来③,有哪位诗人能戴上这顶神圣的桂冠而不被认为僭越? 只有杜甫。这表明,绝大多数人都承认,杜甫在中国古典诗歌史上的地位就像孔子在中国古代思想史上的地位一样,是无与伦比的。

那么,为什么本来是用来赞美孔子的"集大成"这个概念也能很恰当地移来赞美杜甫?"集大成"的哲学内涵与文学内涵有什么相通之处呢?

孟子说:"孔子,圣之时者也。孔子之谓集大成。集大成也者,金声而玉振之也。金声也者,始条理也;玉振之也者,终条理也。"④又说:"充实之谓美,充实而有光辉之谓大,大而化之之谓圣,圣而不可知之之谓神。"⑤孟子对孔子的赞颂,至少包含有这么几层涵义:一、顺应

---

① 见陈师道《后山诗话》引苏轼语,又见秦观《韩愈论》,《淮海集》卷二二。
② 见杨慎《升庵诗话》卷七《评李杜》条。
③④ 见《孟子·万章下》。
⑤ 《孟子·尽心下》。

时代潮流,体现时代精神。《易经》"随"卦说:"随,元亨利贞,无咎。"《象》曰:"随,刚来而下,柔动而说。随,大亨贞,无咎,而天下随时,随时之义大矣哉!"①可见儒家是很重视"随时"的,孟子称孔子为"圣之时者",正是意识到孔子产生于中国思想史上第一次出现的新旧交替的大时代以及孔子承担了时代所赋予的历史使命这样两点事实。二、充实完整,也即和谐。孔子总结、发扬了他以前的一切思想遗产,他的学说构成了一个充实而完整的思想体系,颜渊惊叹这个体系的无所不包:"仰之弥高,钻之弥坚,瞻之在前,忽焉在后。"②孟子称其"金声玉振",正是意识到孔子的学说有其内在的和谐性。焦循解释孟子的话说:"程大昌《演蕃露》云:'《管子》曰:玉有九德,叩之其音清专彻远,纯而不杀乱也。'此诸家之言孔子玉振者。曰:其谓终条理者,为其叩之,其声首尾如一,不比金之始洪终杀,是为终条理。按:始条理,《音义》云:本亦作治条理……金声有杀,以玉振扬之,所谓治之使条理也。杀则细,振以终之,则其声不细矣……金,镈钟也,声以宣之于先。玉,特磬也,振以收之于后。条理是节奏次弟。金以始此条理,玉以终此条理,所为集大成也。"③这段话可以帮助我们理解这一点。三、崇高。孟子说:"自有生民以来,未有孔子也。"④《孟子》中还记载孔子弟子有若之言:"麒麟之于走兽,凤凰之于飞鸟,泰山之于丘垤,河海之于行潦,类也。圣人之于民,亦类也。出于其类,拔乎其萃,自生民以来,未有盛于孔子也。"⑤又载曾参之言:"江汉以濯之,秋阳以暴之,皓皓乎不可尚已!"⑥这说明孟子意识到孔子思想和人格的伟大,无可比拟,也就是崇高。

① 《周易注疏》卷三。
② 《论语·子罕》。
③ 《孟子正义·万章下》。
④⑤ 《孟子·公孙丑上》。
⑥ 《孟子·滕文公上》。

值得注意的是,上面所说的"集大成"的基本涵义,虽然在本质上属于哲学范畴,但同时又具有美学上的意义。无论在东方还是在西方,体现时代精神以及和谐、崇高,都是美学的基本范畴。而美学一方面"侧重文艺理论","根据文艺实践作出总结,又转过来指导文艺实践"①,另一方面也要服从认识论的总的规律,"从实践到认识,再回到实践"①,也就是说,美学是沟通哲学和文艺学的一座桥梁。"集大成"这个具有丰富美学内涵的哲学概念可以相当顺利地转化为文学概念,而哲学家孔子头上的这顶桂冠移到诗人杜甫的头上仍显得那么合适,这无疑是主要的原因。

二

秦观说:"杜子美之于诗,实积众家之长,适当其时而已。……呜呼,杜氏、韩氏,亦集诗文之大成者欤!"②秦观所强调的"适其时",也就是《易经》中的"随时之义"。在我们今天看来,杜甫创作中所体现的时代精神至少包括下面两方面的意义:

第一,杜甫所处的时代是社会急剧变化的大时代,正是这个时代孕育了我们的诗圣。

杜甫生于唐睿宗太极元年(712),卒于唐代宗大历五年(770),他的一生经历了玄宗、肃宗、代宗三个皇帝的统治,那正是唐帝国由盛转衰的一个急剧变化的大时代,爆发于天宝十四载(755)的安史之乱就是这一转变过程的关键。如果我们把杜甫二十岁之前的少年时代略去不计,那么安史之乱的爆发就正好是他后三十年生涯的中点。人们在谈到杜甫的时代背景时,常常强调安史之乱以后那个万方多难的大

---

① 见朱光潜《西方美学史》,人民文学出版社 1979 年第 2 版,第 4 页。
② 《韩愈论》,《淮海集》卷二二。

动乱时代。其实,对于诗人的成长来说,安史之乱以前的时代也同样重要。如果杜甫没有经历"开元盛世",没有亲眼看到"稻米流脂粟米白,公私仓廪俱丰实。九州道路无豺虎,远行不劳吉日出。齐纨鲁缟车班班,男耕女桑不相失"①的太平景象,他就不可能对破坏那个太平盛世的乱臣贼子怀有那么深刻的仇恨。当然,如果他没有经历安史之乱,没有亲眼看到"况闻处处鬻男女,割恩忍爱还租庸。……万国城头尽吹角,此曲哀怨何时终"②的乱离景象,他就不可能对处于水深火热之中的广大人民怀有那么深厚的同情。所以我们在考察杜甫的时代时,不能把目光局限于某一个阶段,而应看到那个历史时代的整体和全貌。

唐代从贞观到开元的一百年间,虽然政治上也出现过比较混乱的阶段,整个封建经济还是在稳定地发展。到了开元时代,唐帝国达到了隆盛的顶点。但是与此同时,帝国内部所隐藏着的各种矛盾也在不停地孕育、滋生、激化。到了天宝年间,帝国实际上开始走下坡路了。皇帝昏愦荒淫,外戚骄奢淫佚,奸臣勾心斗角以争权,边将轻启边衅以邀功,朝政和整个社会日趋黑暗。正在这个时候,杜甫来到唐帝国的京城长安。仿佛是命运的有意安排,在那个以诗赋取士的时代,杜甫却偏偏科场蹭蹬。他在开元二十三年应试不第,天宝六载应制举又被李林甫黜落,天宝十载献《三大礼赋》,也没有得到一官半职。这样,诗人就在长安过了十年"卖药都市,寄食友朋"③的贫困生活。对于要想"致君尧舜上,再使风俗淳"④的杜甫来说,那是一段多么辛酸的岁月!可是对于日后要登上古典诗歌高峰的杜甫来说,那又是一段多么幸运的经历!如果杜甫科场得意,或通过其他途径而挤进了统治集团,那

---

① 《忆昔》,《杜诗镜铨》卷一一。

② 《岁晏行》,《杜诗镜铨》卷一九。

③ 《进三大礼赋表》,《杜诗详注》卷二四。

④ 《奉赠韦左丞丈二十二韵》,《杜诗镜铨》卷一。

么,即使他能够独善其身而不同流合污,但优越的政治地位和优裕的物质生活必然会使他离帝王权贵较近而离下层人民较远。这样,他就无法看清那隐藏在花团锦簇的繁荣外表下面的人民苦难与社会危机了。在《饮中八仙歌》中,我们曾找出了杜甫最初从浪漫主义者群体中游离出来而走上了现实主义道路的依据①。而《前出塞》《兵车行》《丽人行》等一系列诗篇更表明诗人在清醒之后,立即冷静地观察社会,热情地探索社会的病根。到了安禄山叛乱的前夕,他终于写出了"朱门酒肉臭,路有冻死骨"②这样惊心动魄的诗句,不仅对当时的黑暗现象发出了沉痛的控诉,而且对整个不合理的封建社会作了深刻的揭露。"诗穷而后工"③,十年长安的困顿生活,对杜甫的创作发展起了决定性的影响。

安史之乱的爆发,给国家和人民带来了巨大的灾难。此后数年,杜甫始终与战乱、灾荒相纠结,凡是人民所遭受到的痛苦,他几乎都亲身经历或耳闻目睹了。他曾在深夜经过荒凉的战场,看到月光下的累累白骨。他曾被虏至沦陷的长安,闻到春风中夹杂的阵阵血腥。石壕村里官吏如狼似虎的咆哮、新安道上百姓肝肠欲绝的痛哭、新婚夫妇的生离、垂老翁媪的死别……这一幕幕惨绝人寰的景象,撕裂着诗人的心。他痛苦,他愤怒,他奋笔疾书,写出了"三吏""三别"这样不朽的作品,代表人民对那个时代发出了最严正的控诉和谴责。正是安史之乱所造成的大动乱,使原来被遮盖着的社会黑暗面毫发无遗地暴露出来,从而使杜甫观察得更深刻、更仔细,并在现实主义的道路上继续迈进。安史之乱在八年之后基本平息了,但唐帝国从此一蹶不振,军阀

---

① 见程千帆《一个醒的和八个醉的》,载本书。

② 《自京赴奉先县咏怀五百字》,《杜诗镜铨》卷三。按:天宝十四载十一月安禄山反,杜甫作此诗时尚未闻其事。

③ 欧阳修《梅圣俞诗集序》云:"然则非诗之能穷人,殆穷者而后工也。"见《欧阳文忠公文集》卷四二。

割据和战乱一直波及唐末。大历五年(770),杜甫在一叶扁舟上垂危之际,他的笔下还写着"战血流依旧,军声动至今"①的沉痛句子。"国家不幸诗家幸,赋到沧桑句便工"②,安史之乱的巨大灾难,对于诗人杜甫的成熟是一个多么重要的因素!

安史之乱前后的几十年,不仅是唐帝国由盛转衰的一个转折点,而且是整个中国封建社会的一个转折点。那个时代最重要的变化是封建统治者用以抑制土地兼并的均田制被彻底破坏了。这个作为缓和农民与地主之间矛盾的主要手段的彻底放弃,必然使两个敌对阶级之间的矛盾深刻化和复杂化。土地兼并之无限制地进行和由此而引起的租庸调制的崩溃与府兵制的变更,统治阶级内部的斗争和由此而引起的异族入侵与藩镇割据的形成,这些在安史之乱前后发生的政治社会现实,不仅严重地影响了当时人民的生活,动摇了唐帝国统治的基础,而且也在一定程度上画出了此后一千年左右中国社会发展的草图。这是具有特殊历史意义的时代,也就是杜甫所生活着的大环境。杜甫敏锐地感觉到了时代的变化,杜诗作为那样一个大变动时代的"诗史",就具有特别深广的思想意义。

一般地说,凡是在社会急剧变动的关键时期出现的大作家,都能敏锐地感觉到时代的脉搏。不管他们对行将消逝的旧事物是哀悼还是诅咒,也不管他们对行将出现的新事物是否有明显的预感,他们的内心都因时代的疾风骤雨而引起巨大的波澜,他们的作品中充满了忠义慷慨、哀伤愤激、忧来无端、长歌当哭。在杜甫之前,有行吟泽畔的屈原,在杜甫之后,有悲歌"万马齐喑"的龚自珍和高呼"救救孩子"的鲁迅,他们都是时代所造就的文学巨人。从这个意义上说,杜甫所以能成为伟大的诗人,确实是受到了时代的玉成。

---

① 《风疾舟中,伏枕书怀三十六韵,奉呈湖南亲友》,《杜诗镜铨》卷二〇。

② 赵翼《题元遗山集》,《瓯北集》卷三三。

第二,杜甫所处的时代在古典诗歌史上是一个很重要的时代。

在杜甫之前,五七言古今体诗经过了由汉、魏、六朝和初盛唐诗人的长期摸索,在形式上已基本定型,在题材内容、艺术技巧、风格流派等方面积累了丰富的遗产,这就为杜甫对古典诗歌进行全面的总结提供了基础。元稹在《唐故工部员外郎杜君墓系铭并序》中说:"至于子美,盖所谓上薄风骚,下该沈、宋,言傍苏、李,气夺曹、刘,掩颜、谢之孤高,杂徐、庾之流丽,尽得古今之体势,而兼人人之所独专矣。"①宋祁在《新唐书·杜甫传赞》中说:"至甫,浑涵汪茫,千汇万状,兼古今而有之。"其实,杜甫对于他自己所继承的文学传统有相当多的论述,从《诗经》《楚辞》、汉魏乐府、汉代文人五言诗(即"李陵、苏武"),建安诗人曹植、刘桢,正始诗人阮籍、嵇康,南朝诗人陶渊明、谢灵运、谢朓、鲍照、何逊、阴铿、庾信到初唐诗人沈、宋、四杰、陈子昂等,杜甫都有诗论及他们②。仅从这些诗句就可看出,在杜甫的时代,古典诗歌已经积累了多么丰富的遗产(包括思想和艺术两个方面),而杜甫又是多么虚心地向前代诗人学习。我们不难从杜诗中找出足够的例证来证实杜甫在创作实践中确实吸收了许多前人的长处,正如后人所云,"实积众家之长","尽得古今之体势"。但是必须指出,杜甫对文学传统的继承,不但不是零星地、机械地借鉴某几位前人,也不是把前人的长处简单地相加在一起,而是在对前代遗产全面考察以后,作出了合适的扬弃与继承,从而在自己的创作中显示出前所未有的充实与和谐。他有诗云:"文章千古事,得失寸心知。作者皆殊列,名声岂浪垂?骚人嗟不见,汉道盛于斯。前辈飞腾入,余波绮丽为。后贤兼旧制,历代各清

---

① 《元氏长庆集》卷五六。

② 关于这一点,萧涤非、廖仲安先生的《别裁伪体,转益多师——纪念杜甫诞生一二五〇周年》(见《杜甫研究论文集》三辑)及程千帆《少陵先生文心论》(见《古诗考索》)均论之甚详,本文不再重复。

规。"①这说明杜甫是把文学的历史发展过程当作一个整体来考察的，他对文学的源流演变有总体的认识，所以能对历代作家的功过得失了如指掌。"骚人"既逝，"汉道"代兴，文学是不停地演变、发展的。他认为后人应兼收并蓄地继承前人的优秀遗产，但是每个时代的文学仍应有自己的独特风貌。正因为杜甫对文学传统采取了正确的态度，所以他一方面继承了陈子昂的诗歌革新主张，在创作中坚持以《诗经》、汉魏乐府、建安诗歌的现实主义传统为方向，另一方面对齐梁诗歌也不全盘否定，对鲍照、庾信乃至何逊、阴铿等南朝诗人作了不同程度的借鉴。没有这种清醒的历史主义观点，杜甫是不能完成"集大成"的历史使命的。

三

那么，在与杜甫同时的那么多诗人中间，为什么没有其他人达到"集大成"的崇高地位呢？也就是说，除了时代的因素之外，杜甫还具备哪些成为"集大成"者的条件呢？我们试对杜甫的家庭传统和个人禀赋作一些考察，来说明为什么是杜甫而不是其他诗人承担了集古典诗歌之大成的历史使命。

对于封建社会中的文人来说，"述祖德"是一个传统，杜甫也不例外。他对自己的家世是经常引以为自豪的。他谈到远祖杜恕、杜预时说："自先君恕、预以降，奉儒守官，未坠素业矣。"②谈到祖父杜审言，更是称扬备至："亡祖故尚书膳部员外郎先臣审言，修文于中宗之朝，高视于藏书之府，故天下学士到于今而师之。"③杜恕是汉末贤臣。杜预是晋代的名臣兼名儒，对于《左传》有专门的研究。他们代表着杜甫

---

① 《偶题》，《杜诗镜铨》卷一五。
②③ 《进雕赋表》，《杜诗详注》卷二四。

家庭中的第一个传统,即坚信儒家的政治思想、钻研典籍学问的传统。杜审言是初唐著名诗人,他通过创作实践,对于由齐梁新变体演进为律诗作出了一定的贡献。他代表着杜甫家庭中的第二个传统,即文学的传统。这两种家庭传统,对于诗人杜甫的成长有着极其重要的影响。

唐代是一个思想比较解放的朝代,盛唐诗人的思想情况尤其复杂,王维信佛,李白好道,都是很著名的例子。杜甫"一生却只在儒家界内"①,这与他的家庭传统有很大的关系。正由于杜甫对于"奉儒守官"的家庭传统很为自豪,所以他造次必于是,颠沛必于是,始终以儒家思想作为安身立命的根本。他在诗中再三地自称"儒生""老儒""腐儒",尽管他也有"纨袴不饿死,儒冠多误身"②的慨叹,有"山中儒生旧相识,但话宿昔伤怀抱"③的懊恼,甚至还有"儒术于我何有哉? 孔丘盗跖俱尘埃"④的牢骚,但在他的内心深处,是非常珍视自己的儒者身分的。有的论者认为杜甫的这些牢骚表明他对整个儒家思想产生了怀疑⑤,这是被杜甫愤激的反语瞒过了。诗人在表达极端愤激的感情时,往往出之以奇诡的反语,自阮籍《咏怀》诗之后,不乏其例。如他的《醉时歌》,王嗣奭即对之有很准确的理解:"此篇总是不平之鸣,无可奈何之词,非真谓垂名无用,非真薄儒术,非真齐孔、跖,亦非真以酒为乐也。杜诗'沉醉聊自遣,放歌破愁绝',即此诗之解,而他诗可以旁通。"⑥其实,从这种愤激中,正可以体会到杜甫对儒术的眷恋之情。

那么,儒家思想对杜甫的影响如何呢? 关于这一点,人们已经讨

---

① 刘熙载《艺概》卷二。

② 《奉赠韦左丞丈二十二韵》,《杜诗镜铨》卷一。

③ 《乾元中寓居同谷县作歌七首》之七,《杜诗镜铨》卷七。

④ 《醉时歌》,《杜诗镜铨》卷二。

⑤ 西北大学中文系杜诗研究小组《论杜甫的世界观——杜诗研究第二章》(载于《杜甫研究论文集》二辑)一文持这种观点。

⑥ 《杜臆》卷一。

论得很多了,我们觉得有两点还需要强调一下。

第一,孔子以后,特别是汉武帝接受董仲舒"独尊儒术"的建议以后,儒家思想在不同的程度上吸收了其他各家的思想,逐渐成为一个庞大而复杂的思想体系,但杜甫所接受的影响却主要来自早期儒家思想即孔孟之道,而且主要来自孔孟之道中的积极因素。所以在杜甫的思想中,不但找不到例如荀子的法家倾向和董仲舒的阴阳五行思想等等已为后期儒家所吸收的杂质,而且较少孔子旨在维护严格的等级制度的一些落后观点。杜甫所终身服膺的,实际上正是儒家思想的核心——"仁"。儒家主张行"仁政":"尧舜之道,不以仁政,不能平治天下。"① 杜甫则希望:"致君尧舜上,再使风俗淳。"② 儒家主张让人民"仰足以事父母,俯足以畜妻子,乐岁终身饱,凶年免于死亡"③。杜甫则希望:"牛尽耕,蚕亦成,不劳烈士泪滂沱,男谷女丝行复歌。"④ 儒家反对不义战争:"争地以战,杀人盈野;争城以战,杀人盈城。此所谓率土地而食人肉,罪不容于死。"⑤ 杜甫则讽刺唐玄宗的穷兵黩武:"边庭流血成海水,武皇开边意未已!"⑥ 儒家谴责贫富悬殊的社会现象:"庖有肥肉,厩有肥马,民有饥色,野有饿莩,此率兽而食人也。"⑦ 杜甫则控诉那个时代说:"朱门酒肉臭,路有冻死骨!"应该指出,孟子那种"民贵君轻"⑧ 的可贵思想,在杜诗中有相当深刻的体现。由于时代的限制,杜甫不可能公然谴责皇帝,但我们综观全部杜诗,却不难看出,在诗人心目中,人民的地位是占有很大比重的。他有时在诗中对君主寄予厚望,正是希望通过"明君"来改善人民的生活。而当那些君主置人民死

---

① 《孟子·离娄下》。

② 《奉赠韦左丞丈二十二韵》,《杜诗镜铨》卷一。

③⑦ 《孟子·梁惠王上》。

④ 《蚕谷行》,《杜诗镜铨》卷二〇。

⑤ 《孟子·离娄上》。

⑥ 《兵车行》,《杜诗镜铨》卷一。

⑧ 《孟子·尽心下》:"民为贵,社稷次之,君为轻。"

活于不顾时,诗人就毫不迟疑地把批判的笔锋刺向封建统治的最高层。可以说,在封建时代的诗人中间,杜甫最深刻地用艺术形象体现了儒家的进步思想。众所周知,儒家所谓"仁",关键在"爱人",在有"恻隐之心",这正是杜甫热爱亲友、热爱人民乃至热爱天地间一切生命的思想基础。杜诗有云:"白鱼困密网,黄鸟喧嘉音。物微限通塞,恻隐仁者心。"①他已经把"仁"心推而广之,近于宋儒所谓"民胞物与"②的精神了。杜诗之所以感人肺腑,就在于它所蕴涵的感情特别深厚,这不能不归功于儒家精神的熏陶。在这个方面,儒家思想对杜甫的影响是积极的,我们应该理直气壮地予以肯定。

此外,儒家思想中的其他积极因素也对杜甫有很深的影响,比如儒家要求国家统一,反对外族入侵,即所谓"尊王攘夷"的思想,无疑对杜甫在安史之乱时坚决拥护中央政府的态度是有影响的。正因如此,杜甫就一定要冒着"死去凭谁报"③的危险从沦陷的长安逃至肃宗所在的凤翔,而不肯像王维、郑虔那样为了保全自己,接受伪职。再如儒家主张积极入世,推崇"富贵不能淫,贫贱不能移,威武不能屈"④的大丈夫气概,推崇"知其不可而为之"⑤和"杀身以成仁"⑥的奋斗精神,无疑对杜甫人格的完成起了积极的影响,其事甚明,不待详加论证。

第二,儒家的文学思想对杜甫也有深刻的影响。儒家一向重视诗歌的社会功用,孔子提出的"兴、观、群、怨"说对后代影响极大。在《偶题》⑦一诗中,杜甫表述了自己的文学观点,其中"法自儒家有"之句非常明确地说明他在文学思想上接受了儒家的传统,他称赞元结的《春

---

① 《过津口》,《杜诗镜铨》卷一九。
② 张载《西铭》(《张子全书》卷一):"民吾同胞,物吾与也。"
③ 《喜达行在所三首》之三,《杜诗镜铨》卷三。
④ 《孟子·滕文公下》。
⑤ 《论语·宪问》。
⑥ 《论语·卫灵公》。
⑦ 《杜诗镜铨》卷一五。

陵行》等诗具有"比兴体制,微婉顿挫之词"①,也分明是遵循了儒家诗论的观点。儒家诗论尽管有不少缺点,但它重视诗歌的思想内容,重视诗歌的社会作用,乃是古典诗歌中现实主义传统的历史依据和理论基础,这对于杜甫走上现实主义的创作道路是起了引导作用的。

杜甫家庭中的文学传统主要体现在诗歌艺术方面。他写道:"吾祖诗冠古。"②又道:"诗是吾家事。"③杜甫说他的祖父"诗冠古"当然是溢美之词,但说他的家庭里具有诗歌的传统是合乎事实的。杜审言的诗现在仅有一卷,但就是从这些残存的作品中,仍然可以看出杜甫向他的祖父学习、摹仿的痕迹。比如在句法方面,杜甫作品中就显然有摹仿杜审言之处:

绾雾青丝弱,牵风紫蔓长。

——杜审言《和韦承庆过义阳公主山池五首》之二

林花著雨燕支湿,水荇牵风翠带长。

——杜甫《曲江对雨》

寄语洛城风日道,明年春色倍还人。

——杜审言《春日京中有怀》

传语风光共流转,暂时相赏莫相违。

——杜甫《曲江二首》之二

---

① 《同元使君春陵行·序》,《杜诗镜铨》卷一二。按:唐人所谓"比兴",往往不是指修辞手法,而是指讽谕之义,元诗即是如此。

② 《赠蜀僧闾丘师兄》,《杜诗镜铨》卷七。

③ 《宗武生日》,《杜诗镜铨》卷九。

而章法上的影响,从下列两首诗的对比也可以清楚地看出来:

> 旅客三秋至,层城四望开。楚山横地出,汉水接天回。冠盖非新里,章华即旧台。习池风景异,归路满尘埃。
>
> ——杜审言《登襄阳楼》

> 东郡趋庭日,南楼纵目初。浮云连海岱,平野入青徐。孤障秦碑在,荒城鲁殿余。从来多古意,临眺独踌蹰。
>
> ——杜甫《登兖州城楼》

它们在章法上是极其相似的:首联点明登临的时间、地点,颔联写登临所见的阔大景象,颈联借历史遗迹抒兴亡之感,尾联写自己的惆怅之意。再如杜审言的《和康五庭芝望月有怀》:"明月高秋迥,愁人独夜看。暂将弓并曲,翻与扇俱团。雾濯清辉苦,风飘素影寒。罗衣一此鉴,顿使别离难。"写月夜怀人的情景甚妙。杜甫的《月夜》一诗中"今夜鄜州月,闺中只独看"和"香雾云鬟湿,清辉玉臂寒"等句分明受其影响。当然杜甫诗从所怀之人想起,乃是他翻新出奇之处。

在联章五言律诗和排律方面,也有这种情形。在沈、宋和初唐四杰的笔下,五言律诗的形式基本上成熟了,但是还没有出现联章的律诗。在这一点上,杜审言有筚路蓝缕之功。他写过《和韦承庆过义阳公主山池五首》,从第一首的起句"野兴城中发,朝英物外求"到第五首的尾句"青溪留别兴,更与白云期",层次分明,脉络清晰,首尾呼应,五首律诗组成了一个完整的有机体,是联章律诗这种新形式的成功尝试。这种形式在杜甫手中有了很大的发展,但他早期的一些联章律诗如《陪郑广文游何将军山林十首》《重游何氏五首》等,简直可以说是亦步亦趋地摹仿乃祖。还有,在初唐诗人中,杜审言对五言排律这种形式的发展是有贡献的。他的《和李大夫嗣真奉使存抚河东》一诗,不仅长达四十韵,而且全诗对仗严整,造句精炼,在形式上已经成熟。杜甫那么喜爱五言排律这种形式,不能不说是受到他祖父的影响。

杜甫那种"语不惊人死不休"①和"晚节渐于诗律细"②的艺术追求,与他家庭中的文学传统有一脉相承的联系。而其个人禀赋则是他成为"集大成"者的内在因素。

伟大的人格是造就伟大作家的必不可少的因素,杜甫在这方面可谓是得天独厚,前人论之已详。我们想补充的是,杜甫性格的复杂性及其矛盾必须置于我们的考察范围之内。他的性格中既有谨慎的一面,又有狂傲的一面。《新唐书》本传载其醉登严武之床口出狂言之事,是乃小说家言,但从杜诗来看,杜甫确实颇有乃祖遗风。他在"放荡齐赵间,裘马颇清狂"的少时就已经"饮酣视八极,俗物都茫茫",在文学上自视很高:"气劘屈贾垒,目短曹刘墙。"③他在"骑驴十三载,旅食京华春"的困顿生活中也仍然自认为"读书破万卷,下笔如有神。赋料扬雄敌,诗看子建亲"④。《本事诗·高逸第三》载李白云:"梁、陈以来,艳薄斯极,沈休文又尚以声律,将复古道,非我而谁与!"杜甫虽然没有类似的话被记载下来,但我们可以推断他是早就有"会当凌绝顶,一览众山小"⑤的抱负的。因为他狂傲,所以他有勇气承担起这个重大的历史使命;因为他谨慎,所以他能踏踏实实地去完成这个使命,这正是造物赋予他的最佳性格。

人们在谈到李、杜时,总是强调李白的天才和杜甫的学力。其实,这两位大诗人都是既才高八斗又学富五车的。杜甫五十六岁时在夔州作《观公孙大娘弟子舞剑器行》,生动传神地描绘了他在四岁(开元

---

① 《江上值水如海势聊短述》,《杜诗镜铨》卷八。

② 《遣闷戏呈路十九曹长》,《杜诗镜铨》卷一五。

③ 《壮游》,《杜诗镜铨》卷一四。

④ 《奉赠韦左丞丈二十二韵》,《杜诗镜铨》卷一。

⑤ 《望岳》,《杜诗镜铨》卷一。按:冯至《杜甫传》以为这两句诗即象征着杜甫将来之成就。

三年,715)或六岁(开元五年,717)时看到公孙大娘舞剑器的情景。一个四岁或六岁的儿童就能欣赏舞蹈艺术且把鲜明的印象保留五十多年,可见诗人是早慧的。他在《壮游》一诗中说自己"往者十四五,出游翰墨场。斯文崔魏徒,以我似班扬。七龄思即壮,开口咏凤皇。九龄书大字,有作成一囊",更可证明他诗才的早熟。至于杜甫学力的深厚,则是千余年来人们一直惊叹不已的。"读书破万卷""群书万卷常暗诵"①的诗句可证其读书之广博精深,而"语不惊人死不休""新诗改罢自长吟"②的诗句又可证其作诗之严肃认真。后人论杜,或称其天才:"杜甫天材颇绝伦,每寻诗卷似情亲。怜渠直道当时语,不着心源傍古人。"③或赞其学力:"老杜作诗……无一字无来处。"④其实这两种说法并不矛盾,因为杜甫乃是一位在诗歌艺术上刻苦锤炼的天才诗人,他是在对前人的诗歌艺术兼收并蓄的基础上进入前无古人的崇高艺术境界的。

四

正像孔子及其思想体系一样,杜甫和他的诗歌也是一个完美的整体。在一千四百首杜诗中,伟大的人格和崇高的风格、充实的思想内容和完美的艺术形式、卓越的天才和精深的学力,这一切都极其和谐地统一起来了。如果把孟子所说的孔子是"金声而玉振之"的"圣之时者"以及"充实而有光辉之谓大"等论述移来称赞杜甫,都使人觉得极为适宜,这就是杜诗被称为"集大成"的基本原因。

然而还有更为重要的原因。

---

① 《可叹》,《杜诗镜铨》卷一八。
② 《解闷十二首》之七,《杜诗镜铨》卷一七。
③ 元稹《酬孝甫见赠十首》之二,《元氏长庆集》卷一八。
④ 黄庭坚《答洪驹父书》,《豫章黄先生文集》卷一九。

被开拓的诗世界

　　"集大成"这个词,如果从字面上理解,似乎仅仅指集过去之大成,但事实上不仅如此。孟子说:"圣人,百世之师也。"①孔子在封建社会中被尊为"万世师表",其中最主要的原因决不是他全面地总结、继承了他以前的一切思想遗产,而是他在继承遗产的基础上形成了一个新的思想体系,从而为其后长达两千年的封建社会制定了完整的指导思想。由此可见,孔子之"集大成",最重要的意义不在于承前,而在于启后。

　　杜诗也有同样的情况。

　　元稹赞扬杜甫,只指出其"尽得古今之体势",而没有论及杜甫的影响。这可能是由于元稹离杜甫的时代太近,那时杜甫的影响还不够明显。随着时间的推移,杜甫的影响越来越大。入宋以后,人们就对杜甫的巨大影响愈来愈清楚从而赞不绝口了。王禹偁说:"子美集开诗世界。"②宋祁说:"它人不足,甫乃厌余,残膏剩馥,沾丐后人多矣。"③孙仅还具体地指出了杜甫对中晚唐诗人的影响:"公之诗支而为六家:孟郊得其气焰,张籍得其简丽,姚合得其清雅,贾岛得其奇僻,杜牧、薛能得其豪健,陆龟蒙得其赡博。皆出公之奇偏尔,尚轩轩然自号一家,爀世烜俗。"④宋代诗人基本上被笼罩在杜诗的巨大影响之内,所以黄裳说:"工于诗者,必取杜甫。盖彼无不有,则感之者各中其所好故也。"⑤张表臣也说:"有能窥其一二者,便可名家。"⑥在我们今天看来,如果说孔子总结、发扬了他之前的一切思想遗产又影响了在他以后历时两千年的思想史,那么也可以说杜甫总结并发展了他之前

　　① 《孟子·尽心下》。

　　② 《日长简仲咸》,《小畜集》卷九。

　　③ 《新唐书·杜甫传赞》。

　　④ 《读杜工部诗集序》,见《草堂诗笺·传序碑铭》。按:这段话里漏掉了中晚唐诗人中学杜最有成绩的韩愈和李商隐。

　　⑤ 《陈商老诗集序》,《演山集》卷二一。

　　⑥ 《珊瑚钩诗话》卷一。

的一切诗歌遗产并影响了在他以后历时一千多年的诗歌史。他们就像位于江河中游的巨大水闸,上游的所有涓滴都到那里汇合,而下游的所有波澜都从那里泻出。

既然"集大成"作为哲学概念和文学概念都具有承前和启后的双重涵义而且重点在于启后,那么其中是否有内在的必然性呢?我们的回答是肯定的。

历史在时间上具有延续性:一个旧时代的结束意味着一个新时代的开始。在时代变换的关键时刻产生的杰出人物既标志着旧时代的终结,又标志着新时代的开端。恩格斯称但丁为"中世纪的最后一位诗人,同时又是新时代的最初一位诗人"①,就是这个道理。孔子产生于中国社会从奴隶制向封建制转变的大时代,由于"任何新的学说""必须首先从已有的思想材料出发"②,尽管孔子在世时已经"礼崩乐坏",他还是必须对"郁郁乎文哉"③的周代文化作全面的整理、总结,从而建立一个新的思想体系。在这个意义上,我们不妨说孔子既是中国奴隶制时代的最后一位思想家,又是封建时代的最初一位思想家。

前面说过,杜甫所处的时代也是一个急剧变化的大时代,是一个需要巨人,产生巨人的时代。在艺术上登峰造极的杜诗、韩文、颜字、吴画先后出现在那个时代,并不是偶然的④。苏轼最早称杜诗、韩文、颜书为"集大成者"⑤。他指出:"故诗至于杜子美,文至于韩退之,书至于颜鲁公,画至于吴道子,而古今之变、天下之能事毕矣。"⑥又说:"至唐颜、柳,始集古今笔法而尽发之,极书之变,天下翕然以为宗师,

① 《共产党宣言1893年意大利文版序言》,《马克思恩格斯选集》,人民出版社1972年版,第一卷,第249页。

② 恩格斯《反杜林论》,《马克思恩格斯选集》第三卷,第56页。

③ 见《论语·八佾》。

④ 参看李泽厚《美的历程》第七章《盛唐之音》第三节《杜诗颜字韩文》。

⑤ 见陈师道《后山诗话》。

⑥ 《书吴道子画后》,《东坡集》卷二三。

而钟、王之法益微。至于诗亦然。苏、李之天成,曹、刘之自得,陶、谢之超然,盖亦至矣。而李太白、杜子美以英玮绝世之姿,凌跨百代,古今诗人尽废,然魏晋以来高风绝尘,亦少衰矣。"①苏轼的目光是犀利的,他第一个看出杜诗是古典诗歌的一大转变。同时他也看出了"集大成者"的实践所显示的穷则变的内涵,虽然还不能对这种历史现象具有辩证的理解和准确的表述。

从东汉至盛唐,五七言诗歌经过了漫长的演变过程。这个过程的轨迹当然不是单一的直线,而是有许多旁岔分支,曲折反复,但其总的趋向却是不停地向前发展的。唐人虽然对六朝诗歌的淫靡之气颇为鄙薄,但在艺术上却正是六朝诗的直接继承者,从陈子昂到李白,并无例外。到了杜甫,则以集大成者的姿态,对前人的诗歌遗产进行了全面的总结。从表现对象到创作手法,从诗歌体裁到修辞手段,前人在诗国中留下的丰富积累都在杜诗中汇总起来了。至此,古典诗歌已经发展到了一个顶峰,它要继续向前发展,就再也不能沿袭以前的轨道了。杜甫正是感觉到了这种历史趋势并且用其创作实践为这种趋势的实现作出了艰苦探索和巨大贡献的诗人。

在杜甫之前,建安七子用力描摹动荡的社会现实,曹植、阮籍着意刻画深沉的内心律动,陶渊明善于把田园生活纳入他的恬静心境,谢灵运擅长摄取山川景物的奇丽外貌……到了杜甫,则对上述的题材内容兼收并蓄,而且使它们互相渗透、融合,从而组成了一个有机的整体。《自京赴奉先县咏怀五百字》是最深沉的内心独白,却偏偏揭露了"朱门酒肉臭,路有冻死骨"的社会惨状。秦州至同谷道中的一组纪行诗刻画山水的功力可与大谢媲美,却偏偏抒发了"再光中兴业,一洗苍生忧"②的政治理想。在杜诗中,从朝政国事到百姓生计,从山川云物

---

① 《书黄子思诗集后一首》,《东坡后集》卷九。
② 《凤凰台》,《杜诗镜铨》卷七。

到草木虫鱼,整个外部世界都与诗人的内心世界融合无间,而且都被纳入儒家的政治理想、伦理准则、审美规范的体系之中。从杜甫开始,儒家诗教的积极精神真正成为古典诗歌的指导原则。在杜甫以后的著名诗人很少不是沿着他开创的道路前进的。

在杜甫之前,建安诗歌以慷慨的气势取胜,阮籍《咏怀》以沉郁的风格见长,陶诗平淡自然,谢诗富丽精工,齐梁以降,由古变律,又从形式到风格不断地有所进展。到了杜甫,则对上述的艺术手段兼收并蓄,熔铸成一种全新的艺术风貌:格律严整而气势磅礴,字句烹炼而意境浑然,成语典故与口语俗字并得妙用,泼墨濡染与工笔细描同臻极致。不仅如此,在杜甫手里,诗歌的表现手段有了新的发展。七言律诗在艺术上臻于成熟,五言排律和各种形式的组诗开始成为重要的样式,用诗歌发议论的手法也得到了成功的尝试。后代诗人们无不在艺术上受到杜诗的熏陶和启发。

古典诗歌由唐转宋,前人或以韩愈为其关键①,其实,杜甫才是这一转变过程的真正发轫者,韩愈只是在杜甫所开创的道路上又向前迈了一步从而也很引人注目而已。"若无新变,不能代雄"②,杜甫在古典诗歌史上占有如此重要的地位,最主要的原因是他在创作实践中求新求变,从而为诗歌的继续发展开辟了道路。

综上所述,杜甫之"集大成"与孔子之"集大成"一样,最重要的意义不在于承前而在于启后。"集大成"这个概念能够从哲学领域移植到文学领域,诗国"集大成者"这项桂冠不是由唐人而只能由宋人来奉献给杜甫,最主要的原因就在这里。

---

① 叶燮《原诗》内篇:"韩愈为唐诗之一大变,其力大,其思雄,崛起特为鼻祖。宋之苏、梅、欧、苏、王、黄,皆愈为之发其端,可谓极盛。"
② 萧子显《南齐书·文学传论》。

忧患感和责任感

——从屈原、贾谊到杜甫

程千帆　莫砺锋

一

被后人誉为"诗史"①的杜诗，不但在描写当时已经发生或正在发生的历史事实时具有惊人的准确性，而且在预见及预感当时尚未而即将发生的历史进程时，也具有惊人的准确性。而这种预见及预感又和诗人的忧患感同在。当安史之乱尚未爆发，唐王朝还呈现着花团锦簇的虚假繁荣时，杜甫已敏锐地感到了大动乱的逼近。在他困居长安时期所作的诗中，虽然有一些应酬投赠之作，也不乏流连光景之篇，但是总的说来，那些作品已带有浓重的抑郁忧愁的基调，这是山雨欲来的沉闷时代在诗人心上投下的阴影。唐玄宗好大喜功，奸臣边将轻启边衅，有时还取得暂时的胜利。这在时人眼中也许是国力强盛的表现，可是杜甫却看到了内郡凋敝、人悲鬼哭的阴惨景象。玄宗奢侈骄淫，杨氏兄妹游宴无度，这在时人眼中也许是歌舞升平的象征，可是杜甫却看到了奸臣弄权、外戚乱政的动乱征兆。透过李白"长安市上酒家眠"②的佯狂举动，杜甫影影绰绰地看出了那是贤才遭忌的悲剧。对

---

①　孟启《本事诗·高逸第三》："杜逢禄山之难，流离陇蜀，毕陈于诗，推见至隐，殆无遗事，故当时号为'诗史'。"

②　《饮中八仙歌》，《杜诗镜铨》卷一。

于安禄山"主将位益崇,气骄凌上都"①的骄横表现,杜甫预言即将发生藩镇叛乱的危险。随着大动乱的日益逼近,诗人的心情也日益沉重。当他于天宝十一载(752)秋天登上慈恩寺塔时,已觉得"登兹翻百忧"②。待到天宝十四载(755)十一月赴奉先县探亲时,他就更觉得"忧端齐终南,澒洞不可掇"③了。果然,就在杜甫写下这沉痛诗句的时刻,蓄谋已久的渔阳鼙鼓终于动地而来了。

除了对于安史之乱这个大事变的酿成、发生洞若观火之外,杜甫对于一些比较小的历史事件也有先见之明。如安史之乱发生以后,唐王朝为了迅速平叛,向回纥借兵。肃宗至德二载(757),"郭子仪以回纥兵精,劝上益征其兵以击贼"④。杜甫对此深以为忧,在《北征》一诗中,他隐约其词地说:"阴风西北来,惨淡随回纥。……圣心颇虚伫,时议气欲夺。"到乾元元年(758)回纥屯兵沙苑时,杜甫又作《留花门》⑤一诗,忧心忡忡地说:"花门天骄子,饱肉气勇决。高秋马肥健,挟矢射汉月。自古以为患,诗人厌薄伐。修德使其来,羁縻固不绝。胡为倾国至,出入暗金阙?"又如杜甫自同谷至成都路经剑门,对于那里地势险峻又产生了远虑。在《剑门》诗中,他写道:"惟天有设险,剑门天下壮。连山抱西南,石角皆北向。两崖崇墉倚,刻画城郭状。一夫怒临关,百万未可傍。……后王尚柔远,职贡道已丧。至今英雄人,高视见霸王。并吞与割据,极力不相让。"后来,勇悍善战的回纥兵果然成为唐王朝的心腹之患,形势险要的蜀地也果然成为军阀割据的巢穴。对于玄、肃二朝出现的乱兆,王夫之在《读通鉴论》中曾为之条分缕析,如云"无故而若大患之在边,委专征之权于边将,其失计固不待言矣";

---

① 《后出塞五首》之四,《杜诗镜铨》卷三。
② 《同诸公登慈恩寺塔》,《杜诗镜铨》卷一。
③ 《自京赴奉先县咏怀五百字》,《杜诗镜铨》卷三。
④ 《资治通鉴》卷二二〇。
⑤ 此诗或系于乾元二年,此从浦起龙《读杜心解》。

"邪佞进,女宠兴,酣歌恒舞……度量有涯,淫溢必泛,盖必然之势矣"①;"借援夷狄,导之以蹂中国,因使乘以窃据,其为失策无疑也"②等,都与杜甫所指出者若出一辙。一个诗人在历史事件发生之前所作的预言竟与后代学者的论断不谋而合,这是何等的远见卓识!

那么,这是不是由于杜甫的政治才能超人一等呢?封建时代的许多论者是肯定杜甫富有政治才能的。宋人郭印称杜诗:"诗中尽经济,秋毫未设施。"③朱翌则称杜甫:"凄其忧世心,妙若医国扁。"④陆游更慨叹说:"看渠胸次隘宇宙,惜哉千万不一施!……后世但作诗人看,使我抚几空嗟咨。"⑤杜诗的注家也常常对此赞叹不已,比如王嗣奭评《塞芦子》诗说:"此篇直作筹时条议,剀切敷陈,灼见情势,真可运筹决胜。"⑥仇兆鳌评《剑门》诗也说:"公之料事多中如此,可见其经世之才矣。"⑦我们认为,杜甫也许具有一定的没有机会施展的政治才能。但与其说他是一个有经世之才的政治家,宁可说他是一位生活感受极其敏锐的诗人;与其说他对于某些历史进程的预见预感体现了他的政治见解,宁可说那体现了他的忧患意识。安史之乱发生以后,杜甫曾多次预言叛乱即将被敉平,唐王朝即将出现一个中兴的局面⑧,可惜都没有料中。所以他在晚年痛心地说:"江边老翁错料事,眼暗不见风尘清!"⑨可见其某些预言也只是表示了诗人的主观愿望,而不一定是审时度势的结论。但是既然杜甫准确地预感到的事变全是国家和人民

---

① 《读通鉴论》卷二二。

② 《读通鉴论》卷二三。

③ 《草堂》,《云溪集》卷三。

④ 《读杜诗至"减米散同舟,路难思共济",舟人偶来告饥,似诗谶也》,《永乐大典》卷八九六引《灊山集》。

⑤ 《读杜诗》,《剑南诗稿》卷三三。

⑥ 引自《杜诗详注》卷四,按:今本《杜臆》中未见此语。

⑦ 《杜诗详注》卷九。

⑧ 见《喜达行在所三首》《北征》等诗。

⑨ 《释闷》,《杜诗镜铨》卷一一。

的祸患,我们就有理由肯定那主要是由于他有一种沉重的忧患感。一个时时刻刻在忧国忧民的诗人当然比一般人更容易觉察到国家祸患的隐伏滋生。

二

那么,杜甫所表现的这种忧患感是不是有所从来的呢? 为了回答这个问题,首先需要回顾一下忧患意识的起源。

远在生民之初,忧患就是与生俱来的。在远古时代,人们没有足够的力量去征服自然,也没有足够的力量掌握自己的命运,意想不到的灾难随时都会降临。初民们的忧患意识,正是严酷的客观现实打在他们心灵上的烙印。中国古代传说中的氏族首领几乎都以夙夜忧勤的形象出现,并非仅仅出于儒家的虚构。到了春秋战国时期,诸侯兼并,战乱频仍,从王公大人到黎民百姓都对自己的命运忧心忡忡,因为国家的灾难和个人的不幸总是形影相随的。所以史书上记载着"嫠不恤其纬而忧宗周之陨,为将及焉"①的传说,以及鲁国的"漆室女"忧虑"鲁君老悖,太子少愚,愚伪日起,夫鲁国有患者,君臣父子皆被其辱,祸及众庶,妇人独安所避乎"②,说明忧患感是笼罩着整个时代的。在这种形势下,反映着时代意识的诸子百家都难以摆脱忧患的阴影。那些主张入世的思想流派当然无一例外地带有先天下之忧而忧的感情色彩,孔子栖栖惶惶,墨子摩顶放踵,诚如《庄子》所云:"今世之仁人,蒿目而忧世之患。"③庄子虽然把自己幻想成"登高不栗,入水不濡,入火不热"的"真人"④或"不食五谷,吸风饮露,乘云气,御飞龙,而游乎

---

① 《左传·昭公二十四年》。
② 见刘向《古列女传》卷三。
③ 《庄子·骈拇》。
④ 《庄子·大宗师》。

四海之外"的"神人"①，后人也把他看作是飘然欲仙的"南华真人"②，但事实上庄子逃避到幻想世界中去正是由于对现实世界充满了忧患感，这在《庄子》一书的字里行间是时有流露的。所不同的是，孔、墨等学派具有以天下为己任的责任感，他们要努力挽救那个礼崩乐坏的时代。而老、庄等学派则缺乏这种责任感，他们对现实世界感到绝望，只想用避世的方式来摆脱忧患感这种沉重负担。

在春秋战国时代，最深沉地体现了时代的忧患意识的学派首推儒家。我们读儒家经典时，总是能感觉到字里行间有一种沉重的忧患感。《易·系辞下》说："作《易》者其有忧患乎！"《尚书·君牙》篇说："心之忧危，若蹈虎尾，涉于春冰。"《礼记·儒行》篇说："虽危，起居竟信其志，犹将不忘百姓之病也，其忧思有如此者。"《诗经》中更是充满了忧危之词："人之云亡，心之忧矣"③，"大夫跋涉，我心则忧"④，"战战兢兢，如临深渊，如履薄冰"⑤，等等。而首次明确指出了忧患感在人生道路上的重要性和必要性的则是孔子。他说："人无远虑，必有近忧。"⑥孟子甚至提出了"生于忧患"⑦的著名命题。更重要的是，儒家的忧患感是和对国家、人民的责任感紧密结合在一起的。儒家思想家们敢于面对礼崩乐坏的现实，敢于承担起救世补天的重大使命。孔、孟等人都没有真正掌握过政权，然而这并不妨碍他们以天下为己任。他们认为"禹思天下有溺者，由己溺之也。稷思天下有饥者，由己饥之

---

①　《庄子·逍遥游》。

②　唐天宝元年二月，号庄子为南华真人，见《旧唐书·玄宗纪》及《唐会要》卷五〇《杂说》。

③　《诗经·大雅·瞻卬》。

④　《诗经·小雅·小旻》。

⑤　《诗经·鄘风·载驰》。

⑥　《论语·卫灵公》。

⑦　《孟子·告子下》。

也"①，这正是儒家高度责任感的流露。正因为有了强烈的责任感，他们在"道之不行，已知之矣"②的情形下仍然要"知其不可而为之"③，甚至不惜以"杀身以成仁"④的献身精神为理想而奋斗。这种以天下国家为己忧、以天下国家为己任的精神，是儒家思想体系中最积极的因素之一。杜甫一生服膺儒术，儒家的这种精神对他产生很大的影响，是不言而喻的。

杜甫忧国忧民的精神虽是来源于儒家思想，但他把这种深沉的忧患感用文学样式表达出来，却是来源于古代文学本身的传统。在杜甫以前出现的古代文学中，以忧患感为基调的作品是很多的。这些作品大致上可分为两大类：第一类所体现的主要是对于自己及亲友的命运而引起的忧患感，如从宋玉《九辩》、司马迁《悲士不遇赋》到曹植、阮籍的"忧生之嗟"⑤，都蒙上了这种忧患的浓重色调。第二类则是内涵更为深广的忧世之作，例如《诗经》中的《载驰》《正月》等篇和汉代梁鸿的《五噫》和张衡的《四愁》，所表达的忧患都不仅仅止于诗人自身。这后一种倾向可以说是我国古代文学中最优秀的传统之一，其代表人物是屈原和贾谊。

屈原的作品，无一例外地蒙着一层浓重的忧患情调。关于《离骚》，诚如司马迁所云，屈原"忧愁幽思而作《离骚》，《离骚》者，犹离忧也"⑥。关于《九章》，从首章《惜诵》"惜诵以致愍兮，发愤以抒情"，到末章《悲回风》"悲回风之摇蕙兮，心冤结而内伤"，忧患之感与《离骚》

---

① 《孟子·离娄下》。
② 《论语·微子》。
③ 《论语·宪问》。
④ 《论语·卫灵公》。
⑤ 《悲士不遇赋》载《艺文类聚》卷三〇。谢灵运《拟魏太子邺中集诗》平原侯植诗序："公子不及世事，但美遨游，然颇有忧生之嗟。"见《文选》卷三〇。阮籍《咏怀》诗颜延年注："嗣宗身仕乱朝，常恐罹谤遇祸，因兹发咏，故每有忧生之嗟。"见《文选》卷二三。
⑥ 《史记·屈原贾生列传》。

完全相同①。此外,《天问》仰问苍天以抒胸中之愁怨,《招魂》呼号四方而愁魂魄之不归,即使是《九歌》那样的祭神乐歌,其中又夹杂着"或以阴巫下阳神,或以阳主接阴鬼"②的男女恋情,然而如《云中君》曰:"思夫君兮太息,极劳心兮忡忡。"《少司命》曰:"夫人兮自有美子,荪何以兮愁苦?"《山鬼》曰:"风飒飒兮木萧萧,思公子兮徒离忧。"凡此种种,都带有哀怨忧愁的情调。司马迁说:"余读《离骚》《天问》《招魂》《哀郢》,悲其志。"③严羽说:"读《骚》之久,方识真味,须歌之抑扬,涕泪满襟,然后为识《离骚》。"④的确,屈赋对读者的强烈感染力主要来自它所蕴涵的忧患感,这种忧患感当然包含着诗人"信而见疑,忠而被谤"⑤的痛苦,"美人迟暮"的惆怅,但是更重要的则是诗人对于国家、人民的命运的危机感:"曾不知夏之为丘兮,孰两东门之可芜"⑥,"宁溘死而流亡兮,恐祸殃之有再"⑦。

那么,在屈原的时代,楚国是不是已经岌岌可危了呢?据史书记载,它当时还是一个"地方五千里,带甲百万"⑧的强国。当时在说客之间流行着"从合则楚王,横成则秦帝"⑨的说法。可见它是可以与秦国相抗衡的惟一力量。即使到屈原沉江五十余年之后⑩,其时楚已损兵失地,国势衰微,但秦始皇命老将王翦率师伐楚,王翦还一定要有六十万士兵才肯出师,从中不难窥见楚国的实力。总之,在屈原生前,楚

① 今天看来,《九章》中或有不出自屈原之手的作品,但唐人尚无此疑。杜甫显然是从刘向、王逸所认定的全部屈原作品中来汲取这位古代大诗人所赐与的养分的。
② 朱熹语,见《楚辞集注》卷二。
③ 《史记·屈原贾生列传·赞》。
④ 《沧浪诗话·诗评》。
⑤ 《史记·屈原贾生列传》中语。
⑥ 《九章·哀郢》。
⑦ 《九章·惜往日》。
⑧⑨ 《战国策·楚策一》。
⑩ 此处从王夫之《楚辞通释》说,把屈原卒年定为楚襄王二十一年(前278)。王翦伐楚事在秦始皇二十三年(前224)。

国虽然在与秦国的战争中几次失利,但并未濒于灭亡的危险。屈原作品中那种仿佛大难已经迫于眉睫的气氛,与其说是反映了当时楚国的实际形势,倒不如说是反映了诗人心中基于对现实的预感而产生的忧患意识,反映了诗人对于国家和人民的强烈的责任感。

屈原曾经被楚怀王委以重任,"入则与王图议国事,以出号令;出则接遇宾客,应对诸侯"①,但是他不久就失去了这样重要的政治地位,受到一连串的诬陷、疏远、放逐。在那个辩士四处奔走、朝秦暮楚的时代,屈原却偏偏不肯离开祖国,情愿在"乃猿狖之所居"②的流放地行吟泽畔。他明明知道黑暗的朝廷里容不下他这样的忠贞之士,自己在政治上已不可能有什么作为了,所以叹息说:"曾歔欷余郁邑兮,哀朕时之不当。"③又说:"阴阳易位,时不当兮!"④但另一方面,他仍然以"虽九死其犹未悔"⑤的坚毅精神忍受着巨大的痛苦,时时刻刻把国家、人民的命运放在心上。他十分惋惜地回忆往事:"惜往日之曾信兮,受命诏以昭时。奉先功以照下兮,明法度之嫌疑。国富强而法立兮,属贞臣而日娭。"⑥他无比痛苦地注视现实:"民离散而相失兮,方仲春而东迁!"⑦他还是强烈地感到自己对于国家、人民的责任:"岂余身之惮殃兮,恐皇舆之败绩!""长太息以掩涕兮,哀民生之多艰!"⑧甚至当他想要以身殉国时,仍念念不忘国家的政治,并以古代的贤臣作为自己的榜样:"既莫足与为美政兮,吾将从彭咸之所居!"⑨

贾谊生活的汉文帝时代,是被史家称为"文景之治"的盛世,西汉帝国正蒸蒸日上,日趋富强,朝廷上下都以为可以坐享太平,独有贾谊深谋远虑,时发忧世之言。他上疏文帝说:"臣窃惟事势,可为痛哭者一,可为

① 《史记·屈原贾生列传》。
② 《九章·涉江》。
③⑤⑧⑨ 《离骚》。
④ 《九章·涉江》。
⑥ 《九章·惜往日》。
⑦ 《九章·哀郢》。

流涕者二，可为长太息者六，若其它背理而伤道者，难遍以疏举。进言者皆曰天下已安已治矣，臣独以为未也。"①贾谊的赋虽没有直陈时事，但其中充满着悲愤抑郁之情，其忧患的情调是与他的忧国之念完全一致的。当贾谊南渡湘水时，作赋吊屈原说："鸾凤伏窜兮，鸱鸮翱翔。"又说："国其莫吾知兮，子独壹郁其谁语？"②真是声泪俱下，吊屈原正是自吊。由于贤才遭忌和忠言不纳以致使国家人民受到损害，正是屈、贾两人共同的悲剧，也是两人心中共有的深哀巨痛。司马迁在《史记》中把屈、贾合传，杜甫在诗中也常常屈、贾并称③，正是看到了这一点。

三

对于屈原，杜甫是怀有深深的敬意的。"窃攀屈宋宜方驾"④、"骚人嗟不见"⑤的诗句，说明杜甫是把屈原视作文学创作的典范的。但是我们把屈赋与杜诗相比一下，不难发现它们在艺术上很少相似之处。就艺术形式而言，倒是李白受屈赋的影响更深一些。这个情况前人早就看出来了。宋人曾季狸说："古今诗人有《离骚》体者，惟李白一人，虽老杜亦无似《骚》者。"⑥明人胡应麟也说："少陵不效四言，不仿《离骚》，不用乐府旧题，是此老胸中壁立处。"⑦而黄庭坚更一针见血地指出："子美诗妙处乃在无意为文，夫无意而意已至，非广之以《国风》《雅》《颂》，深之以《离骚》《九歌》，安能咀嚼其意味，闯然入其门

---

① 《汉书·贾谊传》。
② 《吊屈原赋》，《汉书·贾谊传》。
③ 例如："中间屈贾辈，谗毁竟自取"（《上水遣怀》，《杜诗镜铨》卷一九）；"永负汉庭哭，遥怜湘水魂"（《建都十二韵》，《杜诗镜铨》卷八）。
④ 《戏为六绝句》之五，《杜诗镜铨》卷九。
⑤ 《偶题》，《杜诗镜铨》卷一五。
⑥ 曾季狸《艇斋诗话》。
⑦ 胡应麟《诗薮》内编卷二。

耶!"①这也就是说,杜甫在学习《诗经》《楚辞》这些典范时,主要的着眼点不在于它们的艺术形式而在于它们的精神实质。而《楚辞》中为杜甫所继承的那种深沉的忧世精神应当是其最核心的部分。

对于贾谊,杜甫也同样怀有深挚的敬意。当然,杜甫很重视这位前辈的文学才能和政治才能,"气劘屈贾垒"②、"贾傅才未有"③等诗句就说明了这一点。但是,真正在杜甫心中引起共鸣的还是贾谊那颗居安思危的忧世之心:"贾生恸哭后,寥落无其人!"④真可谓"怅望千秋一洒泪,萧条异代不同时"⑤。

与屈骚、贾赋一样,深沉的忧患感构成了大部分杜诗的基调。用"沉郁顿挫"四字来形容杜诗的风格⑥,是人们所一致同意的。尽管这原是杜甫对他中年以前的作品的"夫子自道",尽管后人所说的作为杜诗总体风格的"沉郁顿挫"中包含着许多艺术方面的因素,但毫无疑问,忧国忧民的思想感情是这种风格最本质的内涵和它形成的基础。终杜甫的一生,除了"裘马颇清狂"⑦的青年时代之外,几乎无时不在忧患之中。黄庭坚题杜甫画像说:"中原未得平安报,醉里眉攒万国愁。"⑧后人以为这两句诗"状尽子美平生矣"⑨。的确,当我们读到"登兹翻百忧"⑩、"忧端齐终南"⑪、"多忧增内伤"⑫、"独立万端忧"⑬之类的诗句

① 《大雅堂记》,《豫章黄先生文集》卷一七。
② 《壮游》,《杜诗镜铨》卷一四。
③ 《发潭州》,《杜诗镜铨》卷一九。
④ 《别蔡十四著作》,《杜诗镜铨》卷一二。
⑤ 《咏怀古迹五首》之二,《杜诗镜铨》卷一三。
⑥ 按:"沉郁顿挫"之语见于《进雕赋表》,赋作于天宝十二载(753)。
⑦ 《壮游》,《杜诗镜铨》卷一四。
⑧ 《老杜浣花溪图引》,《豫章黄先生外集》卷四。
⑨ 俞文豹《吹剑三录》。
⑩ 《同诸公登慈恩寺塔》,《杜诗镜铨》卷一。
⑪ 《自京赴奉先县咏怀五百字》,《杜诗镜铨》卷三。
⑫ 《入衡州》,《杜诗镜铨》卷二〇。
⑬ 《独立》,《杜诗镜铨》卷五。

时,浮现在眼前的不正是一位"醉里眉攒万国愁"的老人吗!

杜诗中的忧患感的内涵是十分深广的。诗人身遭丧乱,穷愁潦倒,当然不能不为自己及其亲友担忧。"却忆年年人醉时,只今未醉已先悲。数茎白发那抛得,百罚深杯亦不辞。圣朝已知贱士丑,一物自荷皇天慈。此身饮罢无归处,独立苍茫自咏诗。"①"男儿生不成名身已老,三年饥走荒山道。长安卿相多少年,富贵应须致身早。山中儒生旧相识,但话夙昔伤怀抱。"②这是杜甫为他自己的前途而忧虑。"饥卧动即向一旬,敝衣何啻联百结。君不见空墙日色晚,此老无声泪垂血。"③"强将笑语供主人,悲见生涯百忧集。"④这是杜甫为他全家的生计而忧虑。"恐非平生魂,路远不可测。魂来枫林青,魂返关塞黑。君今在罗网,何以有羽翼?"⑤"天台隔三江,风浪无晨暮。郑公纵得归,老病不识路。……山鬼独一脚,蝮蛇长如树。呼号傍孤城,岁月谁与度?"⑥这是杜甫为获罪远谪的朋友的安危而忧虑。这类忧患感显然是和上文中曾提到的"悲士不遇"和"忧生之嗟"的古老主题一脉相承的。杜诗中屡次提起阮籍:"苍茫步兵哭"⑦、"途穷那免哭"⑧,说明杜甫虽然不像阮籍那样时时受到杀身之祸的威胁,但对于这位前代诗人的途穷之痛是深有会心的。然而,如果杜甫的忧患感仅仅限于这些内容,那么他的作品虽然也会具有相当强烈的感染力,却难以逾越曹、阮诸家已经达到的深度。杜甫并没有停留在这一步,他说:"舌存耻作

① 《乐游园歌》,《杜诗镜铨》卷二。
② 《乾元中寓居同谷县作歌七首》之七,《杜诗镜铨》卷七。
③ 《投简咸华两县诸子》,《杜诗镜铨》卷一。
④ 《百忧集行》,《杜诗镜铨》卷八。
⑤ 《梦李白二首》之一,《杜诗镜铨》卷五。
⑥ 《有怀台州郑十八司户》,《杜诗镜铨》卷五。
⑦ 《秋日荆南述怀三十韵》,《杜诗镜铨》卷一九。
⑧ 《暮秋将归秦,留别湖南幕府亲友》,《杜诗镜铨》卷二○。

穷途哭。"①又说："至今阮籍等,熟醉为身谋。"②诗人已经跳出了个人的小圈子,把忧郁的目光投向了远为广阔的现实。《自京赴奉先县咏怀五百字》《北征》《诸将五首》《秋兴八首》等名篇固不必说,即使在那些似乎与朝政时事无关的题目中,其忧国忧民之情也是时时有所流露的。例如在饮酒时,他写道"岂无成都酒,忧国只细倾"③;在送别时,他写道"国步犹艰难,兵革未衰息"④;在题画时,他想到"时危惨淡来悲风"⑤;在观舞时,他想到"风尘洞澒昏王室"⑥;咏月则云"干戈知满地,休照国西营"⑦;咏雨则云"不愁巴道路,恐湿汉旌旗"⑧。确如宋人所说："少陵有句皆忧国。"⑨与曹、阮等人的诗歌相比,忧国忧民的杜诗无疑包蕴了更为深广的忧患感。

与屈原、贾谊一样,杜甫对于国家、人民也具有十分强烈的责任感。他早年未入仕途时即怀有"致君尧舜上,再使风俗淳"⑩的伟大抱负。到晚年飘泊西南时仍壮心不已："济时敢爱死,寂寞壮心惊。"⑪正因为他以天下为己任,所以每每以古代的社稷之臣自命："许身一何愚?窃比稷与契。"⑫对于鞠躬尽瘁,死而后已的诸葛亮,更是无限深情地再三吟咏,他是多么希望能像诸葛亮一样,建功立业,援救苍生!当他在肃宗朝中任拾遗之职时,固然时时不忘谏臣之责："虽乏谏诤

① 《暮秋枉裴道州手札,率尔遣兴,寄递近呈苏涣侍御》,《杜诗镜铨》卷二〇。
② 《晦日寻崔戢李封》,《杜诗镜铨》卷三。
③ 《八哀诗》之三,《杜诗镜铨》卷一四。
④ 《送韦讽上阆州录事参军》,《杜诗镜铨》卷一一。
⑤ 《题李尊师松树障子歌》,《杜诗镜铨》卷四。
⑥ 《观公孙大娘弟子舞剑器行》,《杜诗镜铨》卷一八。
⑦ 《月》,《杜诗镜铨》卷四。
⑧ 《对雨》,《杜诗镜铨》卷一〇。
⑨ 周紫芝《乱后并得陶杜二集》,《太仓稊米集》卷一〇。
⑩ 《奉赠韦左丞丈二十二韵》,《杜诗镜铨》卷一。
⑪ 《岁暮》,《杜诗镜铨》卷一〇。
⑫ 《自京赴奉先县咏怀五百字》,《杜诗镜铨》卷三。

姿,恐君有遗失。"①而当他远离朝廷之后,也始终"魏阙尚含情"②。他明明知道朝廷根本不可能听到自己的声音,却常常情不自禁地对军国大事表示看法,甚至提出具体的措施:"愿枉长安日,光辉照北原"③;"愿闻哀痛诏,端拱问疮痍"④。当严武入朝时,杜甫希望他:"公若登台辅,临危莫爱身。"⑤当韦讽到阆州去做地方官时,杜甫鼓励他:"必若救疮痍,先应去蟊贼。"⑥蜀将花惊定恃功跋扈,杜甫委婉地讽谕他:"李侯重有此节度,人道我卿绝世无。既称绝世无,天子何不唤取守东都?"⑦"锦城丝管日纷纷,半入江风半入云。此曲只应天上有,人间能得几回闻?"⑧东川留后章彝拥兵自重,杜甫严肃地规劝他:"喜君士卒甚整肃,为我回辔擒西戎。草中狐兔尽何益?天子不在咸阳宫。"⑨"杖兮杖兮,尔之生也甚正直,慎勿见水踊跃学变化为龙。"⑩他遭遇到"入门闻号咷,幼子饿已卒"的惨痛不幸时想到的是"抚迹犹酸辛,平人固骚屑。默思失业徒,因念远戍卒"⑪;他在"床头屋漏无干处,雨脚如麻未断绝"的处境中希望的是"安得广厦千万间,大庇天下寒士俱欢颜,风雨不动安如山"⑫。杜甫的一生,可说是穷愁潦倒了,但他"忧在天下,而不为一己失得"⑬。他主动地承担起人间的一切苦难和忧患,

① 《北征》,《杜诗镜铨》卷四。
② 《送李卿晔》,《杜诗镜铨》卷一一。
③ 《建都十二韵》,《杜诗镜铨》卷八。
④ 《有感五首》之五,《杜诗镜铨》卷一一。
⑤ 《奉送严公入朝十韵》,《杜诗镜铨》卷九。
⑥ 《送韦讽上阆州录事参军》,《杜诗镜铨》卷一一。
⑦ 《戏作花卿歌》,《杜诗镜铨》卷八。
⑧ 《赠花卿》,《杜诗镜铨》卷八。
⑨ 《冬狩行》,《杜诗镜铨》卷一〇。
⑩ 《桃竹杖引赠章留后》,《杜诗镜铨》卷一〇。
⑪ 《自京赴奉先县咏怀五百字》,《杜诗镜铨》卷三。
⑫ 《茅屋为秋风所破歌》,《杜诗镜铨》卷八。
⑬ 黄彻语,见《䂬溪诗话》卷一〇。

甘愿用他的满腔心血去喂养象征着国家太平的凤凰①，这是何等的胸襟！在杜甫笔下出现的"三顾频烦天下计，两朝开济老臣心"②的贤臣，"丈夫誓许国，愤惋复何有"③的战士，乃至"下愍百鸟在罗网"的"朱凤"④和"急难心炯然"的"义鹘"⑤，其实都是诗人的自我画像。这正是杜甫高出于同时代其他诗人的地方。

四

屈原生前为楚国的安危日夜忧虑，在他自沉五十年之后，楚国果然被秦国并吞了。贾谊生前虽未得重用，但后来"谊之所陈略施行矣"⑥。他所为之痛哭流涕的祸萌终于被朝廷逐一消灭，汉王朝由"文景之治"进入了鼎盛的武帝时代。而杜甫则亲身经历了他所忧惧的巨大灾难，亲眼看到了唐帝国从极盛转入衰微。也就是说，屈原、贾谊、杜甫三人所处的时代不同，其忧世预言与历史的实际进程相符合的程度也不一致。但是，他们有一个最大的共同点，即都怀着对国家、人民的命运的巨大关切，都具有对于现实生活的深邃的洞察力，因而都能够极其敏锐地觉察到当时政治、社会中各种形式的隐患。这种对于历史演变的深刻预感和忧患感是难以为常人所理解的，所以屈原的忠谏始终不被楚王采纳，贾谊遭到绛、灌之属的谗毁，杜甫则除了谏房琯一事引起肃宗大怒之外，根本没有机会让朝廷听到他的声音。这样，他们在当时就处于一种非常孤独的境地。屈原反复悲叹："国无人莫我

---

① 《凤凰台》："我能剖心血，饮啄慰孤愁。……所重王者瑞，敢辞微命休。"《杜诗镜铨》卷七。

② 《蜀相》，《杜诗镜铨》卷七。

③ 《前出塞九首》之三，《杜诗镜铨》卷二。

④ 《朱凤行》，《杜诗镜铨》卷二〇。

⑤ 《义鹘行》，《杜诗镜铨》卷四。

⑥ 《汉书·贾谊传》。

知兮"①,"举世皆浊我独清,众人皆醉我独醒"②。贾谊则说:"国其莫我知,子独壹郁其谁语?"③杜甫也说:"众宾皆醉我独醒。"④又说:"向来忧国泪,寂寞洒衣巾。"⑤这种深沉的孤独感主要不是由于自己的才能、品德不为社会所承认,而是由于拳拳忠忱和侃侃谠言不为朝廷所接受。所以要抗拒这种孤独感,仅靠对自己的天赋和操守的孤芳自赏是远远不够的,只有对国家、人民的命运怀有强烈的责任感,对自己的事业、理想的正义性怀有强烈的自信心,才能产生足以抗拒这种孤独感的精神力量。屈、贾之赋和杜甫之诗,正是这种巨大的精神力量在古代文学中的体现,虽然其强度和影响并不完全等同。

　　所以,古代文学中不同内涵的忧患感不仅在深度和广度上有量的差异,而且在精神上有质的不同。这种不同就在于诗人的忧患感是否与对国家、人民的责任感融为一体。如果缺乏责任感,那么当沉重的忧患感压上心头时,有什么精神力量可以抵抗它呢?这样,即使是正直善良的人也只能佯狂避世,全身远害,就像庄子那样"以天下为沈浊,不可与庄语"⑥,或像阮籍那样"不与世事","口不臧否人物"⑦。如果对国家、人民怀有责任感,那么忧患感与责任感就会相辅相成,融为一体。因为怀有责任感的人们更容易洞察国家、人民的隐患祸萌,从而具有更深广的忧患感。而当他们具有深广的忧患感之后,他们就更强烈地希望为国家、人民排忧解难,从而产生更强烈的责任感。这样,本来是低沉压抑的忧患感就会升华成为一种非常积极、非常坚毅的精神力量。正是这种精神力量支撑着屈原、贾谊和杜甫,使他们在国家

---

① 《离骚》。

② 《渔父》。

③ 《吊屈原赋》,《汉书·贾谊传》。

④ 《醉歌行》,《杜诗镜铨》卷二。

⑤ 《谒先主庙》,《杜诗镜铨》卷一二。

⑥ 《庄子·天下》。

⑦ 《晋书·阮籍传》。

和个人的双重苦难的压迫下仍能岿然挺立,百折不挠地执着于自己的理想,宁可以身殉志也不肯退避半步。正由于此,阮籍《咏怀》诗中的忧患感虽也具有很强的感染力,但它只能给读者带来压抑和绝望,而屈赋、杜诗中的忧患感却能给读者带来激昂和希望。前者诉说着一个正直的灵魂被浊世的重压所摧毁,后者却宣告了理性和道德对于黑暗现实的胜利。历史已经证明:自沉汩罗的屈原、痛哭流涕的贾生和穷愁奔走的杜甫在后人心目中决非是以失败者的形象而存在的。他们的作品对于后代的读者产生了巨大的鼓舞作用,特别是屈原和杜甫那些崇高壮丽的代表作,千百年来一直激励着千百万人为祖国和人民而奋斗、牺牲,成了志士仁人从中汲取精神力量的源泉。在屈骚和杜诗中所蕴涵的忧患感和责任感是我国古代文学中最具有积极性的精神财富,从这个意义上说,杜甫乃是屈原精神的最好继承者。

七言律诗中的政治内涵

——从杜甫到李商隐、韩偓

程千帆　张宏生

一

七言律诗,滥觞于梁、陈,成熟于初唐。其确立时期,当在唐中宗景龙年间①。这一年代,下距今存杜甫创作的第一首七律,约二十八年②。

初唐七律,虽然在形式上不断演进,声律对偶也日益精严,但其所反映的内容却变化甚少。据我们的统计,在杜甫之前,初唐或由初入盛的诗人计创作七律246首,除极少几首外,内容不外包括应制颂圣、即景抒怀、寄远赠别、登临怀古等几类,而尤以第一类为最多③。将这种新成熟的充满了生命力的诗歌样式仅用之于表现这些内容,虽然也

---

①　见赵昌平《初唐七律的成熟及其风格溯源》,载《中华文史论丛》1986年第4辑。其论述七律的形成史略谓:"从梁陈间的庾信开始至初唐高宗时期为滥觞酝酿时期,这一阶段将近一个半世纪。武周时期,为七律的颖脱而未成熟时期,这一阶段约二十年时间。中宗时期由颖脱而成熟,景云(按:当作景龙,下同)年间是确立时期。这一阶段共六年余,而最终确立,仅景云二年至四年约二年时间。"

②　据浦起龙《读杜心解》卷四之一编年,杜甫第一首七律《题张氏隐居二首》作于开元二十五年(737),其时七律在形式上早已成熟。

③　据《全唐诗》及《全唐诗外编》编排顺序统计(其中刘长卿、韦应物两人年代显在杜甫之后,因略去不计)。杜甫之前的七律亦有少量表现政治内容的,计有八首,或写边塞战事,或写人民疾苦。前者如王维《出塞》,后者如祖咏《望蓟门》。但这些作品无论在具体性、深刻性,还是在广泛性上,都远逊于杜甫。

不乏成功的作品,但从内容可以反作用于形式的道理来考虑,也不难发现,这些比较狭小乃至有些贫乏(如应制之作)的内容也不免影响了它本身在风格体势等方面的发展。

但到了富有创造力的杜甫手里,七律这种诗体却被注入了丰富而深刻的政治内涵,使之跳出宫廷和个人生活的小圈子,成为反映政治现实的一种新手段,从而开拓了七言律诗的新境界。

不过,杜甫所开创的这一传统,在他身后相当长的一段时间里,却没有得到很好的继承。像元稹、白居易、刘禹锡、许浑、杜牧等诗人,虽都擅写七律,但考其内容,却仍然对社会政治缺少关注,而大致回到了杜甫之前的老路。一直要到晚唐的李商隐和韩偓,杜甫七律中的这一传统才得到了真正的、全面的继承和发展。这种情况使我们知道,文学发展的道路往往是有隐有显,有曲有直,有断有连的,如果不全面地加以考察,就很难如实地反映文学历史的全貌和真相。

二

杜诗共 1458 首,其中七律 151 首,占 10%,而体现政治内容的七律共 43 首,占全部七律的 28%①。从数量上看,杜甫是唐代第一个大力创作七律的诗人(数量上超过在他以前出现的七律总和的一半),而从质量上看,杜甫更是超过了他的前辈们。

杜甫七律中的政治内涵,按其表现角度和方式的不同,大致可分为三个不同的方面。

第一个方面是对现实政治的直接描写。杜甫生活在唐王朝动乱频仍的历史时期,对于帝国由盛而衰,人民由安乐而疾苦,他是亲眼看见的,其感受也是十分痛切的。这些,在他的笔下都有着深刻的表现,

---

① 杜诗七律总数据浦起龙《读杜心解》进行统计,其解释则参照各家注本酌定。

被开拓的诗世界

如《登楼》：

> 花近高楼伤客心，万方多难此登临。锦江春色来天地，玉垒浮云变古今。北极朝廷终不改，西山寇盗莫相侵。可怜后主还祠庙，日暮聊为《梁甫吟》。

因吐蕃入侵，"伤时无诸葛之才，以致三朝鼎沸，寇盗频仍"[①]，对现实动乱的关注和对国家命运的忧虑交织在一起。而诗人一旦跳出具体的事件，对整个历史过程进行俯瞰时，这种忧愤就更为深广了。如七律联章诗《诸将五首》是杜甫对全国"次第为自北而东而南而西为一寰区之周览"[②]。同时，其中联系着国家的过去、现在和未来，空间与时间交织，反映出严重的内忧和外患，集中地揭示了重大的社会矛盾，并提出解决这些矛盾的方法。其宏阔的反映面，准确的观察点，敏锐的思想性，都能见出杜甫运用七律时所显示的独创性。如第一首：

> 汉朝陵墓对南山，胡虏千秋尚入关。昨日玉鱼蒙葬地，早时金碗出人间。见愁汗马西戎逼，曾闪朱旗北斗殷。多少材官守泾渭，将军且莫破愁颜。

第三首：

> 洛阳宫殿化为烽，休道秦关百二重！沧海未全归禹贡，蓟门何处尽尧封？朝廷衮职虽多预，天下军储不自供。稍喜临边王相国，肯销金甲事春农。

---

① 《杜诗镜铨》卷一一。
② 罗庸《读杜举隅》，载《杜甫研究论文集》一辑。

或写吐蕃入侵的惨祸①,或写藩镇割据的危害②,都勾勒出一幅幅真实的历史画面。诗人的选材及其体现其中的叙述和议论,显示出他对重大政治事件的深切关注,也反映出他将七律赋予"诗史"含义的用心。

第二个方面是在巨大的现实政治背景中所反映出的身世之感。杜甫素怀大志,早年便具有"致君尧舜上,再使风俗淳"③的抱负。但他的政治理想和才能并没有受到应有的赏识,而本人更由于社会的动乱,到处漂泊,这种经历,使得他把自己的命运与祖国的命运联系起来,与现实的社会政治联系起来。在安史之乱时,杜甫与广大人民一样,妻离子散,辗转流离,曾写下许多沉痛的悲歌④,并时刻密切注视着平叛战争的进行。广德元年,叛乱被初步平定了,杜甫以欢快的心情写下了《闻官军收河南河北》,表现出他对结束流离生活的憧憬:

> 剑外忽传收蓟北,初闻涕泪满衣裳。却看妻子愁何在?漫卷诗书喜欲狂。白日放歌须纵酒,青春作伴好还乡。即从巴峡穿巫峡,便下襄阳向洛阳。⑤

---

① 《杜诗镜铨》卷一三云:"吐蕃于广德元年一陷京师,上年永泰元年再逼京师,最为迩年大患。"又《杜诗详注》卷一六引顾注:"广德元年,柳伉上疏,谓犬戎犯关度陇,不血刃而入京师,劫宫阙,焚陵寝,即此事也。"

② 《杜诗镜铨》卷一三云:"是时藩镇各治兵完城,自署将吏,为腹心之患。"又《读杜心解》卷四之二云:"藩镇之祸,河北最甚,延至末造,卒以亡唐。而其祸皆成于代宗之初。时成德则李宝臣,魏博则田承嗣,相卫则薛嵩,卢龙则李怀仙,淄青则李正己,各治兵完城,自署将吏,不供贡赋,其可忧切于吐蕃、回纥。"

③ 《奉赠韦左丞丈二十二韵》,《杜诗镜铨》卷一。

④ 如《月夜》《得舍弟消息二首》《一百五日夜对月》,并见《杜诗镜铨》卷三。

⑤ 按:《资治通鉴》卷一二二,宝应元年(762)十月唐"取怀州","克东京及河阳城",十一月,"薛嵩以相、卫、洛、邢四州降","张忠志以赵、恒、深、定、易五州降"。广德元年(763)一月,范阳节度使李怀仙降,史朝义败死,此即题中"收河南河北"事。

诗人的喜极而泣,是为自己家庭的幸福前景而高兴,同时,更是为国家局势出现转机而振奋。这样,诗人对祖国复兴的期待和对社会发展的希望,便完全融汇在自己举家庆贺将返故乡的喜悦之中了。然而,这种喜悦不过是暂时的,由于遗留问题过多,虽然安史乱定,政治社会矛盾仍然非常尖锐,动乱仍然经常发生,杜甫也就仍然难免漂泊之苦。而由于这种希望与幻灭的变迁,诗人的作品中就更经常地出现由于频繁的动乱而带来的感情痛苦。如《恨别》对于家乡和亲人的思念,《九日》感慨乱世羁旅的辛酸,《暮归》表达前路漫漫的悲哀……这些诗,都有着具体的政治背景,反映了处在乱世的人们的共同命运;同时,又表现了诗人独特的身世之感,这就使得诗歌内容超越了一己的悲欢,而成为时代的、社会的缩影。在杜甫之前,以七律感怀身世的作品并不少,但只是到了杜甫,才有意识地使之与现实社会政治联系起来,并且获得成功。这不能不说是一个创造。

第三个方面是以咏叹史事来表现政治内涵。这又可分为怀古与哀时两个方面。前者如《咏怀古迹五首》,咏叹庾信、宋玉、王昭君、刘备、诸葛亮等历史人物,表达或同情、或哀悯、或向往的感情。后者如《秋兴八首》,围绕着十数年间唐代社会的政治中心长安的盛衰史,进行了回忆和反省,表现出诗人深沉的历史感和鲜明的时代感。在另外一篇文章中,我们对这两组诗曾有着较为详细的分析。如《咏怀古迹五首》,我们曾认为,"杜甫将他所关注的对象赋予了历史的延续性,同时又有意无意地将诗中人物的命运进行比较,暗示应当联系现实来进行反省",并进而指出,这组诗"写对怀才不遇的同情和对能够识才、用才的赞美……诗人针砭当世的用意是显而易见的"。而分析《秋兴八首》时,则认为在这组诗中,诗人"将多年来翻腾于胸中无法摆脱的由各种事实构成的历史过程充分立体化,并多向延伸出去",反映了安史作乱,吐蕃、回纥入侵,安史余党负固不臣,官军内讧害民,人民横遭涂炭等种种情事,从而"把这一段浸透作者的追求和痛苦、怀恋和怅惘的历史,多角度、多层次地"①展现出来。而且,这一历史过程所凝聚着的,都是消逝不久、且与现实发生着千丝万缕联系的事实,因此,其中的政治内涵就更为鲜明。这样,杜甫不仅突破了单纯咏史的传统,而且,更以强烈的现实感,将古今贯通起来,使其作品打上了时代的烙印,从而赋予了它们以更为深厚的思想内容。

三

前人评价李商隐诗,每谓其上承杜甫②,并特别指出李商隐的七律,与杜诗有着直接的渊源,是杜诗在唐代的最好继承者③。的确,我们检索李商隐那些表现政治内容的七律,可以发现杜甫所开创的这一传统,正是在李商隐诗中得到了真正的继承,并在某种程度上得到了发展。即使认为李之学杜取得显著成功的正在这一点,也不为过。

李诗今存595首,其中七律116首,占20%,而体现政治内容的七律共29首,占全部七律的25%④。这些诗,政治内涵的反映面是相当广阔的。上述杜诗的三个方面,在李诗中也同样得到了表现。

李商隐所处时代的社会矛盾,有着与杜甫时不尽相同但仍然非常尖锐、复杂的内容。宦官的把持朝政和藩镇的拥军割据,成为比安史乱前更为重大的政治问题。这使得晚唐的社会局势愈益动荡不安。作为一个社会责任心非常强烈的诗人,李商隐敏感地注意到了这些问

---

① 参看程千帆、张宏生《晚年:回忆和反省——读杜甫在夔州的长篇排律和联章诗札记》,载本书。
② 蔡居厚《蔡宽夫诗话》云:"王荆公晚年亦喜称义山诗,以为唐人知学老杜而得其藩篱者,惟义山一人而已。"吴乔《围炉诗话》卷三云:"少陵诗是义山根本得力处。"薛雪《一瓢诗话》云:"有唐一代诗人,惟李玉溪直入浣花之室。"
③ 翁方纲《石洲诗话》卷二云:李商隐"七律则远合杜陵"。方东树《昭昧詹言》卷一九云:"玉溪七律,前人谓能嗣响杜公。"管世铭《读雪山房唐诗钞》卷一八"七律凡例"云:"善学少陵七言律者,终唐之世,惟李义山一人。"
④ 李诗七律总数据叶葱奇《李商隐诗集疏注》统计,其解释则参酌诸本。

题。如反映甘露之变的两首七律:《重有感》和《楚宫》,前者写刘从谏"三上疏问王涯罪名"①、"誓以死清君侧"②事,深恨宦官的横暴,盼望刘从谏能兴师除恶,"早晚星关雪涕收",使得朝政大权回到皇帝手中。后者写"仇士良使盗窃发其(王涯等)冢,投骨渭水"③事,感叹王涯等人无辜被杀。"空归腐败犹难复,更困腥臊岂易招"一联,直书其事,控诉了宦官的凶残。此外,《哭刘蕡》为因反对宦官而遭贬死的刘蕡大声申诉:"上帝深宫闭九阍,巫咸不下问衔冤",悲愤地"并将添恨泪,一洒问乾坤"④,鲜明地表示了对宦官专权的态度。又如反对藩镇割据的两首七律:《井络》和《行次昭应县道上送户部李郎中充昭义攻讨》。前者因"蜀地恃险,自古多乘时窃据,宪宗时尚有刘辟之乱,诗特戒之"。正如田兰芳所说:"足褫奸雄之魄,而冷其觊觎之心。"⑤后者写平定刘稹叛乱事,断言割据者"鱼游沸鼎知无日,鸟覆危巢岂待风",期待着平叛之师"早勒勋庸燕石上,伫光纶绶汉廷中"。藩镇割据是晚唐的大患之一,李商隐的这些篇章正反映了诗人对这种现象的深切忧虑。除了以上两大类外,李商隐对其他社会矛盾也有所反映。如《碧城三首》讽刺武宗求仙,《汉南书事》批判朝廷的扩边政策。这些,都见出诗人对现实的关注是广阔的和深邃的。

　　同杜甫一样,李商隐也有着"欲回天地"⑥的宏伟抱负。但是,他所处的时代虽无安史之乱那样天翻地覆的变化,可一切足以导致唐朝走向灭亡的矛盾无不在加紧酝酿着,而他本人,则长期被卷入党争的漩涡中,终其一生,或任微官于秘省,或供薄职于幕府,始终没有施展政治抱负和才能的机会,这使得他非常痛苦,经常感怀身世,为自己的

①　《旧唐书·文宗本纪》。
②　《新唐书·仇士良传》。
③　《新唐书·王涯传》。
④　李商隐《哭刘司户二首》之二,《李商隐诗集疏注》卷上。
⑤　冯浩《玉溪生诗集笺注》卷二引。
⑥　李商隐《安定城楼》,《李商隐诗集疏注》卷中。

命运而叹息。在《野菊》中,他感慨自己"已悲节物同寒雁,忍委芳心与暮蝉"。在《圣女祠》中,他指出"人间定有崔罗什,天上应无刘武威",对牛党的不知奖掖人才表示不满。在《荆门西下》中,他更将自己的身世比作风中片叶,感叹自己"骨肉书题安绝徼,蕙兰蹊径失佳期"的境遇,甚至因"洞庭湖阔蛟龙恶"而"却羡杨朱泣路歧"①。当此之际,诗人真感到无路可走了。历史地看,朋党之争是统治集团内部矛盾加深的结果。由于两党互相排挤,不问是非,客观上影响了朝政的施行,加速了王朝的分化瓦解。连皇帝都看到了这一点,说"去河北贼非难,去此朋党实难"②,可见其危害之深。李商隐一生处于党争漩涡中,深受其害,对此体会更深。他对萧瀚等人构于党祸被贬深致不平:"初惊逐客议,旋骇党人冤。"③他甚至把朋党比作"虎踞龙蹲纵复横"④的乱石,可见其对朋党之争的态度。反观他那些在朋党之争背景中的感怀身世之作,其中显然浸透着深厚的政治内涵。

李商隐的七律咏史诗也是其反映政治内容的重要组成部分。如果说杜甫作为这类作品的创始人,只是初具自觉意识的话,那么,李商隐则完全是有意为之的。他的七律咏史诗共十余首,大致可分为二类。第一类是借咏史直接影射现实。如:《咏史》为甘露之变而发,写文宗"运去不逢青海马,力穷难拔蜀山蛇"的悲剧;《隋师东》写讨伐李同捷事,对诸将玩寇冒功深致愤慨,而有"军令未闻诛马谡,捷书惟是报孙歆"之叹。第二类是追怀先朝盛世,抒发今昔之感。如:《九成宫》写出"云随夏后双龙尾,风逐周王八骏蹄。吴岳晓光连翠巘,甘泉晚景上丹梯"的景象,"感当世之衰而追思贞观太平之盛","望

---

① 叶葱奇《李商隐诗集疏注》卷七释此二句云:"商隐此时回京,则令狐绹嫌怨正深;欲往成都,则杜悰那面望又少,正是途穷路尽之时,所以反羡杨朱的多遇歧路。"能得诗意。

② 《旧唐书·李宗闵传》。

③ 李商隐《哭遂州萧侍郎二十四韵》,《李商隐诗集疏注》卷下。

④ 李商隐《乱石》,《李商隐诗集疏注》卷中。

古遥集,声在弦外"①。其批判锋芒指向现实的社会政治,具有鲜明的倾向性。

从以上三个方面可以看出,李商隐对杜甫的学习和继承是全面的,其观察问题的角度显然受到了他的这位前辈的启发,而在进行表现时,则从具体的情况出发,显示了特定的时代特色与个人风格特色。于此,我们既看到了诗人对杜甫传统的继承,也看到了时代和个性在其作品中打下的烙印。不仅如此,有些内容,杜甫只用其他诗体写的,李商隐则引入七律中。如《曲江》:

> 望断平时翠辇过,空闻子夜鬼悲歌。金舆不返倾城色,玉殿犹分下苑波。死忆华亭闻唳鹤,老忧王室泣铜驼。天荒地变心虽折,若比伤春意未多。

"发端言修曲江宫室,本升平故事,今则望断矣。第三言当时仅妃子不返,天子犹复归南内。若今之稞人制命,宰相骈首孥戮,王室将倾,岂止天宝之乱,蕃将外叛,平荡犹易乎?故落句反复嗟惜,有倍于天荒地变也。"②的确,李商隐看到了唐王朝的日趋没落,形势甚于安史之乱,因而深感"夕阳无限好,只是近黄昏"③,唱出了一曲挽歌。相似的主题和内容,杜诗中并非没有,如其《哀江头》:

> 少陵野老吞声哭,春日潜行曲江曲。江头宫殿锁千门,细柳新蒲为谁绿?……人生有情泪沾臆,江水江花岂终极?黄昏胡骑尘满城,欲往城南望城北。

---

① 纪昀《玉溪生诗说》卷上。
② 沈厚塽《李义山诗集辑评》卷下何焯评。
③ 李商隐《乐游原》,《李商隐诗集疏注》卷上。

所反映的感情与李诗是相通的,于此可以窥见这两位处于不同时代的诗人运用两种不同诗体表现相近的政治内容时所产生的对应关系。

四

韩偓是比李商隐晚一辈的诗人。他的创作不仅远绍杜甫,而且更受到李商隐的直接影响①。

韩诗共 227 首,其中七律 122 首,占 54%,而反映政治内容的七律约 42 首,占全部七律的 34%②。从这个数字来看,韩偓在自己的创作中不仅对七律表示了更大的兴趣,而且习惯于以这种样式表现政治性的题材和主题。

与杜甫和李商隐分别处于唐王朝由盛而衰和大乱将至前夕,因而作品各自反映其特定的致乱的社会矛盾和情形不同,韩偓七律中的政

---

① 李商隐是韩偓的姨父,有诗题云《韩冬郎即席为诗相送,一座尽惊,他日余方追吟"连宵侍坐徘徊久"之句,有老成之风,因成二绝寄酬,兼呈畏之员外》,诗中有"雏凤清于老凤声"之句(《李商隐诗集疏注》卷中),可见李商隐对他的这位姨甥的推奖。赵衡《韩翰林集叙》谓"盖公(偓)诗法,初受之义山",夏敬观《唐诗说·说韩偓》同意赵说。赵《叙》又云:"其忠孝大节形于文墨者,非惟义山不能与抗颜行,而调适上遂追及杜公轶尘,并殿全唐为后劲。"虽对李商隐的评价有未允处,但他指出了韩偓与杜甫、李商隐之间的一脉相承的关系,确是一个很好的见解。

② 韩诗七律总数据《四部丛刊》本《玉山樵人集》进行统计,其解释则以吴汝纶《韩翰林集》评语为主,参照其他论述确定。按:韩偓尚有《香奁集》一卷,本文未予统计。关于此集,千百年来聚讼纷纭。贬之者谓其"皆艳词也"(葛立方《韵语阳秋》卷五)。褒之者谓其为"有唐之《离骚》《九歌》","夷考其辞,无一非忠君爱国之忧"(震钧《香奁集发微自序》)。陈伯海先生根据《香奁集·自序》,认为这些诗歌"基本上作于二十岁至三十八九岁之间",难以影射后来的事变,故应为"写男女之情的诗歌"(见《韩偓生平及其诗作简论》,《中华文史论丛》1981年第4辑)。施蛰存先生则根据集中自注年代(如《深院》注云"辛未年在南安作"),认为"韩偓此作序,亦为掩人耳目之计",其"托忠愤于丽语","非真为赋艳而作矣"(见《读韩偓词札记》,载《词学论稿》)。施先生的观察是细致而敏锐的,但仍嫌太绝对。我们认为,《香奁集》中的作品,多写艳情。其中虽不乏有比兴寄托者,但终因词旨微茫,难以指实,故在这里存而不论。

治内涵比较集中,即描写唐亡前后的情事和感受①。这固然使他的作品所反映的范围不如两位前辈那么广阔,但也可以看出,唐朝的灭亡,对于这位较有气节的封建士大夫来说,引起了多么巨大的心灵感应。这就使得他在题材的选择上与杜甫和李商隐区别开来。但这并不妨碍他在学习前人遗产时,真正得到了精神上的继承,并使自己的作品显示出全新的时代特色和个人特色。他的这些作品大致可以分为以下三个方面。

第一个方面是对唐末大乱以迄唐亡的直接描述。韩偓入朝任职的八九年间,正是"天子孤危,威令尽去"②之际。他所辅佐的唐昭宗,曾先后因藩镇和宦官作乱而被迫三次离京,一次被囚③。这表明唐帝国的统治已是摇摇欲坠,朝不保夕。韩偓的诗中对这些事件都有着真实的反映。如《乱后却至近甸有感》和《冬至夜作》,前者写乾宁二年(895)昭宗避李茂贞和王行瑜所部之乱,自终南山返京后,诗人的感受④。这次动乱,"狂童容易犯金门,比屋齐人作旅魂"。乱兵相攻,"城中大乱,互相剽掠",甚至"矢拂御衣,著于楼栿"⑤。而乱后,更是一片荒凉:"夜户不扃生茂草,春渠自溢浸荒园。"史载,昭宗还京后,"时宫室焚毁,未暇完葺,上寓居尚书省,百官往往无袍笏仆马"⑥。可见,韩诗所写,皆是实录。后者写天复元年(901)宦官韩全诲劫持昭宗

---

① 据韩偓《香奁集·自序》:"自庚辰辛巳之际,迄己丑庚子之间,所著歌诗,不啻千首……大盗入关,缃帙都坠。"则他青壮年时期的作品多有遗失,现存作品题材的集中性,可能与此有关。

② 《新唐书·崔胤传》。

③ 昭宗于乾宁二年(895)因避李茂贞和王行瑜所部之犯,逃到终南山。次年,又因李茂贞攻陷长安,逃到华州。天复元年(901),被宦官韩全诲劫持到凤翔。又光化三年(900),宦官刘季述发动政变,昭宗曾被幽囚。

④ 韩诗原注"乙卯年(乾宁二年)作",吴汝纶《韩翰林集》卷三评云:"乙卯字误……此疑昭帝发凤翔至长安,公未贬濮州时随驾还京之作,事在天复三年癸亥也。"按:乾宁二年昭宗出逃终南山,长安陷于兵火,事见《资治通鉴》卷二六〇,与诗正合,似不误。

⑤⑥ 《资治通鉴》卷二六〇。

至凤翔,朱温发兵相救事。"是时昭宗幸凤翔,朱全忠自河中率兵围凤翔,奉表迎驾,所谓'阴冰莫向河源塞'也。'阳气今从地底回'者,谓李茂勋救凤翔,王师范讨朱全忠,诈为贡献,包束兵仗,入汴西,至陕华也。末句('却忧蚊响又成雷')恐勤王之师又将尾大不掉尔。"①韩偓还有《八月六日作四首》,以联章的形式,伤悼昭宗被弑事②。诗中对叛臣篡逆的猖狂、宗国将亡的悲惨以及自己回天无力的悲愤,都进行了真实的描写。如其二云:

> 金虎挺灾不复论,构成狂猘犯车尘。御衣空惜侍中血,国玺几危皇后身。图霸未能知盗道,饰非唯欲害仁人。黄旗紫气今仍旧,免使老臣攀画轮。

通过对昭宗被弑后宫廷内外的悲惨情景的描写③,控诉了朱温的这一行径给社会造成的危害,从而将唐末政权转移的实况反映了出来。

第二个方面是对唐亡的伤悼,表现深沉的故国之思。自从天复三年(903)韩偓被排挤出朝后,次年,朱温即强迫昭宣帝迁都洛阳,天祐四年,篡唐自立,建立梁朝。短短几年中,宗国终于沦亡,诗人不能不

---

① 吴汝纶《韩翰林集》卷一评。

② 按:此四首诗吴汝纶认为写于乾化二年(912),时韩偓在闽,"梁主被弑,八月六日,闽中始知之耳,于是昭宗死十年矣"(《韩翰林集》卷二)。陈寅恪先生则认为:"唐昭宗被弑于天祐元年壬寅,是年八月壬辰朔,壬寅为八月十一日,'六'字殆由'十一'两字联一之讹,盖形近致误。又,所谓'十一作'者,非真此日所作,不过以此为题耳,实作于天祐元年八月十一日昭宗被弑之后,哀帝犹未禅位之前。"(《陈寅恪先生编年事辑》第75—76页,上海古籍出版社1981年版)关于此诗,陈先生还有许多具体论证,极可据信,今从之。

③ "侍中血"指"敕裴枢、独孤损、崔远、陆扆、王溥、赵崇、王赞等并所在赐自尽"及"全忠聚枢等及朝士贬官者三十余人于白马驿,一夕尽杀之"事;"几危皇后身"指昭帝被弑后,"又欲杀何后,后求哀于玄晖,乃释"及"何太后泣遣宫人阿虔、阿秋达意玄晖,语以他自传禅之后,求子母全生"事。并见《资治通鉴》卷二六五。

悲愤交集,故其篇什也独多。其中或直接抒发故国今昔之感,如《故都》;或借咏物表达亡国之痛,如《惜花》。《故都》写诗人遥望长安,一片荒凉,其情景连上帝也"深疑亦自迷"。往日繁盛的都城,现在是"塞雁已侵池篆宿,宫鸦犹恋女墙啼"。而想到朱温伪装效忠,"掩鼻计成",自己虽有所察觉①,却无可奈何,惟有"空垂涕"而已,同时,感叹自己"冯驩无路学鸣鸡",无法使皇帝摆脱困境,全诗悲凉慷慨,写出了种种复杂的感受。《惜花》首写将落之花:"皱白离情高处切,腻红愁态静中深";次写正落之花:"眼随片片沿流去,恨满枝枝被雨淋";再写已落之花:"总得苔遮犹慰意,若教泥污更伤心";末结以对春天消逝的伤感:"临轩一盏伤春酒,明日池塘是绿阴"。全诗逐层深入地写出了对落花的惋惜和对春天的留恋,非常沉痛,正是"伤唐亡之旨"②。

　　第三个方面是感怀身世之作。韩偓早年不得志③,直到龙纪元年(889)近五十岁时才中进士,后又长期受排挤,仅能供职幕府。回朝以后,参与朝政,表现出一定的政治才能,深得昭宗的信任和依赖④,但却因效忠唐室,触怒朱温,一贬再贬,而又目睹唐亡,回天无力,只能入

---

　　① 天复三年(903),韩偓被贬为濮州司马,临行前对昭宗说:"是人(按:指朱温)非复前来之比,臣得远贬及死乃幸耳,不忍见篡弑之辱!"见《资治通鉴》卷二六四。

　　② 吴汝纶《韩翰林集》卷二吴闿生评。按:吴乔《围炉诗话》卷一对此诗有详细评论,其文云:"余读韩致尧《惜花》诗结联,知其为朱温将篡而作,乃以时事考之,无一不合。起语云'皱白离情高处切,腻红愁态静中深',是题面。又曰'眼随片片沿流去',言君民之东迁也。'恨满枝枝被雨淋',言诸王之见杀也。'总得苔遮犹慰意',言李克用、王师范之勤王也。'若教泥污更伤心',言韩建之为贼臣弱帝室也。'临轩一盏伤春酒,明日池塘是绿阴',意显然矣。"是则认为此诗作于唐亡前。惟其句句比附,似过于坐实,姑录于此,以资参考。

　　③ 韩偓《与吴子华侍郎玉堂同值,怀恩叙恳,因成长句四韵,兼呈诸同年》有"二纪计偕劳笔砚"之句,可证。见《韩翰林集》卷一。

　　④ 据《新唐书·韩偓传》,昭宗谋尽诛宦官,韩偓以为不可,"帝前膝曰:'此一事始终属卿。'"又,"帝反正,励精政事,偓处可机密,率与帝意合,欲相者三四,让不敢当"。又,韩偓被贬时,"帝执其手流涕曰:'我左右无人矣。'"

闽依靠王审知,忧伤终老。韩偓是有着很大的政治抱负的[①],但终其一生,既难以兴国,复拙于谋身,晚年还不免颠沛流离,这就使他的诗歌多抒身世之感。其中有的写政治上的失意,如《安贫》;有的写生活上的痛苦,如《伤乱》。《安贫》写自己"手风""眼暗",生活无聊,而之所以如此,则是因为"谋身拙为安蛇足,报国危曾捋虎须"[②]。由此慨叹"举世可能无默识,不知谁拟试齐竽"。意即自己空有满腹经纶,却无从施展,只能眼看着国家衰亡罢了。《伤乱》写诗人致慨于"一枝一影寒山里,野水野花清露时",那"故国几年犹战斗"的不堪情景,而漂流在外,仍是"异乡终日见旌旗",如此时局,何况又加上"交亲流落身羸病",终于只能沉痛地叹息着"谁在谁亡两不知"了。如果我们把这种身世之感放到当时那种具体的政治环境中去,就可以看出,从这位诗人的感喟中,处处反映了唐末那段惨痛的历史,显然,这些篇章是不能仅仅看作是属于韩偓个人的。

由上可见,韩偓七言律诗从根本上继承了杜、李的传统,即集中反映社会的重大政治问题,而具体的表现对象则完全是从其所处的时代出发的。但是,我们也发现,比起杜、李来,韩偓较缺少深沉的历史感,尤其未能将历史与现实加以沟通。这表现在,他的咏史之作不多,仅有的几首,也不够深刻。这也许是因为黍离、麦秀之悲对他的打击太沉重,以至于他长时间未从这种打击中解脱出来,没来得及结合历史来对现实进行反省。但无论如何,他运用七律来表现政治内容,却还是表现得很突出的,是与其两位前辈一致的。

---

① 韩偓《朝退书怀》:"孜孜莫患劳心力,富国安民理道长。"见《韩翰林集》卷三。

② 《资治通鉴》卷二六四:"上返自凤翔,欲用偓为相,偓荐(赵)崇及兵部侍郎王赞自代。上欲从之,崔胤恶其分己权,使朱全忠入争之。全忠见上曰:'赵崇轻薄之魁,王赞无才用,韩偓何得妄荐为相!'上见全忠怒甚,不得已,癸未,贬偓濮州司马。"此即"捋虎须"事。

五

　　杜甫突破七言律诗仅用于表现宫廷和个人生活的旧传统,用它来反映广阔而深刻的政治内容,这种做法,如前所述,是将七律赋予了"诗史"的含义。李商隐和韩偓认识到了这一点,并有意识地进行学习,因此,这三位诗人的七律都具有反映当时重大的政治事件和社会矛盾的特色。

　　具体地说,杜甫主要抓住安史之乱来写。这一对唐代乃至整个封建社会的进程都有着重大影响的事件给杜甫的思想和生活打下了深刻烙印,杜甫笔下唐帝国由盛而衰的整个画面都和这场大变乱分不开。而李商隐则始终围绕着四个方面来写:藩镇割据,宦官持政,皇帝之荒淫,朋党之争斗。这四个方面都在不断加剧着社会的内部矛盾,促使唐王朝趋于灭亡。至于韩偓,他的作品再现了唐亡前后的一段历史,而且几乎是一部编年史。正如毛晋所说,其诗"自辛酉迄甲戌凡十有四年,往往借自述入直、扈从、贬斥、复除,互叙朝廷播迁、奸雄篡弑,始末历然如镜,可补史传之缺"①。可见,对重大政治矛盾表现的集中性是他们的作品所同,而李、韩在向其前辈学习时,脱略枝节,抓住精髓,结合自己的具体情况,在题材的开掘、主题的发挥等方面,都作了适合于各自的时代和个人风格的处理。这既表现了每个作家的独特性,也显示出历史的延续性。

　　此外,这三位诗人的七律作为"诗史",不仅只叙述政治事件,而且,其中还蕴含着作者的史识,即比较深刻的政治见解。杜甫所处的时代,社会的主要矛盾是安史之乱,但杜甫却能跳出具体的事件,对社会进行更为深广的思考。如《诸将五首》之三:"沧海未全归禹贡,蓟门

---

　　① 毛晋《韩翰林诗别集跋语》,载《汲古阁书跋》。

何处尽尧封?"又之四:"越裳翡翠无消息,南海明珠久寂寥。殊锡曾为大司马,总戎皆插侍中貂。"对朝廷纵容藩镇、宠信宦官的危害,提出了虽然朦胧、但却很敏感的预见,其思想锋芒只有联系唐朝中后期的历史才能见出①。李商隐在反映重大社会矛盾时,有着他独特的认识。如《井络》一诗,举向来受到赞扬的刘备作为反证,说明虽有刘备、诸葛亮之贤,但割据者终必要亡,这就揭示了国家统一、中央集权的必要性和必然性,使诗中反对藩镇割据的思想内涵得到了升华。又如《重有感》,诗人认为"窦融表已来关右,陶侃军宜次石头",希望刘从谏言出兵随,采取行动,这虽被人讥为"竟以称兵犯阙望刘从谏"②,但实则是诗人对唐王朝一贯姑息乃至纵容宦官政策的强烈批判,开出了一剂正本清源的良药。韩偓也是一位头脑很清醒的诗人。在他辅政的时候,唐王朝已危在旦夕,此时的主要矛盾是朱温的势力已十分强大,伺机而动,准备亡唐,而皇帝却只从片面的历史经验出发,一味准备对付宦官。韩偓曾写有《论宦官不必尽诛》③一文,还曾多次与昭宗论及此事,点明主要危机所在。他的《故都》《安贫》中对"掩鼻计成终不觉"和"报国危曾捋虎须"的描写,就是表达他曾发表的"只拟诛黄皓,何曾识霸先"④的识见。他的政治主张虽无法实行,见解却是高于时人的。

由于这些七言律诗既是诗史,又具史识,这就使得由杜甫开其端,并得到李商隐、韩偓继承的这一传统,在反映生活的深度和广度上都达到了前此所无的很高的成就,并启发后代一些诗人踏上了他们所开辟的广阔道路。

---

① 仍请参看《晚年:回忆和反省——读杜甫在夔州的长篇排律和联章诗札记》一文。

② 《四库全书总目》卷一五一《李义山诗注》提要。

③ 见《全唐文》卷八二九。

④ 韩偓《感事三十四韵》,《韩翰林集》卷二。

六

用七言律诗来表现政治内容,也就使得这一样式在风格上发生了与之相适应的变化。

杜甫之前的七律,由于内容的局限,风格或工丽,或高华,变化较小。只有到了杜甫,将政治内容引进七律,才使得这种诗体中也出现了浸透着诗人的忧患感和责任感的沉郁顿挫的风格。管世铭评云:"七言律诗,至杜工部而曲尽其变。盖昔人多以自在流行出之,作者独加以沉郁顿挫。"①管氏以"沉郁顿挫"赞美杜甫七律,说明他注意到了杜甫七律在内容上的更新所引起的风格上的变化。因此,在这个意义上,我们说,杜甫开拓了七言律诗创作的新境界。

李商隐的七律诗风,受到了杜甫的直接影响。王安石曾举其"雪岭未归天外使,松州犹驻殿前军"、"永忆江湖归白发,欲回天地入扁舟"等诗句,以为"虽老杜无以过也"②。沈德潜也指出"义山近体……长于讽谕,中有顿挫沉著、可接武少陵者,故应为一大宗"③。方东树则举《筹笔驿》等诗,认为"义山此等诗,语意浩然,作用神魄,真不愧杜公"④。这些,略见李商隐与杜甫的直接渊源。然而,纵观李商隐的七律,其学杜者虽能略具面目,但真正代表他的创作特色的并不全在于此。他的主要成就,在于结合自己的创作个性去学习杜甫,因而能够在某种程度上超越前人,自成一家。正如吴乔所说:"义山初时亦学少陵……到后来力能自立,乃别走《楚辞》一路,如《重感》七律亦为甘露

---

① 管世铭《读雪山房唐诗钞》卷一八"七律凡例"。
② 蔡居厚《蔡宽夫诗话》。
③ 沈德潜《唐诗别裁》卷一五。
④ 方东树《昭昧詹言》卷一九。

之变而作,而体格迥殊也。"①正因为如此,他的七律才能"秾丽之中时带沉郁"②,别创一境界。朱弁曾谈到李商隐学杜的方法:"李义山拟老杜诗云'岁月行如此,江湖坐渺然',直是老杜语也。……然未似老杜沉涵汪洋,笔力有余也。义山亦自觉,故别立门户成一家。后人把其余波,号西昆体,句律太严,无自然态度。黄鲁直深悟此理,乃独用昆体工夫,而造老杜浑成之地。"③夏敬观释云:"朱氏谓'义山亦自觉,故别立门户成一家',正义山善学杜之诀。……山谷学义山之学杜,固不期其貌似义山,义山学杜,岂期貌似少陵者耶?"④李商隐学杜,也表现在他继承了杜甫的创新精神,以更丰富的手法去表现政治内容,使杜甫所开创的七言律诗的新境界得到进一步拓展,所谓"义山善学杜"正在于此。

韩偓遭际乱离,更甚于杜甫。他的许多忧时伤乱、感怀身世的七言律诗,或慷慨悲凉,或情致缠绵,深受杜诗影响,是杜诗在唐末的最好继承者。但其诗歌语言平易自然,往往直抒胸臆,却又有着自己的特色,并不是杜诗风格的简单模仿者。韩偓的七律也不时显示着李商隐的影响,已如前述。赵衡说:"(韩)公诗法初受之义山,最为深隐难读。及其后国亡家破,身世乱离所感,公乃别创一境。"⑤由于韩诗,特别是其早期作品保留下来的较少,对于赵衡所云之"深隐",我们今天还难以完全指证,但他认为李、韩二人反映政治内容的诗歌在风格上有不同处,指出韩偓避同求异,走出了与他的姨父不同的路子,还是正确的。总之,韩诗"虽局于风气,浑厚不及前人,而忠愤之气,时时溢于

① 吴乔《答万季野诗问》。吴乔说李商隐学《楚辞》,诚然是不错的,但我们还要注意到,李贺是他们之间的一座桥梁。
② 施补华《岘佣说诗》。
③ 朱弁《风月堂诗话》卷下。
④ 夏敬观《唐诗说·说李商隐》。
⑤ 赵衡《韩翰林集叙》。

语外"①。因此,他才能够把由杜甫开创的并得到李商隐继承的诗歌传统接了过来,并有所变化发展。

杜甫不仅更新了七律的思想内涵,开拓了七律的创作风格,而且在七律的表现形式上也有所发展。这集中表现在,他创造了七律联章诗(组诗)的形式,并以之表现重要的政治内容。他集中七律联章诗共十组,其中《咏怀古迹五首》《诸将五首》《秋兴八首》等鸿篇巨制,内容深广,结构严谨,完整地描绘了历史的和现实的社会风貌,成功地表现了自己的思想感情。这说明,杜甫是有意赋予七言律诗以新的功能,即将其进行一定的组合,构成联章的形式,以期在深度和广度上都发挥其表现重要政治内容的优势。在这方面,他获得了很大的成功。然而,杜甫所开创的这一传统在唐代却没有得到很好的继承。李商隐集中仅四组七律联章诗②,而且多为二章相联;韩偓虽有《八月六日作四首》这样的反映现实政治内容的七律联章诗,但并非成功之作,而且集中另外三组七律联章诗也仅为二首相联。这意味着,杜甫所运用的七律联章的表现形式,李、韩二人或因才力不足而未能继承,或因不够重视而不愿学习。面对这种情况,我们是否可以说,在运用七律表现政治内容时,杜甫是既着重了点,同时又着重点和面的结合的,而李、韩则只注意了点。这不能不使人感到是一种缺陷。这种缺陷,在后代诗人如元好问、钱谦益、吴伟业等人的作品中,获得了弥补③。可惜我们

① 《四库全书总目》卷一五一《韩内翰别集》提要。按:韩诗不够深厚,固然是局于时代风气,但和他自己的气质、个性也不无关系。

② 李商隐尚有若干首《无题》七律排列在一起者,或系后人编集时所合并,为慎重起见,略去不计。

③ 元、钱、吴三家多用七律联章诗的形式表现政治内容,今按本文所讨论的三个方面(即直接写时事、身世之感和咏史),依次各举一例为证。

元好问《岐阳三首》之一:"突骑连营鸟不飞,北风浩浩发阴机。三秦形胜无今古,千里传闻果是非? 偃蹇鲸鲵人海涸,分明蛇犬铁山围。穷途老阮无奇策,空望岐阳泪满衣。"又《卫州感事二首》之二:"白塔亭亭古佛祠,往年曾此走京师。不知江(转下页)

在这里无法涉及这个问题。

七

　　诗歌不仅是政治的工具，因而政治内容决不应成为诗歌的惟一表现对象，这是非常明确的。但是，诗歌，与其他文学样式一样，以反映社会生活为主，而政治活动或政治事件，正是社会生活的最重要的内容之一。因此，一位诗人如果能够有意识地为其诗歌注入与广大人民

（接上页）令还家日，何似湘累去国时？离合兴亡遽如此，栖迟零落竟安之？太行千里青如染，落日阑干有所思。"又《四哀诗·王仲泽》："太学声华弱冠驰，青云岐路九霄飞。上前论事龙颜喜，幕下筹边犬吠稀。壮志相如头碎柱，赤心稽绍血沾衣。从来圣牍褒忠义，谁为幽魂一发挥？"

　　钱谦益《冬至后京江舟中感怀八首》之六："项城师溃哭《无衣》，闻道松山尚被围。原野萧条邮骑少，庙堂镇静羽书稀。拥兵大将朱提在，免胄文臣白骨归。却喜京江波浪偃，蒜山北畔看斜晖。"又《后秋兴八首》之四："闺阁心悬海宇棋，每于方罫系欢悲。乍闻南国车攻日，正是西窗对局时。漏点传稀更鼓急，灯花驳落雨声迟。还期一着神头谱，姑妇何人慰我思？"又《西湖杂感》二十首之十八："冬青树老六陵秋，恸哭遗民总白头。南渡衣冠非故国，西湖烟水是清流。早时朔漠翎弹怨，它日居庸宇唤休。苦恨嬉春铁崖叟，锦兜诗报百年愁。"

　　吴伟业《闻台州警》四首之二："野哭山深叫杜鹃，阆风台畔羽书传。军打绝磴松根火，士蹊飞流马上鞍。雁积稻粱池万顷，猿知击刺剑千年。桃花好种今谁种？从此人间少洞天。"又《和王太常西田杂兴韵》八首之五："乱后归来桑柘稀，牵船补屋就柴扉。游鱼自见江湖阔，野雀何知身体微？听说诗书田父喜，偶谈城市醉人围。昨朝换去机头布，已见新缝短后衣。"又《钟山》八首之《台城》："形胜当年百战收，子孙容易失神州。金川事去家还在，玉树歌残恨未休。徐邓功勋谁第一？方黄骸骨总荒丘。可怜一片秦淮月，曾照降幡出石头。"

　　从三家写作七律联章诗的总数量上，也能看出他们对杜诗传统的继承。据我们的统计，元好问创作七律327首，其中联章29组，计66首；钱谦益创作七律1067首，其中联章180组，计795首；吴伟业创作七律284首，其中联章45组，计179首。（元好问诗据施国祁《元遗山诗集笺注》统计；钱谦益诗据《四部丛刊》本《牧斋初学集》《牧斋有学集》和宣统三年风雨楼刻本《投笔集》统计，后二种或有互相重复者，则予以删除；吴伟业诗据程穆衡《吴梅村诗集笺注》统计。）这些数字，比起创作七律151首，而联章仅10组、37首的杜甫来说，是大大超过了。

的利益一致的政治内涵,则必然会提高其创作的价值。在这个意义上,我们说,杜甫以七言律诗表现政治内容,进行了开创性的努力,取得了空前的成就,而他的继承者李商隐和韩偓,则巩固和拓展了杜甫所开创的这一领域,赋予了七言律诗更为深刻的内涵。他们的创作,在七言律诗,乃至整个中国诗歌发展史上,都有着重大的意义。

　　然而,当我们回过头来检索这三位诗人的七言律诗时,我们发现,他们表现政治内容的特别是那些直接反映政治事件或政治活动的作品,在全部七律中只占少数。这就给我们提出一个问题,即:如何看待文学作品中数量与创造性的关系。

　　一般说来,一个作家较多表现某种主题、题材或较多采用某种手法,常表示他的主要着眼点所在,表示他对那些事物的特殊的兴趣,这当然是我们评价他的创作成就的重要依据。但是,文学史是一个漫长的过程,前代传统的凝固性往往积淀在后代作家的作品中,使之产生某种程度或某些层次上的循环重复。在这种情况下,一个作家写得最多的东西,往往又并不能代表他的独特创作成就。这种矛盾,在文学观念、文学思想和文学形态发生变化时,表现得最为鲜明。这种历史现象告诉我们,考察一个作家的成就,主要应该看他比他的前人多提供了些什么,而不是看他哪些东西写得最多。列宁很早就说过:"判断历史的功绩,不是根据历史活动家没有提供现代所要求的东西,而是根据他们比他们的前辈提供了新的东西。"①有时候,某些因素即使是偶然出现,但只要它在文学史的发展中有着全新的价值,并为其后的文学实践所注意和发展,就应该得到特殊的肯定。杜、李、韩诸家的非政治性的七律中有很多成就很高、脍炙人口的名篇杰构,当然应当受到后代读者的尊重和爱赏,但他们的那些为数不多的具有政治内涵的

_____

　　①　列宁《评新经济浪漫主义》,《列宁全集》第 2 卷,人民出版社 1959 年版,第 150 页。

七言律诗,却为文学史增添了新的内容。特别是杜甫,他的创造使得注入了新鲜内容的七言律诗的发展有了坚实的基础,其作品的意义,就更不能以数量的多少来论定了。

当一位作家进行了超越前人的、哪怕是非常微小的创造时,其成果往往被后代那些最敏感的作家首先发现,并加以继承和发展。文学历史就是这样虽有起伏,却不间断地发展着、前进着的。正如我们所看到的,杜甫所开创的这一传统,经过一段时间,才被李商隐和韩偓接了过来,并在各个方面作了适合于自己特点的发展,而在数百年后,我们又读到了有意识地继承这三位唐代诗人这一传统的元好问、钱谦益、吴伟业诸人的作品。于此,我们也可以窥见文学史发展的某种规律。

火与雪:从体物到禁体物

——论白战体及杜、韩对它的先导作用

程千帆　张宏生

一

文学是以包括他人的心灵活动在内的客观世界作为自己反映的对象的。客观世界,特别是在长期延续的和封闭的我国古代封建社会里,有着相对的凝固性。所以作家们往往不能仅从题材或主题的开拓上来推陈出新,还有必要通过表现角度的转换来显示自己的创造力。和这一点密切相关而又有所不同的是表现方法的变更。比起表现角度来,表现方法具有更强的稳定性和延续性。前者主要体现着每一位作家的才性、学力、生活经验等,而后者则往往沉积着也许已有千百年历史的传统。摆脱在长时期中行之有效因而定了型的表现方法,显然需要更高强的本领,才能取得成功。这,就迫使人们思考一个问题,即:当前代作家所遵循的传统已经达到难以企及的高度时,后代作家怎样突破传统,从而体现出新的时代特色与个人特色。

这是一个既属实践性、也属理论性的非常广泛而复杂的问题。我们没有能力对其进行全面的研究。本文只想"管中窥豹",通过杜、韩、欧、苏几首诗中所反映的从体物的巧似之作到禁体物的"白战体"①的

---

①　禁体物诗,世人简称之为禁体;因为苏轼诗中有"白战不许持寸铁"之句,又被称为"白战体"。在中国古代文论中,"体"兼有样式、风格及表现手法诸义。禁体、白战体之体,系指表现手法。

发展过程,来对古代诗歌表现方法的更新问题进行一些初步的探讨。

二

体物,即真实地再现客观事物的外部特征,是语言艺术和造型艺术的基本手段之一。但这种手段,对于一件具体的作品来说,其所起的作用,是有整体和局部之不同的。从我国文学史上看,局部体物之篇,莫先于诗,常见于诗;整体体物之篇,早著于赋,多见于赋。

《文心雕龙·物色》云:"诗人感物,联类不穷,流连万象之际,沉吟视听之区。写气图貌,既随物以宛转;属采附声,亦与心而徘徊。故'灼灼'状桃花之鲜,'依依'尽杨柳之貌,'杲杲'为出日之容,'漉漉'拟雨雪之状,'喈喈'逐黄鸟之声,'喓喓'学草虫之韵。……并以少总多,情貌无遗矣。"刘勰在这里论述了诗人体物的情况与事例。但我们阅读《诗经》中《桃夭》《采薇》《伯兮》《角弓》《葛覃》《草虫》诸篇时,就会发现,这些诗并非以桃花、杨柳、日、雪、黄鸟、草虫为表现的主体。它们的出现,只不过是服务于诗篇主题的某种比喻、陪衬或背景描写。所以刘勰所举以为例的,乃是部分体物之作。

尽管如此,这种技巧还是创作所需要,甚至是必要的。因而从《诗经》以后,不断在实践中得到发展。建安以下,直到齐、梁,就不仅习见于作品,而且也形成了诗风,入之于评论了。钟嵘之于张协、谢灵运、颜延之、鲍照,颜之推之于何逊,都特别指出他们"尚巧似"或"形似"的特色①。《文心雕龙·物色》还总结说:"自近代以来,文贵形似。……体物为妙,功在密附。故巧言切状,如印之印泥,不加雕削,而曲写毫

---

① 《诗品》张协条称其"巧构形似之言",谢灵运条及颜延之条均称其"尚巧似",鲍照条称其"善制形状写物之词","贵尚巧似"。《颜氏家训·文章篇》称"何逊诗实为清巧,多形似之言"。

芥。故能瞻言而见貌,即①字而知时也。"同书《明诗》亦云:"情必极貌以写物,辞必穷力而追新。此近世之所竞也。"

和诗之体物最初多见于篇章的局部不同,赋之体物一开始就有不少是以某一客观事物为其主体而加以铺叙描摹的。也就是说,所赋之物为其主体而非局部(当然,这并不排斥其中每每含有作家的讽谕)。自《荀子·赋篇》所载《礼》《智》《云》《蚕》《针》五赋及《楚辞·九章》中的《橘颂》以下,八代体物之赋,虽有亡佚,严可均《全上古三代秦汉三国六朝文》所收全篇及残文还是不少。再以《文选》入录的赋而言,这类作品也在其中占有较大的比重。小至鸟兽,大至山岳江海,包罗颇广。若就诗来说,则仍沿《三百篇》及《楚辞》的传统,以抒情为主。虽然,以咏物为主体或整体写物之诗也有出现较早的。据逯钦立《先秦汉魏晋南北朝诗》所载,东汉即有班固《东都赋》后所附《宝鼎》《白雉》二诗,蔡邕有《翠鸟诗》,建安以下,咏物之诗也时有出现,但为数不多,名篇尤少。《文选》所录,也只有陆机《园葵》、沈约《应王中丞思远咏月》《咏湖中雁》等寥寥数首,也都算不上杰作。由此可见,《文赋》所云"诗缘情而绮靡,赋体物而浏亮",是先唐诗、赋这两种文学样式互相区别的一个准确的高度概括。当然,诗也有体物的,特别在篇章局部中存在着大量体物的描写;赋也有缘情的,而且体物之赋也往往涵蕴着一些抒情因素。这是由于它们在功能上存在的某种差异,不可避免地会在长期的创作和欣赏过程中经过作者和读者的共同努力而互相影响、互相渗透的结果。

诗人从体物之赋中得到了启发,于是诗中以客观事物为主体对象的咏物之作由少而多,由细而巨。唐人开拓了这类题材,取得了远远超过六朝人的成就。到了精通八代文学并对其作了取精用宏的继承与发展的杜甫的手里,则又将它发展到了一个新的高度。杜甫的咏物

---

① 即,原作印,据何焯校改。

诗，数量多，取材广，命意深，逼真的形象与绝妙的讽谕是其统一的基调，充分地表现了诗人的英雄主义和人道主义，显现了阳刚之美和阴柔之美。关于杜甫咏物诗的全面论述，不是本文的任务。在这里只是想要指出，这位诗人在其咏物诗中力图巧似客观事物并已取得卓越的艺术效果之后，又进一步作了摆脱尚巧似的传统，即由体物进而走向禁体物的探索，接着韩愈也加入了这个探索者的行列。这种禁体物的表现方法，到了宋代欧阳修、苏轼的作品问世之后，才得到诗坛的普遍关注。

三

唐代宗大历年间，杜甫流离夔州，适逢大旱，作了好几首诗，其中题为《火》的一首五古，是写当地"大旱则焚山击鼓"①的风俗的，诗如下：

> 楚山经月火，大旱则斯举。旧俗烧蛟龙，惊惶致雷雨。爆嵌魑魅泣，崩冻岚阴昈。罗落沸百泓，根源皆万古。青林一灰烬，云气无处所。入夜殊赫然，新秋照牛女。风吹巨焰作，河摧腾烟柱。势欲焚昆仑，光弥焮洲渚。腥至焦长蛇，声吼缠猛虎。神物已高飞，不见石与土。尔宁要谤讟，凭此近荧侮。薄关长吏忧，甚昧至精主。远迁谁扑灭，将恐及环堵。流汗卧江亭，更深气如缕。

此诗在艺术上颇有特色，旧注中浦起龙《读杜心解》卷一分析尤详。这里无需重复。最后他说："韩、孟联句，欧、苏禁体诸诗皆出于此。"前者不属本文讨论范围，可以存而不论。但他说此诗为欧、苏禁体诸篇所

---

① 《火》题下原注："楚俗，大旱则焚山击鼓，有合《神农书》。"各旧本皆同。

自出,确属极敏锐的观察。可惜他还没有注意到韩愈在欧、苏之间所起的承先启后的桥梁作用。

《火》几乎无遗漏地写到了一场山火所具备的特征,如光强、色赤、温高、烟浓等。但这些特征,又完全不是通过对它们个别本体的直接描摹,即运用传统的体物巧似之言表现出来,而全是通过展现一场对大自然施加暴力的愚昧行为的总过程所表现出来的。这样,就如浦起龙所分析的,是"逐层刻露,逐层清晰"。而这样写来,效果却比分别刻画某些个别而彼此不一定有联系的事物的特征要强。

在艺术技巧上讲究趋避,是诗人们不断追求有所创新的手段之一。无论在主题、题材或表现方法上都有一个趋避的问题。趋新避旧,趋生避熟,往往能使得艺术获得新的生命。前面已经说过,诗之体物多属局部,重在巧似。这种写法,是包括杜甫在内的许多诗人所优为的。但如果将赋的传统即体物着重其整体,重在环境的铺叙、氛围的烘托,用于诗中,不也正是一种趋避,即一种革新吗?杜甫写火,不着意于它的某些特征的巧似,甚且有意加以忽略,而从整体着眼来写这一客观事物,这就使得它远于传统的诗的体物手法,而如杨伦在《杜诗镜铨》卷一三眉批中所说的"近赋"了。这是"晚节渐于诗律细"的杜甫的又一创造,虽然,其对后来的影响直到今天也还有待于详细研究,才能弄得清楚。

《易·系辞下》说:"天下同归而殊涂,一致而百虑。"当杜甫在写火的诗中作了上述探索以后,韩愈也在写雪的诗中作了几乎同样的尝试。贞元、元和之际,韩愈写了好几首咏雪的诗,如《咏雪赠张籍》《喜雪献裴尚书》、《春雪》("看雪乘清旦")、《春雪》("片片驱鸿急")等。在这些作品中,我们很容易看出它们的共同点,即对雪的外形刻画由重要变为不重要,而逐步被以赋的手法,即铺叙、烘托落雪时的周遭环境,人和物在雪中的精神和肉体的感受的写法所代替了。《咏雪赠张籍》是一首长达四十韵的五言排律。为了说明上述情况,全抄如次:

只见纵横落，宁知远近来？飘飖还自弄，历乱竟谁催？座暖销那怪？池清失可猜。坳中初盖底，坯处遂成堆。慢有先居后，轻多去却回。度前铺瓦陇，奔发积墙隈。穿细时双透，乘危忽半摧。舞深逢坎井，集早值层台。砧练终宜捣，阶纨未暇裁。城寒装暗晚，树冻裹莓苔。片片匀如翦，纷纷碎若挼。定非烀鹄鹭，真是屑琼瑰。纬缅观朝暮，冥茫瞩晚埃。当窗恒凛凛，出户即皑皑。润野荣芝菌，倾都委货财。娥嬉华荡漾，胥怒浪崔嵬。碛迥疑浮地，云平想辗雷。随车翻缟带，逐马散银杯。万屋漫汗合，千株照耀开。松篁遭挫抑，粪壤获饶培。隔绝门庭遽，挤排陛级才。岂堪禅岳镇，强欲效盐梅。隐匿瑕疵尽，包罗委琐该。误鸡宵呃喔，惊雀暗徘徊。浩浩过三暮，悠悠匝九垓。鲸鲵陆死骨，玉石火炎灰。厚虑填溟壑，高愁揳斗魁。日轮埋欲侧，坤轴压将颓。岸类长蛇搅，陵犹巨象豗。水官夸杰黠，木气怯胚胎。著地无由卷，连天不易推。龙鱼冷蛰苦，虎豹饿号哀。巧借奢豪便，专绳困约灾。威贪陵布被，光肯离金罍。赏玩捐他事，歌谣放我才。狂教诗砚硙，兴与酒陪鳃。惟子能谙耳，诸人得语哉？助留风作党，劝坐火为媒。雕刻文刀利，搜求智网恢。莫烦相属和，传示及提孩。

过分注意排比铺张，脉络也不够清晰，构成了这首诗的缺陷，因此不能算是成功之作①。但却可以认为，它是韩愈在探索这种新的表现方法时的一个阶段性的成果。它比杜甫的《火》更靠近"白战体"一步。在全篇八十句诗中，诗人虽然使用了白色的丝织物：练、纨、缟，白色的鸟类：鹄、鹭，白色的矿物：琼瑰②、银、盐、玉，白色的花：梅，以及专门形

---

① 钱仲联《韩昌黎诗系年集释》卷二引何焯《义门读书记》云："开宝近体，初不以多为贵，观此益信。"又引姚范《援鹑堂笔记》云："余谓公此等诗无一语佳者，'盖底''成堆'，凡陋可笑。"也是对这首诗表示不满的议论。

② 琼瑰，这里指美玉，而玉通常是白的。"琼"字不当依旧说作赤玉解。辨详《集释》。

容白色的词:皑皑,形容动作的词:舞,似乎还在极力刻画雪的外部特色,意图获得巧似的结果;但当我们反复诵读之后就会感到,这些直接描摹雪色和雪态的句子在全诗中并不占有重要地位。如果将这些句子删去或改写,将完全无损于通篇的布局、效果和达到的水平。这就是说,它们事实上是可有可无的。这就促进了禁体物诗作为一个有独立性质的客体而存在。

另外几首咏雪的诗,也是排除了或基本上排除了形容雪的白色特征的作品。今举《喜雪献裴尚书》为例:

> 宿云寒不卷,春雪堕如簁。骋巧先投隙,潜光半入池。喜深
> 将策试,惊密仰檐窥。自下何曾污,增高未觉危。比心明可烛,拂
> 面爱还吹。妒舞时飘袖,欺梅并压枝。地空迷界限,砌满接高卑。
> 浩荡乾坤合,霏微物象移。为祥矜大熟,布泽荷平施。已分年华
> 晚,犹怜曙色随。气严当酒换,洒急听窗知。照耀临初日,玲珑滴
> 晚澌。聚庭看岳耸,扫路见云披。阵势鱼丽远,书文鸟篆奇。纵
> 观罗艳點,列贺拥熊螭。履弊行偏冷,门扃卧更嬴。悲嘶闻病马,
> 浪走信娇儿。灶静愁烟绝,丝繁念鬓衰。拟盐吟旧句,授简慕前
> 规。捧赠同燕石,多惭失所宜。

这一首诗,除了"妒舞时飘袖,欺梅并压枝"一联及"拟盐吟旧句"[①]一句证明韩愈还没忘记曾经有过尚巧似的手法外,其余通篇再也没有触犯宋人咏雪禁用诸字之处。这就见出他对体物的传统有意忽略,也就和欧阳修、苏轼的公开提出禁体相距极近了。

韩愈在写这些有关雪的诗时,是否从杜甫的《火》中得到启发,我

---

① 《世说新语·言语篇》:"谢太傅(安)寒雪日内集,与儿女讲论文义。俄而雪骤。公欣然曰:'白雪纷纷何所似?'兄子胡儿(朗)曰:'撒盐空中差可拟。'兄女(道蕴)曰:'未若柳絮因风起。'公大笑乐。"

们无从知道。但他在写另外一篇非常出名的作品《陆浑山火，和皇甫湜用其韵》时，心中有《火》在，却是可以推定的①。韩愈实在是位有意思的诗人，有时像个好胜的孩子。一方面，在写诸雪诗时，他实践了自己悟出来的或受杜甫启发的从体物到禁体物的道路；而另一方面，他又对杜甫写火而没有充分突出它的外部特征感到不满足。于是濡染大笔，将陆浑山涂抹成一片红海洋，有意强化了杜甫所故意淡化的色觉描写。

红色是火的最昭著的外部特征。韩愈写火，在这一点上是十分着力的。如"彤幢绛斿紫纛幡，炎官热属朱冠裈""缇颜靺股豹两鞬，霞车虹靷日毂辎。丹蕤綠盖绯缯帓，红帷赤幕罗脤膰"诸句，竟使得读者会感觉到，诗人在绘制《陆浑山火》这一巨幅图像时，他的调色板上只有一种颜色，即红色。而反观杜诗，则全篇涉及火的红光的只有一句"崩冻岚阴旷"②。杜甫也是一位对色觉很敏感的诗人，其集中以色彩见长而为人传诵的佳句是不少的。他在这个正适合发挥他善于着色的才能和可以着重形容红色的题材里，竟断然有意淡化（即使不说回避）这一点，这难道是偶然的吗？据此，更可以反证杜甫写《火》时有意背离体物传统的用意。

韩愈通过《陆浑山火》及咏雪诸篇分别证明，从诗来的局部体物和从赋来的整体体物，以及由它变化出来的禁体物等各种表现方法，都是富有生命力的。

---

① 将两诗作一比较，不难看出，韩愈是在力图跨越自己的前辈。如杜云："爆嵌魑魅泣。"韩则云："神焦鬼烂无逃门。""命黑螭偵焚其元。"杜云："崩冻岚阴旷。"韩则云："赫赫上照穷崖垠。"杜云："势欲焚昆仑。"韩则云："天跳地踔颠乾坤。"杜云："腥至焦长蛇，声吼缠猛虎。"韩则云："虎熊麋猪逮猴猿，水龙鼌龟鱼与鼋。鸦鸱雕鹰雉鹄鹍，燖炰煨爊孰飞奔。"如此等等，在可见。他写了野烧横扫一切的威势后，笔力尚强，于是又进一步将读者引入神界，凭空创造了水火之神的矛盾和上帝充当和事老的情节，这就远不是杜甫所能范围的了。

② 《文选》张衡《西京赋》李善注引《埤苍》："旷，赤文也。"

真是无独有偶。在浦起龙的《读杜心解》指出杜甫的《火》与禁体的渊源之后,程学恂的《韩诗臆说》又指出了韩愈咏雪诸作与这一表现方法的关系。其评《咏雪赠张籍》一篇云:"此与诸雪诗,皆以开欧、苏白战之派者。"又评《喜雪献裴尚书》一篇云:"白战之令虽出于欧,盛于苏,不知公已先发之。咏雪诸诗可按也。"①

这样,杜、韩通过自己写火、咏雪的诗篇,对于晚唐以来逐步形成而到北宋便受到人们关注的一种新的表现方法,即由重视体物转向禁体物,所起的"导夫先路"的作用,就比较清楚了。

<h1 style="text-align:center">四</h1>

欧阳修《六一诗话》载:"当时有进士许洞者,善为辞章,俊逸之士也。因会诸诗僧分题,出一纸,约曰:'不得犯此一字。'其字乃山、水、风、云、竹、石、花、草、雪、霜、星、月、禽、鸟之类,于是诸僧皆阁笔。"《唐宋诗醇》曾认为,这是欧、苏"白战体"之始。其实,它们只是相近,并不相同。因为许洞要求于那些和尚的,乃是不许涉及自然界中的习见之物,借以针砭他们风花雪月摇笔即来之病,而并非要求他们不许用习见的传统的巧似手段去形容自然风物②。但欧阳修晚年把这则佚闻记录下来,却足以证明他对这种禁条感兴趣。他之正式从事禁体的创作,除了从他所崇拜和熟习的杜、韩诗中获得启迪外,许洞这种刁难和尚们的举动,也很可能给他以暗示,使其略加改变,创为新体。

被世人公认的禁体诗的代表作品,首先是欧阳修在宋仁宗皇祐二年(1050)写的《雪》,诗序云:"时在颍州作。玉、月、梨、梅、练、絮、白、

---

① 引自《韩昌黎诗系年集释》卷二、卷三。

② 《唐宋诗醇》卷三七引《六一诗话》载许洞事及欧集颍州雪诗序后,作结论说:"禁体物语非是欧阳创之也。特以颍州宾主一时之盛,遂成佳话耳。"显然对两者的异同没有细加区别。

舞、鹅、鹤、银等事皆请勿用。"其次是苏轼的两篇，其第一篇题为《江上值雪，效欧公体，限不以盐、玉、鹤、鹭、絮、蝶、飞、舞之类为比，仍不使皓、白、洁、素等字，次子由韵》。由上可知，这种禁体所禁，约有以下几个方面：一是直接形容客观事物外部特征的词，如写雪而用皓、白、洁、素等；二是比喻客观事物外部特征的词，如写雪而用玉、月、梨、梅、盐、练、素等；三是比喻客观事物的特征及其动作的词，如写雪而用鹤、鹭、蝶、絮①等（因为它们不但色白，而且会飞翔和舞动，有如雪花飞舞）；四是直陈客观事物动作的词，如写雪而用飞舞等。这些限制，对于崇尚"巧言切状""功在密附"的传统体物手段来说，确实是一种新的挑战。如果说，杜甫、韩愈只是让骆驼部分地进入阿拉伯人的帐篷，那么，欧阳修和苏轼却是鼓励骆驼全身投入而将阿拉伯人挤出帐篷之外了。

现在让我们看一看他们的创作实践。欧诗云：

> 新阳力微初破萼，客阴用壮犹相薄。朝寒棱棱锋莫犯，暮雪緩緩止还作。驱驰风云初惨淡，炫晃山川渐开廓。光芒可爱初日照，润泽终为和气烁。美人高堂晨起惊，幽士虚窗静闻落。酒垆成径集瓶罂，猎骑寻踪得狐貉。龙蛇扫处断复续，豼虎团成呀且攫。共贪终岁饱䅩麦，岂恤空林饥鸟雀。沙墀朝贺迷象笏，桑野行歌没芒屩。乃知一雪万人喜，顾我不饮胡为乐？坐看天地绝氛埃，使我胸襟如洗瀹。脱遗前言笑尘杂，搜索万象窥冥漠。颍虽陋邦文士众，巨笔人人把矛槊。自非我为发其端，冻口何由开一噱。②

诗从春天将到、余寒犹厉写起，旋即转入一场大雪的来临。大自

---

① 絮，指柳絮，见前注引《世说新语·言语篇》。
② 《欧阳文忠全集》卷五四、外集卷四。

然的美丽在初日普照、雪光眩目的广阔天宇下,充分地显示出来;同时也使人感到雪水润泽了大地,预示了丰收的远景。接着诗中出现了美人惊喜,处士安闲,肆酒雪后易售,禽兽雪中易猎,居民扫雪,儿童玩雪等情景,使不同身分、不同处境的人对这场雪的心理、态度都得到极为简略然而精确的展现。然后又转回"一雪万人喜",以宰相上朝贺雪,农夫蹋屣行歌,与上文"润泽"句暗接。最终陈述了自己愉悦的诗情,而以希望唤起僚友的吟兴结束。这首诗,的确如作者自己所承诺的,没有犯那些平常写雪的诗所用的词,他只是写雪时、雪后的环境、气氛以及人物在此时此地的活动和感受。他确实没有像过去咏雪的作品一样,局限于刻画其外部特征,但依然能够使读者感受到这位诗人笔下所创造的活跃的雪的世界①。

嘉祐四年(1059),苏轼侍亲携弟出蜀,沿途写了不少的诗。从这些尚未形成自己独特风格的作品中,我们看到,他在向前辈诗人刻意学习来加强自己的工力。如《荆州十首》学杜,面貌宛然。而《江上值雪》一篇,他自己则明白地说是"效欧公体":

> 缩颈夜眠如冻龟,雪来惟有客先知。江边晓起浩无际,树杪风多寒更吹。青山有似少年子,一夕变尽沧浪髭。方知阳气在流水,沙上盈尺江无涯。随风颠倒纷不择,下满坑谷高陵危。江空野阔落不见,入户但觉轻丝丝。沾裳细看巧刻镂,岂有一一天公为。霍然一挥遍九野,吁此权柄谁执持?世间苦乐知有几,今我幸免沾肤肌。山夫只见压樵担,岂知带酒飘歌儿?天王临轩喜有

① 朱弁《风月堂诗话》卷上:"聚星堂咏雪……杜祁公(衍)览之嗟赏,作诗赠欧公云:'尝闻作者善评议,咏雪自言匪精思。及窥古人今人诗,未能一一去其类。不将柳絮比轻扬,即把梅花作形似;或夸琼树斗玲珑,或取瑶台造嘉致;撒盐舞鹤实有徒,吮墨含毫不能既。深悼无人可践言,一旦见君可卓异!'"又云:"万物驱从物外来,终篇不涉题中意。宜乎众目诗之豪,便合登坛排作帅。回头且报郢中人:'从此《阳春》不为贵。'"这种推崇是如实的。

麦，宰相献寿嘉及时。冻吟书生笔欲折，夜织贫女寒无帏。高人著屐踏冷冽，飘拂巾帽真仙姿。野僧研路出门去，寒液满鼻清淋漓。洒袍入袖湿靴底，亦有执板趋阶墀。舟中行客何所爱？愿得猎骑当风披。草中咻咻有寒兔，孤隼下击千夫驰。敲冰煮鹿最可乐，我虽不饮强倒卮。楚人自古好弋猎，谁能往者我欲随。纷纭旋转从满面，马上操笔为赋之。①

我们应当承认，出自二十四岁的苏轼之手的这篇作品是相当出色的。它生动地描写了雪的姿容、动态和其所引起的人们的听觉和视觉感应，以及朝野各类人物如山夫、野僧、书生、贫女、猎骑、行客等对这场雪的反应和他们在雪中、雪后的活动。这些都显示了青年诗人的才华。《唐宋诗醇》评云："岩壑高卑，人物错杂，大处浩渺，细处纤微，无所不尽。可抵一幅王维《江干初雪图》。"不算过分。

但如果进一步将它和欧作细加比较，就可以发现，其摹仿的痕迹是比较重的。不但在结构上，前半写雪，后半写人，不无雷同；而且出场的人物以及他们的哀乐也大致相类。如"天王临轩喜有麦，宰相献寿嘉及时"，即"沙墀朝贺迷象笏"之意，"舟中行客何所爱，愿得猎骑当风披。草中咻咻有寒兔，孤隼下击千夫驰"，显然是"猎骑寻踪得狐貉"的扩大。考虑到当时苏轼的年龄因素，这一点是不难理会因而也不应苛求的②。

---

① 王文诰《苏文忠公诗编注集成》卷一。
② 冯应榴《苏文忠诗合注》卷五〇收《雪诗八首》，注云："《锦绣万花谷·雪类》载：东坡以声、色、气、味、富、贵、势、力为八章，仍效欧公体，不使盐、玉、鸥、鹭、皓、鲜、白、素等字，考先生《南行集》内有《江上值雪》诗，效欧公体。此八章或系同时所作，故云'仍效'也。但《万花谷》所采诗家姓氏舛误甚多，未可全信。且诗意浅俗，不似先生手笔。故查氏不采耳(按：王文诰本亦不采)。今姑附录。"考郑清之《安晚堂集》卷八《和茸芝雪韵》云："坡公笑效六一体，八章联翩韵声色。"自注："坡效欧公白战体，以声、色、气、味、富、贵、势、力作八章。"则此诗纵属伪作，亦出现甚早，且已流传。但其水平确实不高，即令真出苏轼之手，我们在讨论"白战体"的艺术特色时，也可存而不论。

　　苏轼青年时代对禁体物这种诗歌表现方法的兴趣，很久以后还保持着。他写《江上值雪》二十六年后，在颍州做太守时，追想已经去世的老师欧阳修的故事，便又写了一首《聚星堂雪》。其引云："元祐六年（1091）十一月一日，祷雨张龙公，得小雪，与客会饮聚星堂。忽忆欧阳文忠公作守时，雪中约客赋诗，禁体物语，于艰难中特出奇丽。尔来四十余年，莫有继者。仆以老门生继公后，虽不足追配先生，而宾客之美殆不减当时。公之二子，又适在郡，故辄举前令，各赋一篇。"诗云：

> 窗前暗响鸣枯叶，龙公试手初行雪。映空先集疑有无，作态斜飞正愁绝。众宾起舞风竹乱，老守先醉霜松折。恨无翠袖点横斜，只有微灯照明灭。归来尚喜更鼓永，晨起不待铃索掣。未嫌长夜作衣棱，却怕初阳生眼缬。欲浮大白追余赏，幸有回飙惊落屑。模糊桧顶独多时，历乱瓦沟裁一瞥。汝南先贤有故事，醉翁诗话谁续说？当时号令君听取，白战不许持寸铁。①

　　正如人们所说的：后出转精。这首诗不但显然超过了诗人自己所写的同体少作，便是比起他的老师来，也不妨说有过之而无不及。那两首诗虽然以一定的篇幅写了雪的本体，但更多篇幅却被各色人等对雪的感受所占据了。这当然起了烘托作用，有助于展现雪的形象，但究竟不是它的面目。而通过禁体物语将所咏之物生动地再现出来，乃是这种新的表现方法的主要目的，所以苏轼写聚星堂的雪，除了刻画雪的细微的特征外，还将写雪和写人在诗中的比重作了调整，这也是一种推陈出新。这篇诗从初下之雪写起，依次写夜间之雪、清晨之雪、风中之雪、树顶之雪、瓦沟之雪，写得神采飞扬，淋漓尽致。正如纪昀

---

　　①　《苏文忠公诗编注集成》卷三四。可能由于疏忽，苏轼在本诗"作态斜飞正愁绝"一句中，犯了"飞"字。至于"众宾起舞风烛乱"句的"舞"字，属人不属雪；"欲浮大白追余赏"和"白战不许持寸铁"两句中的"白"字，非指雪色，均不算犯禁。

所评："句句恰是小雪。体物神妙，不愧名篇。"①

朱熹曾举禅语教诲门人云："如载一车兵器，逐件取出来弄，弄了一件，又弄一件，便不是杀人手段。我只有寸铁，便可杀人。"②刘勰举《诗经》中的一些形容词如"灼灼""依依"之类，称之为"以少总多，情貌无遗"。这可算是寸铁杀人。王国维指出宋祁《玉楼春》"红杏枝头春意闹"，"着一'闹'字而境界全出"；张先《天仙子》"云破月来花弄影"，"着一'弄'字而境界全出"③。这种对动词的极为漂亮的使用，当然也要算寸铁杀人。但以"白战不许持寸铁"为标榜的禁体，却好比现代战争中的化学武器，它并不使用任何锋刃，却在总体上取得了特殊的战果。

禁体物诗和咏雪或咏火有关，显然带有偶然性。自晚唐以下，以这种方法写的咏物诗也时有出现。如韩偓《咏手》：

> 暖日肤红玉笋芽，调琴抽线露尖斜。背人细撚垂胭鬓，向镜轻匀衬眼霞。怅望昔逢褰绣幔，依稀曾见托金车。后园笑向同行道，摘得蘼芜又一权。

赵与时《宾退录》卷九录此诗，指出其除首句外"皆言手之用"的特点。这与韩愈赠张籍一首的体物语与禁体物语并存一篇之中而以后者所占比重为大，是一致的。

再如五代刘章的《咏蒲鞋》：

> 吴江浪浸白蒲春，越女初挑一样新。才自绣窗离玉指，便随罗袜上香尘。石榴裙下从容久，玳瑁筵前整顿频。今日高楼鸳瓦

① 王文诰注引。
② 《朱子语类》卷八。
③ 《人间词话》卷上。

71

上,不知抛掷是何人?

还有南宋杨万里的《霰》:

> 雪花遣汝作前锋,势颇张皇欲暗空。筛瓦巧寻疏处漏,跳阶误到暖边融。寒声带雨山难白,冷气侵人火失红。方讶一冬暄较甚,今宵敢叹卧如弓。

这两篇,魏庆之《诗人玉屑》卷九收入白战类①。与出现于晚唐的韩偓之作相比,就更可见出它们是完整的禁体了。

五

《诗人玉屑》是一部侧重记录诗歌艺术的诗话。它特立“白战体”,证明宋代“白战”已自成一体,被世人所公认。但这种新的表现方法,在后来并没有继此而获得较大的发展。这个情况值得探讨。

我们认为,从事这方面的探讨,必须将全篇用禁体物语的诗与篇中个别句子用间接铺叙、烘托来替代直接刻画的诗区别开来。前者如上节所举,是诗篇整体的问题,而后者则只是一首诗中的某些句子的问题。

关于句法的新变,是唐以来诗人所普遍重视的。见于创作而为论家所优劣其高下、归纳为类型的不少。其中如《诗人玉屑》卷三“影略句法”条引冷斋云:“郑谷咏落叶,未尝及凋零飘坠之意,人一见之,自

---

① 与《诗人玉屑》编者魏庆之约略同时或稍前的郑清之《安晚堂集》中也出现了“白战体”一词,见其书卷八《和葺芷雪韵》诗自注,前已引之。又卷一一《和林治中雪诗五首》之一云:“老尽青山真是幻,从渠白战更无诗。”可见此词在南宋诗话、诗集中已流行使用。

然知为落叶。诗曰：'返蚁难寻穴，归禽易见窠。满廊僧不厌，一个俗嫌多。'"又同卷"象外句"条引同人云："唐僧多佳句，其琢句法，比物以意，而不指言一物，谓之象外句。如无可上人诗曰：'听雨寒更尽，开门落叶深。'是落叶比雨声也。又曰：'微阳下乔木，远烧入秋山。'是微阳比远烧也。用事琢句，妙在言其用而不言其名耳。"①郭辑本吕本中《童蒙诗训》"黄陈学义山"条云："义山《雨》诗：'摵摵度瓜园，依依傍水轩。'此不待说雨，自然知是雨也。后来鲁直、无己诸人，多用此体，作咏物诗，不待明说尽，只仿佛形容，便见妙处。如鲁直《酴醾》诗云：'露湿何郎试汤饼，日烘荀令炷炉香。'"又"赋诗必此诗"条云："东坡诗云：'赋诗必此诗，定知非诗人。'此或一道也。鲁直作咏物诗，曲当其理。如《猩猩（毛）笔》诗'平生几两屐？身后五车书'，其必此诗哉？"除了无可二例别是一法外，其余都是一篇之中的局部禁体物语。虽有"言其用而不言其名"之妙，但仍然属于句法范围。

但"白战体"却是属于另外一种，它自始就规定了全篇必须禁止使用体物语，即具有表现方法上的独占性，因而具有强烈的排他性，也就产生了它的局限性。这些特性使它能够"于艰难中特出奇丽"，如苏轼所说；也使它虽然令人"往往阁笔不能下"，"若能者，则出入纵横，何可拘碍"②，如叶梦得所说。但达到这种水平的诗人终究是少数，这就是一方面欧、苏诸篇创造了一些难以重复的奇迹为历代所尊仰，而另一方面这种新的表现方法终究不能盛行的原因所在。类似情况在文学史上并非罕见。如杜甫的《饮中八仙歌》《同谷七歌》皆属创体，成就极高，后人学步者不多。虽偶有效颦之徒，也绝无胜蓝之誉。

这样，白战一体及其代表作尽管丰富了古典诗歌的宝库，但多数

---

① 这里的"名"，乃形名、名相之义，略同现在所谓形象。"言其用而不言其名"的表现方法，究其远源，可以上溯《荀子》五赋。但从它到唐宋诗，其间的传承关系是不清晰的，所以只能存而不论。

② 《石林诗话》卷下。

诗人通过实践终于发现,在创作中将体物语与禁体物语随宜酌情地使用,而不走向极端,乃是一种最佳选择。正如我们在漫长的诗歌发展史上所见到的,这两种方法都具有强大的生命力,兼而用之,从来不曾给诗人们带来损失。

六

禁体物语作为一种新的表现方法出现于诗坛,其作者们并未提供任何直接的理论依据。但这不等于当时的文艺理论对这种表现方法的出现没有影响。

首先,咏物诗与绘画有着天然的亲密关系。它们有着"存形"的共同目标,虽然诗是写动态的时间艺术,而画则与之恰恰相反,是写静态的空间艺术。但从中国文学艺术理论的历史考察,古人似乎更着重它们之间的同而非异。如何由应物象形到形神兼备,再到遗貌取神,是由粗而精、由外而内的三个不同的层次,也自来是诗人和画家共同的追求。这种理论可以上溯到《淮南子·道应篇》和伪《列子·说符篇》所载九方堙(皋)相马的故事,经过长期流传和发展,晚唐司空图便直接提出了"超以象外,得其圜中"和"脱有形似,握手之违"以及"离形得似,庶几斯人"的具体要求①。这种见解,为宋人所继承,以之评画,也以之论诗。如葛立方《韵语阳秋》卷一四云:"欧阳文忠公诗云:'古画画意不画形,梅诗写物无隐情。忘形得意知者寡,不若见诗如见画。'东坡诗云:'论画以形似,见与儿童邻。赋诗必此诗,定知非诗人。'或谓:'二公所论,不以形似,当画何物?'曰:'非谓画牛作马也,但以气韵为主尔。谢赫云:'卫协之画,虽不该备形妙,而有气韵,凌跨雄杰。'其此之谓乎?陈去非作《墨梅》诗云:'含章檐下春风面,造化工成秋兔

_____

① 见司空图《诗品》中的《雄浑》《冲淡》《形容》。

毫。意得不求颜色似，前身相马九方皋。'后之鉴画者，如得九方皋相马法，则善矣。"这些事例和意见，对于"白战体"的要求摆脱巧似，以用代名当然是有启发的。如我们所看到的，正是欧阳修和苏轼创造和发展了禁体物语这种表现方法，应非偶然。

其次，我们注意到了北宋人对于如何写富贵的讨论，也可与禁体物语的手法相参照。胡仔《苕溪渔隐丛话》前集卷二六云："王禹玉诗，世号至宝丹，以其多使珍宝，如黄金必以白玉为对。有人云：'诗能穷人，且试强作富贵语看如何？'其人数日搜索，云止得一联曰：'胫挺化为红玳瑁，眼睛变作碧琉璃。'为之绝倒。晏叔原小词云：'舞低杨柳楼心月，歌尽桃花扇底风。'晁无咎云：'能作此语，定知不住三家村也。'"郭辑本张镃《诗学规范》"晏元献论富贵诗"条云："晏元献公喜评诗，尝云：'"老觉腰金重，慵便枕玉凉"，未是富贵语；不如"笙歌归院落，灯火下楼台"，此善言富贵者也。'人皆以为知言①。公虽起自田里，而文章富贵出乎天然。尝览李庆《富贵曲》云：'轴装曲谱金书字，木记花名玉篆牌。'公曰：'此乃乞儿相，未尝谙富贵者。'故公每吟咏富贵，不言金玉锦绣，而惟说其气象。若曰：'楼台侧畔杨花过，帘幕中间燕子飞。'又云：'梨花院落溶溶月，柳絮池塘淡淡风。'故公以此句语人云：'穷儿家有此景致也无？'"就咏富贵言，直说居处饮食服用之华美，即是体物；不涉及朱楼画图、玉食锦衣等等，而只说富贵人家那种养尊处优、雍容闲雅的派头，便是禁体物。值得注意的是，欧阳修是晏殊知举时的门生，平生对他这位受知师十分尊敬，他在《归田录》中记录晏殊的意见，而且说："人皆以为知言。"这个复数的人当然包括他自己在内。说这种实践和评论对于禁体的形成不无影响，当然也是一种合理的推断。

---

① 按：以上见《苕溪渔隐丛话》前集卷二六引欧阳修《归田录》。魏庆之《诗人玉屑》卷一一"善言富贵"条亦载。

不知道是不是上述这些零星意见被严羽注意到了,他在《沧浪诗话·诗法》中提出了作诗"不可太着题"的看法。陶明浚释之云:"着题太过,局促如辕下之驹,屈盘如枯木之柯,又何能纵横自如,宛转遂志,润色形容,错综尽变乎?"①这当然不是专门作为禁体诗的理论提出来的,其涵义还要广泛一些。但它却可以用来说明这种新的表现方法也具有使诗不太着题的意图在内。

如上所论述,禁体物语这种手段,用意在于使咏物诗在表现中遗貌取神,以虚代实;虽多方刻画,而避免涉及物的外形。它只就物体的意态、气象、氛围、环境等方面着意铺叙、烘托,以唤起读者丰富的联想,从而在他们心目中涌现所咏之物多彩多姿的形象。这在诗歌史上,是一种新的审美要求。而晚唐以来的诗人和诗论家从各种不同角度提出的那些意见,对于这种诗体的产生,都有着一定的关系。

莱辛曾经指出:"凡是不能就组成部分去描绘的,荷马就使我们从效果上去感觉到它。"②欧阳修和苏轼的禁体诗,用意与此相近。可惜的是,做得太绝对了,以致后难为继,其道不昌。但他们继承杜、韩,努力创新的精神和业绩,在中国文学史上,都是不能埋没的。他们是成功者,虽然也许要对后来追随他们的失败者负一定的责任。

由上可以概见,表现方法的更新虽然出于文学历史的客观要求,但使用某一新的表现方法的成败,在很大的程度上,取决于作家个人的心思才力,同时,新的表现方法的出现,并不意味着旧的表现方法的消亡,它们往往为作家们所兼容并蓄,为百花齐放创造条件。

---

① 引自郭绍虞《沧浪诗话校释》第 115 页。《诗人玉屑》卷五"不可太着题"条引《漫叟诗话》云:"世有《青衿集》一编,以授学徒,可以喻蒙。若《天》诗云:'戴盆徒仰止,测管讵知之。'《席》诗云:'孔堂曾子避,汉殿戴冯重。'可谓着题。乃东坡所谓'赋诗必此诗'也。"这个例子可能绝对了一些,但也可见"太着题"之病。

② 莱辛《拉奥孔》第 21 章《诗人就美的效果来写美》,朱光潜译本第 120 页。

老去诗篇浑漫与

——论杜甫晚期今体诗的特点及其对宋人的影响

莫砺锋

一

杜甫入蜀以后,他的诗歌创作产生了明显的变化。今体诗(五、七言律诗和律化了的绝句)所占的比重大大地增加,在艺术上也更加臻于纯熟,乃是这种变化的要点之一。我们知道,在初、盛唐时期,今体诗各种样式的发展是不平衡的。在杜甫的时代,五、七言绝句和五言律诗已经进入了全面繁荣的时期,孟浩然、王维、李白、王昌龄等人已经在这几种诗体的写作中取得了惊人的成绩。七言律诗的发展稍为迟缓一些,它的真正成熟是在杜甫手中完成的。管世铭云:"七言律诗至杜工部而曲尽其变。……其气盛,其言昌,格法、句法、字法、章法无美不备,无奇不臻,横绝古今,莫能两大。"[1]诚为确论。但即使如此,我们仍然可以说今体诗的各种诗体都已经由盛唐诗人(包括杜甫)建设起来了。这种建设包括格律的确立,也包括题材范围、表现手法以及艺术风格等更为精微的诸方面。杜甫说自己"晚节渐于诗律细"[2],就是泛言今体诗艺术,而不仅仅指格律:杜甫对于他自己在今体诗(特别是七律)的建设上所作出的贡献是"得失寸心知"[3]的。但与此同

---

① 《读雪山房唐诗钞》卷一八"七律凡例"。
② 《遣闷戏呈路十九曹长》,《杜诗镜铨》卷一五。
③ 《偶题》,《杜诗镜铨》卷一五。

时,杜甫又说过:"老去诗篇浑漫与。"①对于上引两句似乎是互相矛盾的话,仇兆鳌解释说:"律细,言用心精密。漫与,言出手纯熟。熟从精处得来,两意未尝不合。"②这样的解释在字面上可谓周匝,但我们觉得就杜甫晚期今体诗的实际情况而言,只说他能"出手纯熟"地运用今体诗的诗律是不够的。事实上,杜甫在经过苦吟而达到"诗律细"的程度后并没有固步自封,他在今体诗艺术的领域里还作了进一步的探索。

二

一般说来,诗歌的样式和内容之间并不存在固定的对应关系。但五、七言今体诗在发展的初期却有一个约定俗成的题材范围。在初、盛唐时,题材范围最狭窄的要算是七律,它一开始几乎主要是以应制诗的面目出现的。稍后,它的题材范围渐渐扩大到文人唱酬、流连光景等等,但仍是畛域甚小。五律与五、七言绝句的情况要好一些,但也不外是抒写性灵、描摹景物和咏史怀古等,与五、七言古诗相比,它们的题材范围仍是不够宽广的。我们读初、盛唐人的今体诗作,总觉得它们高华超妙,雍容闲雅,就是因为这些诗的题材总是比较"高雅"的。在杜甫之前,这基本上已成了一种风会。杜甫的早期诗作也显示出他接受了这种风会的影响,但他后来却逐渐用他的创作实践将这一藩篱打破了。在诗人的晚年,他把今体诗的题材范围扩大到几乎与古体诗同样广阔的程度。其中最重要的有以下三个方面。

第一,写时事。杜集中五律如《警急》《王命》《征夫》等,七律如《诸将五首》《闻官军收河南河北》等,都是直接反映当时军国大事的杰作,这是人所共知的。

---

① 《江上值水如海势聊短述》,《杜诗镜铨》卷八。按:此诗作于上元二年(761),而《遣闷戏呈路十九曹长》作于大历二年(767)。

② 见《杜诗详注》卷一八。

第二,发议论。用今体诗尤其是用绝句发议论,在杜甫之前罕有所闻,杜甫却一再为之。其中用七绝来论诗,更是杜甫首创的一类诗论形式,除了著名的《戏为六绝句》之外,像《解闷十二首》中的一部分也都是既有见解、又富风趣的论诗绝句。

第三,写日常生活琐事。杜甫入蜀以后,很喜欢用今体诗来写日常生活中的琐细之事。连向人乞求竹木①、野人送来樱桃②等琐事也一一入诗。尤其值得注意的是,有些事情在其他诗人看来也许是相当村俗而绝不肯将其写入今体诗的,杜甫却欣然吟咏:

> 堂西长笋别开门,堑北行椒却背村。梅熟许同朱老吃,松高拟对阮生论。
>
> ——《绝句四首》之一

可惜,杜甫开拓今体诗诗境的尝试在很长一段时期内没有得到足够的响应。杜甫之后直到晚唐,仿效者寥若晨星。到了宋初,杨亿还说杜甫是"村夫子"③,或许就是因为杜甫的诗歌打破了将题材限于"高雅之事"的畛畦。但是宋代的诗人终于认识了这种尝试的价值,王禹偁说:"子美集开诗世界。"④张戒更具体地说:"李义山诗只知有金玉龙凤,杜牧之诗只知有绮罗脂粉,李长吉诗只知有花草蜂蝶,而不知世间一切皆诗也。惟杜子美则不然,在山林则山林,在廊庙则廊庙。遇巧则巧,遇拙则拙,遇奇则奇,遇俗则俗。或放或收,或新或旧,一切物,一切事,一切意,无非诗者。"⑤两人对杜甫开拓诗境之举给予极高

---

① 《从韦二明府续处觅绵竹》,《杜诗镜铨》卷七;《凭何十一少府邕觅桤木栽》,《杜诗镜铨》卷七。
② 《野人送朱樱》,《杜诗镜铨》卷九。
③ 见刘攽《贡父诗话》。
④ 《日长简仲咸》,《小畜集》卷九。
⑤ 《岁寒堂诗话》卷上。

的评价。更重要的是,宋人继承而且发展了杜甫的做法。

在用今体诗特别是七绝写时事、发议论这两方面,宋人学杜的成绩是很显著的。如果说苏轼的《山村五绝》在抨击新政时还有些转弯抹角的话,那么在黄庭坚笔下已出现了直书政见的作品,如《病起荆江亭即事十首》之四希望新、旧两党消除门户之见以选拔人才,确是代表了旧党中开明之士的心声。到了南宋,山河破碎的严酷现实使诗人们更加倾向于这种手法。刘子翚的《汴京纪事》二十首和陈与义的《邓州西轩书事十首》就是两个成功的例子。前一组诗犹如一幅历史画卷,生动地描绘了汴京沦陷的巨大事变。后一组诗则对国土沦丧的原因表达了非常鲜明的见解。需要指出的是,陈与义的这组诗与他集中的其他七绝风格迥异:语句刚健古朴,声调律拗相兼,这分明是有意追踪黄庭坚学杜的结果。除此之外,吕本中身陷围城时所作的二十九首五律①,范成大出使金国时所作的七十二首七绝②,汪元量在南宋亡国后所作的一百零八首七绝③,都是应该载入文学史册的好诗。清人潘德舆在评范成大那组七绝中的《州桥》一诗时说:“沉痛不可多读。此则七绝至高之境,超大苏而配老杜者矣。”④说这类诗是“七绝至高之境”,未必妥当,但指出它们与杜诗之间的传承关系是很有见地的。

用七绝来论诗,在宋代是屡见不鲜的。如李觏《戏题玉台集》⑤、王安石《题张司业诗》⑥、杨万里《跋徐恭仲省干近诗》⑦等都很有名。而陈师道的《绝句》则连声调语气都极类杜诗:

---

① 《兵乱后自嬉杂诗》,《东莱外集》卷三。
② 从《渡淮》到《会同馆》,《范石湖集》卷一二。
③ 《醉歌》十首、《湖州歌》九十八首,《水云集》。
④ 《养一斋诗话》卷九。
⑤ 《直讲李先生文集》卷三六。
⑥ 《临川先生文集》卷三一。
⑦ 《诚斋集》卷二六。

> 此生精力尽于诗,末岁心存力已疲。不共卢王争出手,却思
> 陶谢与同时。

南宋的戴复古和金代的元好问更使之成为大规模的组诗,从而演变成
后代诗论的一种特殊形式①。

用今体诗来写日常生活琐事,更是为宋人开辟了无比广阔的诗
境。北宋的梅尧臣、欧阳修、王安石、苏轼、黄庭坚、陈师道,南宋的陆
游、杨万里、范成大,这些在宋代诗坛上具有广泛代表性的诗人几乎把
日常生活的每一个方面都看作是诗材。这样做固然难免产生一些琐屑
细微而无深情远韵的平庸作品,但总的说来,这不但极大地提高了今体
诗的表现功能,而且也使诗歌更为平易近人。例如苏轼的下面这首诗:

> 半醒半醉问诸黎,竹刺藤梢步步迷。但寻牛矢觅归路,家在
> 牛栏西复西。
>
> ——《被酒独行,遍至子云、威、徽、先觉四黎之舍三首》之一

把"牛矢"写入绝句,恐怕是绝大多数的唐人所难以想象的。然而不避
俚俗正是此诗成功的关键,否则的话,诗人只好把这种生趣盎然的农
村生活情景摒弃于诗国之外了。再如范成大的"白头老媪簪红花,黑
头女娘三髻丫。背上儿眠上山去,采桑已闲当采茶"②,陆游的"城南
倒社下湖忙,阿姥龙钟七十强。犹有尘埃嫁时镜,东涂西抹不成
妆"③,杨万里的"岸旁燎火莫阑残,须念儿郎手脚寒。更把绿荷包热

---

① 《昭武太守王子文日与李贾、严羽共观前辈一两家诗及晚唐诗,因有论诗十绝。
子文见之,谓无甚高论,亦可作诗家小学须知》,《石屏诗集》卷七。《论诗绝句三十首》,
《遗山先生文集》卷一一。

② 《夔州竹枝歌九首》之五,《范石湖集》卷一六。

③ 《阿姥》,《剑南诗稿》卷四三。

饭,前头不怕上高滩"①,这些诗与李白、王昌龄、李商隐、杜牧等人的七绝大异其趣。总之,在宋人笔下,今体诗的疆域大大地扩展了,究其原委,杜甫实有不可忽视的筚路蓝缕之功。

三

前面说过,在杜甫的时代,今体诗的格律已经确立,其中七律格律的确立,正是在杜甫手中完成的。格律的确立使今体诗具有声律相间相重,文句或散或骈,既工整又有变化的形式美。从此,诗人们纷纷醉心于这种经过前人几百年的艰苦探索才建立起来的新诗体,在这片新开辟的艺术天地里各逞才思,争奇斗妍。杜甫当然也不例外,但与此同时,他又向前迈出了新的步伐。

平仄规律是今体诗格律中最重要的一条,杜甫的大部分今体诗是很注意平仄和谐的,但在另一些作品中,他又有意识地打破这种已为诗人和读者所习惯的和谐,写入一些不尽合律的拗句,这在他的七律中体现得最为明显,例如《即事》:

> 天畔群山孤草亭,江中风浪雨冥冥。一双白鱼不受钓,三寸黄甘犹自青。多病马卿何日起,穷途阮籍几时醒?未闻细柳散金甲,肠断秦川流浊泾。

此诗首句拗一字,尾联先拗后救,颔联则拗得相当厉害。更有甚者,如《愁》:

> 江草日日唤愁生,巫峡泠泠非世情。盘涡鹭浴底心性? 独树

---

① 《竹枝歌七首》之五,《诚斋集》卷二八。

花发自分明。十年戎马暗万国,异域宾客老孤城。渭水秦山得见
否?人今疲病虎纵横。

除了第八句之外,通首都由拗句组成,而且不甚注意粘对。诗人在题
下自注:"强戏为吴体。"①说明这不像崔颢的《黄鹤楼》那样是格律尚
未严格的七律,而是有意识地打破格律的创新。值得注意的是,杜甫
晚期的拗体七律有十九首②,而这些诗都不是率尔之作。比如上面所
举的《愁》,宋人蔡居厚评曰:"虽若为戏,然不害其格力。"③其他如《滟
滪》一诗则被后人称为"超绝"④,《白帝城最高楼》也被后人称为"冥心
刻骨,奇险至十二三分者"⑤,说明它们是杜甫惨淡经营的作品,也说
明了拗体确实取得了很好的艺术效果。

　　杜诗的这一特点,对宋人特别是以黄庭坚为首的江西派诗人产生
了重大的影响。《王直方诗话》"山谷佳句"条记载说:"山谷谓洪龟父
云:'甥最爱老舅诗中何等篇?'龟父举'蜂房各自开户牖,蚁穴或梦封
侯王'及'黄流不解涴明月,碧树为我生凉秋',以为绝类工部。山谷
云:'得之矣。'"洪朋所举两联黄诗的"绝类工部"之处即它们都是七律
中的拗句,可见黄庭坚对他自己学杜所得的这一成效是颇为得意的。
拗体确实使黄庭坚乃至整个江西诗派的七律具有一种奇峭劲挺、矫然
绝俗的独特风格,例如黄庭坚的《题落星寺》:

　　　　落星开士深结屋,龙阁老翁来赋诗。小雨藏山客坐久,长江

---

　　①　吴体就是最早出现的拗体,郭绍虞先生认为吴体和拗体"亦微有分别:拗体可
该吴体,吴体不可该拗体,这全是义界大小的关系"(《论吴体》,《照隅室古典文学论集》
下编)。那是后来才发生的情况。
　　②　据元人方回的统计,见《瀛奎律髓》卷二五"拗字类"。
　　③　《蔡宽夫诗话》。
　　④　见叶梦得《石林诗话》卷上。
　　⑤　见赵翼《瓯北诗话》卷二。

接天帆到迟。宴寝清香与世隔，画图妙绝无人知。蜂房各自开户牖，处处煮茶藤一枝。

这首诗成功地写出了一个幽僻清绝的境界，典型地体现了黄诗瘦硬奇峭的风格，除了文字的清奇之外，声调的拗峭无疑是一个重要原因。

对仗也是今体诗重要的格律。一般来说，律诗中间两联必须对仗，而绝句则不要求对仗。可是在杜甫晚期的作品中，却有两种特殊的情况值得我们注意。

第一，绝句多对仗。如《八阵图》是前半首对仗的：

功盖三分国，名成八阵图。江流石不转，遗恨失吞吴。

而《奉和严郑公军城早秋》则是后半首对仗的：

秋风袅袅动高旌，玉帐分弓射房营。已收滴博云间戍，欲夺蓬婆雪外城。

而杜集中数量更多、更值得注意的则是通首对仗工稳的绝句，如：

迟日江山丽，春风花草香。泥融飞燕子，沙暖睡鸳鸯。

——《绝句》

两个黄鹂鸣翠柳，一行白鹭上青天。窗含西岭千秋雪，门泊东吴万里船。

——《绝句四首》之三

第二,律诗对仗灵活而不拘滞。例如"樽蚁添相续,沙鸥并一双"①,"江上形容吾独老,天涯风俗自相亲"②,句法似对非对。又如"他乡就我生春色,故国移居见客心"③,"念我能书数字至,将诗不必万人传"④,所对之词不属同类。再如"即从巴峡穿巫峡,便下襄阳向洛阳"⑤,"岂谓尽烦回纥马,翻然远救朔方兵"⑥,用流水对使对句呈流动之姿。更其甚者,则如《晓发公安》:

> 北城击柝复欲罢,东方明星亦不迟。邻鸡野哭如昨日,物色生态能几时?舟楫眇然自此去,江湖远适无前期。出门转盼已陈迹,药饵扶吾随所之。

音律既属拗体,句法又疏宕流转,竟有些像古体诗了。

上述的第一点对宋人有不小的影响,这在欧阳修、苏轼、黄庭坚、陆游、范成大、杨万里的诗中都有体现。王安石的情况尤其值得我们注意,他有不少以对仗精工而著称于世的句子都出自七绝而不是七律,如"一水护田将绿绕,两山排闼送青来"⑦,"含风鸭绿粼粼起,弄日鹅黄袅袅垂"⑧,而下面这首《木末》则通首出之以工整的对仗:

> 木末北山烟冉冉,草根南涧水泠泠。缫成白雪桑重绿,割尽黄云稻正青。

① 《季秋苏五弟缨江楼夜宴崔十三评事韦少府侄三首》之三,《杜诗镜铨》卷一七。
② 《冬至》,《杜诗镜铨》卷一八。
③ 《舍弟观至蓝田迎妻子到江陵喜寄三首》之二,《杜诗镜铨》卷一八。
④ 《公安送韦二少府匡赞》,《杜诗镜铨》卷一九。
⑤ 《闻官军收河南河北》,《杜诗镜铨》卷九。
⑥ 《诸将五首》之二,《杜诗镜铨》卷一三。
⑦ 《书湖阴先生壁二首》之一,《临川先生文集》卷二九。
⑧ 《南浦》,《临川先生文集》卷二七。

王安石对杜甫非常推崇,他的七绝具有杜诗的这一特色大概不是巧合。

　　第二点对宋人影响更大一些。对于杜甫的《晓发公安》一诗,王嗣奭评曰:"七言律之变至此而极妙,亦至此而神。此老夔州以后诗,七言律无一篇不妙,真山谷所云'不烦绳削而自合'者。"①的确,黄庭坚很注意学习这一点,他的七律中除前洪朋所举一联外,他如"舞阳去叶才百里,贱子与公俱少年"②、"未尝终日不思颍,想见先生多好贤"③等比较流动的对句很多。后来的江西派诗人也都有这个倾向,到了陈与义,"句律流丽"④还成了他的一大特色。比如他的"客子光阴诗卷里,杏花消息雨声中"⑤一联,就大得方回之称赞:"以'客子'对'杏花',以'雨声'对'诗卷',一我一物,一情一景,变化至此。"⑥

　　杜甫在今体诗的写作中故意打破常规,从而丰富了这种新诗体的表现手段,这对于诗歌艺术是一种贡献。我们知道,绝句不用对仗,其长处是流转疏畅,所以不容易写得工整凝重,李白、王昌龄这些七绝圣手的创作实践都证明了这一点。如果在绝句中加入对仗,就使它得到与律诗相似的特点,王安石的绝句所以"雅丽精绝"⑦,应当认为是有得于此的。律诗的平仄和对仗格律实质上是一种以对称为原则的结构美,它的长处是和谐、工整,它的可能产生的缺点是圆熟、滑易。为了避免这种缺点,能够采取的补救方法就是局部地打破格律的束缚,在基本对称的结构中有意识地掺入一些不对称的因素。杜甫在律诗中引入拗句和放宽对仗,正是起到了这样的作用。值得注意的有两

---

① 《杜臆》卷一〇。

② 《次韵裴仲谋同年》,《山谷外集》卷一。

③ 《郭明甫作西斋于颍尾请予赋诗二首》之一,《山谷外集》卷二。

④ 元人吴师道评陈与义诗语,见《吴礼部诗话》。

⑤ 《怀天经、智老因访之》,《陈与义集》卷三〇。

⑥ 见《瀛奎律髓》卷二六。

⑦ 黄庭坚语,见《苕溪渔隐丛话》前集卷三五。

点：一、如果说杜甫在绝句中多用对仗是打破他人建立的成规，那么，局部地破坏七律的对称性却是打破了他亲自参加建立的格律之束缚。也就是说，杜甫不但敢于突破他人已取得的成就，而且敢于突破自己取得的成就。二、在杜甫的时代，今体诗的格律刚刚确立，还没有产生极严重的流弊，比如说在七律的写作中一味追求声调和谐、对仗工稳而流于熟滑的现象是在中晚唐才出现的。杜甫却仿佛预见到会发生这样的情况而事先在探索补救方法，这说明杜甫在诗歌艺术上确实具有高人一着的深远眼光。

四

杜甫晚期的今体诗在艺术风格上呈现着两种不同的倾向。第一种是与大多数盛唐诗人的风格基本一致的：绝句如《江南逢李龟年》《赠花卿》等，蕴藉高华，不减李白、王昌龄。律诗如《秋兴八首》《咏怀古迹五首》等，绵密深厚，沈博绝丽，代表了当时律诗的最高水平。这些作品历来受到人们众口一辞的赞扬，无须多说。第二种则是与多数盛唐诗人大异其趣的，对这些作品，历来毁誉不一。明人胡应麟说"子美于绝句无所解"，又说"少陵不甚工绝句"①。清人黄子云却认为杜甫的七绝"高驾王、李诸公多矣"②。宋人叶适批评"杜甫强作近体，以功力气势掩夺众作，然当时为律诗者不服，甚或绝口不道"③；而清人姚鼐却称赞"杜公七律，含天地之元气，包古今之正变，不可以律缚，亦不可以盛唐限者"④。显然，这些话都是指杜甫第二种风格的今体诗

---

① 《诗薮》内篇卷六。
② 《野鸿诗的》。
③ 《习学记言》卷四九。按：叶适此论，可能据唐人所选总集而发。在今存的十种唐人所选唐诗总集中，除了晚唐韦庄所选的《又玄集》以外，都没有选杜甫的作品。又，今体诗，宋人亦称"近体"。
④ 《五七言今体诗钞·序目》。

而言。那么,这种风格究竟有哪些具体的特征呢?

第一,敢于用俗字俚语入诗。前面说过,在多数盛唐诗人手中,今体诗是用来写比较"高雅"的题材的。与之相适应,它的语言总是相当典雅的。诗人们在写古体诗时或许能运用一些稍为俚俗的字句,但是断断不能让它们登上今体诗的大雅之堂。杜甫却对此独持异议。宋人孙奕说:"子美善以方言里谚点化入诗句中,词人墨客口不绝谈。"① 他所举出的例子中,"客睡何曾着,秋天不肯明"②,"汝去迎妻子,高秋念却回"③,"枣熟从人打,葵荒欲自锄"④,"掉头纱帽侧,曝背竹书光"⑤,"家家养乌鬼,顿顿食黄鱼"⑥,"一夜水高二尺强,数日不可更禁当"⑦,"不分桃花红似锦,生憎柳絮白于绵"⑧,"负盐出井此溪女,打鼓发船何郡郎"⑨,"老妻画纸为棋局,稚子敲针作钓钩"⑩,都出自杜甫晚期的今体诗。其实杜诗中还有更为俚俗的字句,如"梅熟许同朱老吃"⑪、"两个黄鹂鸣翠柳"⑫、"鹅儿黄似酒"⑬、"青青竹笋迎船出,白白江鱼入馔来"⑭等等。而下面这两首几乎通首用口语写成:

江月去人只数尺,风灯照夜欲三更。沙头宿鹭联拳静,船尾

① 《履斋示儿编》卷一〇。
② 《客夜》,《杜诗镜铨》卷九。
③ 《舍弟观归蓝田迎新妇送示二首》之一,《杜诗镜铨》卷一六。
④ 《秋野五首》之一,《杜诗镜铨》卷一七。
⑤ 《秋野五首》之三,《杜诗镜铨》卷一七。
⑥ 《戏作俳谐体遣闷二首》之一,《杜诗镜铨》卷一七。
⑦ 《春水生二绝》之二,《杜诗镜铨》卷八。
⑧ 《送路六侍御入朝》,《杜诗镜铨》卷一〇。
⑨ 《十二月一日二首》之二,《杜诗镜铨》卷一二。
⑩ 《江村》,《杜诗镜铨》卷七。
⑪ 《绝句四首》之一,《杜诗镜铨》卷一二。
⑫ 《绝句四首》之三,《杜诗镜铨》卷一二。
⑬ 《舟前小鹅儿》,《杜诗镜铨》卷一〇。
⑭ 《送王十五判官扶持还黔中得开字》,《杜诗镜铨》卷一〇。

跳鱼拨剌鸣。

——《漫成一首》

巫山秋夜萤火飞,疏帘巧入坐人衣。忽惊屋里琴书冷,复乱檐前星宿稀。却绕井栏添个个,偶经花蕊弄辉辉。沧江白发愁看汝,来岁如今归未归?

——《见萤火》

口语、俗语的运用使这类作品呈现出清新活泼的风格,这在今体诗中是前所未有的新现象。

第二,七律中出现一气盘旋、清空如话的境界。例如:

堂前扑枣任西邻,无食无儿一妇人。不为困穷宁有此? 只缘恐惧转须亲! 即防远客虽多事,便插疏篱却甚真。已诉征求贫到骨,正思戎马泪沾巾。

——《又呈吴郎》

此诗后六句都用虚字斡旋,语气贯若连珠,读来简直忘了它是一首律诗。杜集中如《江村》《南邻》《舍弟观自蓝田迎妻子到江陵喜寄三首》等七律在风格上也都具有这种清空疏宕的特点。

第三,工拙相半。宋人范温说:"老杜诗,凡一篇皆工拙相半,古人文章类此。皆拙固无取,使其皆工,则峭急无古气,如李贺之流是也。"①这个特点十分显著地体现在杜甫晚期的今体诗中。他时常在一篇诗中安排一联或一句极其精警的诗句,而让其余的部分呈现比较朴拙的面貌。例如:

---

① 《潜溪诗眼》。

> 昔闻洞庭水,今上岳阳楼。吴楚东南坼,乾坤日夜浮。亲朋无一字,老病有孤舟。戎马关山北,凭轩涕泗流。
>
> ——《登岳阳楼》

此诗一向被推为咏洞庭湖的绝唱,但实际上只有颔联最为警拔。然而正因如此,此联就在全诗中显得非常突出醒目,从而使全诗的文气有张弛跌宕之妙:开阔雄奇的景色与黯淡凄惋的心情形成了鲜明的对比,这才是斯时斯人眼中的洞庭,绝非他人的异时异地之作。这种手法正是大历以降的许多诗人所缺乏的。

上述三个方面的因素综合起来,就使杜甫晚期的今体诗具有朴实无华、疏宕之中自饶浑厚的独特艺术风貌,从而与盛唐其他诗人的风格异趣。可以说,杜诗的这种风格是不符合中晚唐诗人的审美观念的。杜甫在唐代没有受到足够的重视,这可能是一个重要的原因。

到了宋代,情况发生了很大的变化。一方面,经过唐代诗人的不断努力,今体诗在传统手法和传统风格方面已经达到了巅峰境地,如果宋人不想跟在唐人后面亦步亦趋,就必须另辟蹊径。另一方面,今体诗由于格律和传统表现手段所引起的缺点已暴露得比较充分,宋人清醒地认识到应该对之进行矫正。这样,他们中间一些敏锐的目光就自然而然地集中到早已在这方面进行了卓有成效的尝试的杜甫身上。三百年来一直被人忽视、误解甚至诋毁的这一部分杜诗终于被宋人发现了其价值之所在。张戒说:"世徒见子美诗之粗俗,不知粗俗语在诗句中最难。非粗俗,乃高古之极也。"①陈模说:"人皆知杜诗之工而好者,而少能知其拙而好者也。"②而对杜甫晚期今体诗的特殊风格首先从整体上给予高度评价的则是黄庭坚。他晚年谪居黔州时,曾"欲属

---

① 《岁寒堂诗话》卷上。
② 《怀古录》卷上。

一奇士而有力者,尽刻杜子美东西川及夔州诗,使大雅之音久湮没而复盈三巴之耳"①。他在指点后学时说:"但熟观杜子美到夔州后古律诗,便得句法简易,而大巧出焉。"②又说:"观杜子美到夔州后诗,韩退之自潮州还朝后文章,皆不烦绳削而自合矣。"③他如此欣赏杜甫的晚期作品,就是因为此时的杜甫在诗歌艺术上已经达到炉火纯青、从心所欲的境界,已经摆脱了诗歌格律和传统表现手法的束缚,从而使他的作品呈现一种"豪华落尽见真淳"④那种特殊的美,这恰恰是黄庭坚一生刻意追求而自己感到未能达到的境界。杜诗的这个特点不但被黄庭坚及江西派诗人奉为学习的楷模,而且对整个宋代诗坛产生了深刻的影响。为了行文方便,我们仍从三个方面来作些论证。

第一,如果说杜甫在今体诗中用俚俗字眼还只是一种尝试,那么到了宋人手中,这已成为有理论根据的普遍做法了。王琪说:"诗家不妨间用俗语,尤见工夫。……此点瓦砾为黄金手也。"⑤陈师道更明确主张要"以俗为雅"⑥。从梅尧臣开始,俚俗的字句就不断地出现在宋人的今体诗中。宋祁是受西昆派影响很深的诗人,但也在七绝中嘲笑刘禹锡作诗不敢用俚俗的"糕"字:"刘郎不敢题糕字,虚负诗中一世豪。"⑦苏轼、黄庭坚是读破万卷、极其博雅的诗人,他们集中却有"三杯软饱后,一枕黑甜余"⑧和"闻道狸奴将数子,买鱼穿柳聘衔蝉"⑨等

---

① 《刻杜子美巴蜀诗序》,《豫章黄先生文集》卷一六。
② 《与王观复书》之二,《豫章黄先生文集》卷一九。
③ 《与王观复书》之一,《豫章黄先生文集》卷一九。
④ 元好问《论诗绝句三十首》之四,《遗山先生文集》卷一一。按:此本元氏评陶诗语,这里借用。
⑤ 见《西清诗话》。
⑥ 《后山先生集》卷二三《诗话》。
⑦ 《九日食糕》,《景文集》卷二四。参看唐韦绚《刘宾客嘉话录》和宋邵博《邵氏闻见后录》卷一九。
⑧ 《发广州》,《苏轼诗集》卷三八。
⑨ 《乞猫》,《山谷外集》卷七。

被开拓的诗世界

"以俗为雅"的好例。这方面最值得注意的要推杨万里。罗大经指出："杜陵诗亦有全篇用常俗语者,然不害其为超妙……杨诚斋多效此体,亦自痛快可喜。"①俚语俗字的运用是造成杨万里"死蛇解弄活泼泼"②的诗风的重要因素。例如:

> 晴明风日雨干时,草满花堤水满溪。童子柳阴眠正着,一牛吃过柳阴西。
>
> ——《桑茶坑道中》

> 红紫成泥泥作尘,颠风不管惜花人。落花辞树虽无语,别倩黄鹂告诉春。
>
> ——《落花》

这样的诗之所以清新、活泼,一方面固然是由于构思之新巧,但更重要的原因还是语言极其通俗,从而与所写的寻常之景、寻常之情完全吻合。值得注意的是,这些诗在语言上是受到杜甫影响的。第一首中的"着""吃",第二首中的"颠""告诉"等字,都是杜诗中曾用过而其他诗人很少用的俚俗字眼③。杨万里有诗云"一卷杜诗揉欲烂"④,其集中还有集杜诗⑤,他受到杜甫的影响是很自然的。杜甫曾被人诋为"村夫子",而杨万里诗也被人批评为"满纸村气"⑥,这从反面说明了他们

---

① 《鹤林玉露》(十六卷本)卷三。
② 葛天民《寄杨诚斋》,《葛无怀小集》。
③ 例如:"客睡何曾着"(《客夜》,《杜诗镜铨》卷九)、"梅熟许同朱老吃"(《绝句四首》之一,《杜诗镜铨》卷一二)、"晓来急雨春风颠"(《逼侧行赠毕曜》,《杜诗镜铨》卷四)、"无处告诉只颠狂"(《江畔独步寻花七绝句》之一,《杜诗镜铨》卷八)。
④ 《与长孺共读杜诗》,《诚斋集》卷四二。
⑤ 例如《类试所戏集杜句跋杜诗,呈监试谢昌国察院》,《诚斋集》卷一九。
⑥ 清人李慈铭语,见《越缦堂日记》光绪乙酉十月初四日。

之间的共同之处。

第二,流转自如是宋人七律的风格特征之一,这与晚期杜诗有一脉相承的关系,前人多有论及。例如杜诗《江村》,杨伦评曰:"潇洒清真,遂开宋派。"①又如杜诗《和裴迪登蜀州东亭送客逢早梅相忆见寄》,吴东岩评曰:"用意曲折飞舞,自是生龙活虎,不受俳偶拘束者,然亦开宋人门庭。"②这里仅在苏、黄的名篇中各举一首为例:

> 初惊鹤瘦不可识,旋觉云归无处寻。三过门间老病死,一弹指顷去来今。存亡惯见浑无泪,乡井难忘尚有心。欲向钱塘访圆泽,葛洪川畔待秋深。
>
> ——《过永乐文长老已卒》

> 今人常恨古人少,今得见之谁谓无? 欲学渊明归作赋,先烦摩诘画成图。小池已筑鱼千里,隙地仍栽芋百区。朝市山林俱有累,不居京洛不江湖。
>
> ——《追和东坡题李亮功归来图》

苏诗首联即用流水对,颔联虽然对得很工整,但是"老、病、死"和"去、来、今"的时间流逝过程给人以流动之感。黄诗的颔联也是流水对,而且"欲学""先烦""已筑""仍栽"连用四处虚词斡旋,使语气贯若连珠。而且这两首诗的语言都相当平易,娓娓而谈,全诗呈现流转自如的风姿。

第三,清人叶燮云:"宋诗在工拙之外,其工处固有意求工,拙处亦有意为拙。"③这个特点在江西派诗人身上体现得最为明显。前面说

---

① 见《杜诗镜铨》卷七。

② 《杜诗镜铨》卷八引。

③ 《原诗·外篇》下。

过,黄庭坚推崇杜甫晚年诗风华落尽的风格。陈师道更明确地指出:
"宁拙毋巧,宁朴毋华……诗文皆然。"①他们在创作中也不断地向这
个目标努力。就总体而言,黄诗还没有避免过奇过巧的缺点,但他在
晚年显然已写出了相当质朴的作品,如:

> 中年畏病不举酒,孤负东来数百觞。唤客煎茶山店远,看人
> 获稻午风凉。但知家里俱无恙,不用书来细作行。一百八盘携手
> 上,至今犹梦绕羊肠。

> ——《新喻道中寄元明用觞字韵》

此诗没有一个奇字,没有一处典故,写景抒情俱用淡淡之语。七律的
中间两联本是诗人可以炼字琢句,大显身手之处,黄庭坚早年也曾在
这方面极费心力,但此诗的中间两联却质朴无华。显然,这是黄庭坚
经过归真返朴的艺术升华而达到的豪华落尽的艺术境界,这是他努力
学习杜甫晚期诗风的结果。

陈师道在这方面走得更远一些,朴拙已成了陈诗的主体风格,如:

> 城与清江曲,泉流乱石间。夕阳初隐地,暮霭已依山。度鸟
> 欲何向?奔云亦自闲。登临兴不尽,稚子故须还。

> ——《登快哉亭》

此诗成功地写出了黄昏时分登临所见的浑然景象:首联写地,颔联写
山,颈联写天,都挑选了带有动态的景物,虽然写的是苍茫暮色,却并
无枯淡静止之感。"度鸟"二句不但气象阔大,而且动中见静,寓有诗
人淡泊宁静的胸怀。显然,此诗外现的形象和内涵的感情都很丰满,

---

① 《后山先生集》卷二三《诗话》。

是诗人着意推敲的作品。但由于陈师道挑选了十分质朴的语言,所以全诗仍呈现浑朴沉雄的风格,有效地避免了那种雕琢过甚从而显得纤巧细弱的缺点。陈师道曾说:"黄诗韩文有意,故有工。老杜则无工矣。"①他在诗歌创作中"有意为拙"的艺术追求,无疑是受到了杜甫的启迪。

五

综上所述,杜甫晚期的今体诗在题材、格律、艺术手法诸方面进行了一系列的探索。由于这一尝试在当时是空谷足音,以后三百年间也绝少嗣响,论者往往认为这是今体诗发展过程中的"变体",比如宋人胡仔云:"律诗之作,用字平侧,世固有定体,众共守之。然不若时用变体,如兵之出奇,变化无穷,以惊世骇目,如老杜诗云……"②清人沈德潜则云:"杜陵绝句,直抒胸臆,自是大家气度,然以为正声,则未也。"③我们认为,就今体诗在唐代的发展来看,说杜诗是"变体"也不算过分。然而,文学的发展本来就有赖于作家不断地求新求变,如果能写出艺术上超群拔俗的"变体"作品,总要比墨守成规的"正体"好得多。更何况杜甫的这一尝试到宋代就产生极其深刻的影响,就今体诗的整个发展过程而言,杜诗的滥觞之源终于发展成了波澜壮阔的长江大河,可见所谓"正变"在不同的时代是有不同的涵义的,"变体"云云,又何足为杜甫之疵病? 宋人"工于诗者,必取杜甫"④,一方面固然是因为杜诗中跳跃着一颗忠君爱国之心,另一方面则是因为杜诗为宋人的艺术探索提供了有益的启迪。

---

① 《后山先生集》卷二三《诗话》。
② 《苕溪渔隐丛话》前集卷七。
③ 《唐诗别裁》卷二〇。
④ 黄裳《陈商老诗集序》,《演山集》卷二一。

一个醒的和八个醉的

——读杜甫《饮中八仙歌》札记

程千帆

一

天宝五载(746)，杜甫结束了他的长期漫游生活，在长安住了下来，一住就是十年，销磨掉了他的整个生命的约六分之一，而在这约六分之一的时间里，他创作了现存诗篇约十分之一。在这十年中写的诗虽不算多，但却有一些杰作，为安史乱后诗人攀登祖国五、七言古今体诗的顶峰作了思想上和艺术上的充分准备。

在这个时期的作品中，写于天宝十四载(755)冬天的《自京赴奉先县咏怀五百字》特别引人瞩目，有人认为它是杜甫长安十年生活的总结，是诗人跨越自己和别人前此已达到的境界的一个新起点①。诗篇本身发射的强烈光芒证明，这一点是无可置疑的。然而，我们也不难看出，这篇大诗的出现，并非一个突如其来的、孤立的现象。在诗人写成这篇总结式的杰作之前，他已经过一段很长的探索历程，才由迷茫而觉醒，成就了他的最清醒的现实主义。写于与此同时的许多其他诗篇，足以互证。

但《饮中八仙歌》在长安十年，甚至在杜甫毕生的诗作中，都是很

---

① 如冯至《杜甫传·长安十年》。

独特的。评注家们早已注意到它在艺术上的创造性①。不断地在艺术上进行新的探索，是杜甫自己规定的、死而后已的任务。这篇诗体现了他在诗形上一次独一无二、几乎是空前绝后的大胆尝试，这是很明显的。但这篇诗是作者在什么心情之下写成的？其所采用的这种特殊形式和诗篇内在意义的关系又是如何？都还是需要进一步探索的问题。

讨论到诗人写作这篇诗的心情，就不能不涉及它产生的年代。浦起龙《读杜心解》卷首《少陵编年诗目谱》天宝五载至十三载（754）下云："开、宝间诗，于全集不过十分之一，有不得专系某年者。"这似乎不是浦氏一家之言，从宋以来，为杜诗编年的学者，对安史乱前的作品，大都采取了这种宜粗不宜细的想法和做法。如黄鹤《黄氏补千家集注杜工部诗史》卷二论《饮中八仙歌》年代云："蔡兴宗《年谱》云天宝五载，而梁权道编在天宝十三载。按史，汝阳王天宝九载（750）已薨，贺知章天宝三载（744）、李适之天宝五载、苏晋开元二十二年（734）并已殁。此诗当是天宝间追忆旧事而赋之，未详何年。"此说不失为闳通之论，故为仇氏《杜诗详注》所采。

当代学人始有申蔡说，认为"这大概是天宝五载杜甫初到长安时所作"的，理由是他"往后生活日困，不会有心情写这种歌"②。说得详细一点，则是这种论点的持有者认为：《饮中八仙歌》乃是杜甫以自己的欢乐心情描绘友人们的欢乐心情的作品。而诗人这种欢乐的心情，

---

① 参看王嗣奭《杜臆》卷一、沈德潜《唐诗别裁》卷六、仇兆鳌《杜诗详注》卷二、浦起龙《读杜心解》卷二之一、吉川幸次郎《杜甫诗注》卷一等。

② 萧涤非《杜甫研究》（山东人民出版社本）卷下第10页。根据这卷书改订重新出版的《杜甫诗选注》第14页同。陈贻焮《杜甫评传》第5章《"应诏"前后》第5节《"李杜文章在，光焰万丈长"》中说："（萧）这估计是可信的。"山东大学中文系古典文学教研室选注《杜甫诗选》第8页也说："这首诗大约是他到长安头一二年里所写的。"此外，四川省文史研究馆编《杜甫年谱》系此诗于天宝三载，竟全然不顾诗中已明文提到天宝五载李适之罢相之事，未免太疏忽了。

只有初旅长安那一段时期中才可能具有,因而这篇诗的作期也决不会太迟。

由于史料的限制,今天要考证出《饮中八仙歌》的确实作期,不免近于徒劳。但杜甫写这篇诗时的心理状态却还是可以探索的,值得探索的。如果这些问题得到了正确的答案,反过来,也有助于我们确定此诗的大体年代。

二

八仙原是汉、晋以来的神仙家所幻设的一组仙人。旧题后汉牟融的《理惑论》中就提到"王乔、赤松八仙之箓"①。陈沈炯《林屋馆记》也提到"淮南八仙之图"②。先友浦江清教授据此二证指出:"汉、六朝已有八仙一词,所以盛唐有'饮中八仙'。"又云:"据李阳冰说:当时李白'浪迹纵酒,以自昏秽,与贺知章、崔宗之等目(或作自)为八仙之游,朝列赋谪仙人诗凡数百首'③。所以'饮中八仙'一名非杜甫所创。而且杜甫诗中有苏晋而无裴周南。一说有裴周南④。而八仙之游在天宝初,苏晋早死了⑤。要之,唐时候有八仙一空泛名词,李白等凑满八人,作八仙之游,而名录也有出入。"⑥

浦先生还认为,所谓"饮中八仙",并非固定的哪八个人,而且也并非同时都在长安。这是事实。由此,我们也无妨推断,这不固定的八

① 释僧祐《弘明集》卷一,引牟融《理惑论》第二十八篇。
② 载《艺文类聚》卷七八。
③ 据李阳冰《草堂集序》,载王琦注《李太白全集》卷三一。
④ 范传正《唐左拾遗翰林学士李公新墓碑》:"时人又以公及贺监、汝阳王、崔宗之、裴周南等八人为酒中八仙。"此文亦载王注《李太白全集》卷三一。
⑤ 据《旧唐书·苏瑰传》附子晋传,晋以开元二十二年卒,年五十九。
⑥ 浦江清《八仙考》,载《清华学报》第11卷第1期,又《浦江清文录》。

个人，乃至杜甫和他们，也不一定彼此都是朋友，都有往来①。浦先生对我们的宝贵启示是：杜甫虽然极为成功地塑造了这八位酒徒的形象，但诗篇所要显示的主要历史内容，并非是他们个人的放纵行为，而是他们这种放纵行为所反映的当时政治社会情况、一种特定的时代风貌。有的学者注意到了这一点，以为诗篇所写的是盛唐诗人们所共有的"不受世情俗务拘束，憧憬个性解放的浪漫精神"②。从表面上看，是可以这么理解的。但如根据现有史料，将这些人的事迹逐一稽检，就不难看出，这群被认为是"不受世情俗务拘束，憧憬个性解放"之徒，正是由于曾经欲有所作为，终于被迫无所作为，从而屈从于世情俗务拘束之威力，才逃入醉乡，以发泄其苦闷的。这当然也可以认为具有个性解放的憧憬，但这种憧憬，却并不具有富于理想的、引人向上的特征。如果按照通常的说法，浪漫精神有积极的和消极的之分，则"饮中八仙"的浪漫精神很难说是从属于前者。李阳冰说李白"浪迹纵酒"，是"以自昏秽"，是很深刻的。事实上，"饮中八仙"都是如此。

现在，让我们来依次看看这八个人。

从唐史所载简略行事来看，贺知章是一位善于混俗和光的官僚，"言论倜傥"，"风流之士"，"晚年尤加纵诞，无复规检"③。天宝三载（744），他出家当了道士，回到家乡会稽，不久就以八十六岁的高龄逝世。他流传的事迹既少，作品也不多，但仍然可以看出，就文学才名来说，他在当时颇有地位，而就政治来说，他却是以开元盛世的一个点缀品而存在的。他晚年辞了官，出了家，还了乡之后，曾以愉快的心情作了题为《还乡偶书》的七绝二首。第一首即"少小离家……"，是人们所

① 叶梦得《避暑录话》卷上："(李)适之以天宝五载罢相，即贬死袁州，而子美十载方以献赋得官，疑非相与周旋者，盖但记能饮者耳。"此说甚通。
② 参见陈贻焮《杜甫评传》第5章第5节。这一意见，与胡适《白话文学史》及刘大杰《中国文学发展史》有关此诗的论点相近。
③ 《旧唐书·文苑传》本传。

熟知的。但更能表达他脱离了名利场以后的轻松心绪的,却是第二首:"离别家乡岁月多,近来人事半销磨。惟有门前镜湖水,春风不改旧时波。"①这首诗,一个善于吟咏的读者,是应当可以体会其十分丰富的内涵的。元稹在《连昌宫词》里,濡染大笔,以浓墨重彩直写开、天治乱:"姚崇宋璟作相公,劝谏上皇言语切。燮理阴阳禾黍丰,调和中外无兵戎。长官清平太守好,拣选皆言由相公。开元之末姚宋死,朝廷渐渐由妃子……"②而在贺知章笔下,却出之以淡墨点染。"近来人事半销磨"寥寥七字,不也透露着当时政局的大转折吗?不同的是,贺知章虽然身当其境,而他所作出的反应,却不过是"常静默以养闲,因谈谐而讽谏"③。讽谏既无实效,剩下的也就只是养闲了。但这一点轻轻的感喟,也可以证明,他并不以自己所处的时代和遭际为满足。

杜甫笔下的汝阳王李琎是兼有狂放和谨慎两重性格的矛盾统一体,或一位貌似狂放实极谨慎的贵族。《饮中八仙歌》所写"三斗始朝天"的狂者和《八哀诗》中所写"谨洁极"的郡王就是一个人,不仅是符合事实的,也是可以理解的④。从唐朝开国起,在皇位继承这个对于封建政权来说是至关重要的问题上,激烈的权力斗争始终没有中断过。从高祖到睿宗的皇子们,由于直接或间接卷入这种性质的斗争而死于非命的,不在二分之一以下,也从没有一位长子能够身登大宝⑤。李琎的父亲李宪本是睿宗的长子,可是在讨平韦后及太平公主,兴复唐室的事业中,第三子隆基即后来的玄宗却立了大功。于是明智的李

---

① 《全唐诗》卷一一二。
② 《元稹集》卷二四。
③ 《旧唐书·文苑传》载肃宗乾元元年(758)追赠贺知章礼部尚书诏。
④ 杜甫提供的有关李琎的史料,比两《唐书》丰富,除《饮中八仙歌》外,《赠特进汝阳王二十韵》《八哀诗·赠太子太师汝阳郡王琎》都较详细地描写了这位贵族。
⑤ 太宗是高祖次子,高宗是太宗第九子,中宗是高宗第七子,睿宗是高宗第八子,玄宗是睿宗第三子。

宪便坚决要求根据立贤不立长的原则，推让玄宗做太子，从而避免了重蹈高祖时代长子建成与太宗之间所发生的那种家庭悲剧的覆辙，并获得了一个很体面的下场，死后被破例谥为"让皇帝"。但李琎，作为李宪的长子，是天然处在一种嫌疑地位的。更使得这位郡王感到尴尬的，则是他相貌出众，又长了一部和他高祖父太宗一般的"虬须"①。认为人的相貌体现富贵贫贱并和命运很有关系这种迷信，起源甚早，先秦以来，颇为流行。以致唯物主义思想家如荀况、王充都不得不在他们的著作中作出专题批判②。可是这种习惯的落后思想，在它还对统治阶级有利的时候，是无法清除的。据两《唐书》本纪，开国皇帝高祖李渊就是"骨法非常，必为人主"。而且，"贵人必有贵子"。太宗李世民更是"龙凤之姿，天日之表"。李琎既然如杜甫所写的那样，自然也就难为嫌猜。唐人小说记载玄宗精于相术，曾判断安禄山只不过是一条猪龙，成不了大气候③。又判断李琎虽然仪表堂堂，却并不是帝王之相④，但这并不能排除别人对此作出相反的判断，如果在政局变化中，有人需要利用李琎的天人眉宇作号召的话。李琎显然意识到这一点，故而就明智而机警地以"谨洁"和狂放来表示自己既非做皇帝的坏子，也绝无那种野心。他终于在富贵尊荣中得保首领以没。这位郡

---

① 杜甫《八哀诗》："汝阳让帝子，眉宇真天人。虬须似太宗，色映塞外春。"又其《送表侄王砅评事使南海》云："次问最少年，虬髯十八九。"少年指太宗。此外，段成式《酉阳杂俎》前集卷一《忠孝》云："太宗虬须，常戏张弓挂矢。"钱易《南部新书》癸卷："太宗文皇帝虬须上可挂一弓。"亦可互证。

② 参看《荀子·非相篇》《论衡·骨相篇》及姚振宗《隋书经籍志考证》卷三六子部五行家。

③ 姚汝能《安禄山事迹》卷上："玄宗……尝夜宴禄山，禄山醉卧，化为一黑猪而龙首。左右遽言之。玄宗曰：'猪龙也，无能为者。'"

④ 《守山阁丛书》本南卓《羯鼓录》："琎，宁王长子也。姿容妍美，秀出藩邸，玄宗特钟爱焉。……夸曰：'花奴（琎小字）姿质明莹，肌发光细，非人间人，必神仙谪堕也。'宁王谦谢，随而短斥之。上笑曰：'大哥不必过虑，阿瞒自是相师。（上于诸亲，常自称此号。）夫帝王之相，且须有英特越逸之气，不然，有深沉包育之度。若花奴但端秀过人，悉无此相，固无猜也。而又举止淹雅，当得公卿间令誉耳。'"

王看来品德不错，也能礼贤下士，所以杜甫对他颇有好感。但在送他的两篇篇幅不算短的诗中，竟除谏猎一事外，举不出他对朝廷有何献纳，而谏猎，也不过是沿袭司马相如的老一套而已①。我们可以推测，李琎对当时政治社会问题不可能没有意见，但他也不可能提出来。因为喝酒总比进谏安全，这一点他十分明白。

李适之是恒山王承乾之后，官至左相，故《新唐书》将其列入《宗室宰相传》。他"以强干见称"，"性简率，不务苛细，人吏便之"。虽然嗜酒，但"夜则宴赏，昼决公务，庭无留事"。然而由于性格粗疏，终于被口蜜腹剑、不学有术的阴谋家李林甫所排挤，服毒自杀了②。诗篇特地概括了这位宗室宰相下台后写的诗句③，泄露了杜甫对他的悲剧的丰富同情。

崔宗之曾被喜欢识拔后进的前辈韩朝宗所引荐④。为人"好学，宽博有风检"⑤。后以侍御史谪官金陵，与李白交游唱和⑥。侍御史"掌纠举百僚，推鞫狱讼"⑦。他以"有风检"的性格来从事这种工作，在政治不够清明的时代，必然无法忠于职守，为所当为。这也许就是他后来被贬谪的原因。《世说新语·言语篇》："谢太傅（安）问诸子侄：'子弟亦何预人事，而正欲使其佳？'诸人莫有言者。车骑（谢玄）答曰：'譬如芝兰玉树，欲使其生于庭阶耳。'"诗美宗之为"玉树"，正暗示他

---

① 司马相如上书谏猎，见《史记》本传。
② 《旧唐书》本传。
③ 《汉书·张冯汲郑传》："下邽翟公为廷尉，宾客亦填门，及废，门外可设爵罗。后复为廷尉，客欲往，翟公大署其门曰：'一死一生，乃知交情；一贫一富，乃知交态；一贵一贱，交情乃见。'"适之罢相后赋诗云："避贤初罢相，乐圣且衔杯。为问门前客，今朝几个来？"即用其事。诗见《旧唐书》本传及孟启《本事诗·怨愤第四》。
④ 《新唐书·韩朝宗传》："喜识拔后进，尝荐崔宗之、严武于朝。当时士咸归重之。"
⑤ 见《新唐书·崔日用传》。
⑥ 见《旧唐书·文苑传》及《新唐书·文艺传》李白传，计有功《唐诗纪事》卷一九。
⑦ 《旧唐书·职官志三》。

是齐国公崔日用之子,注家或未留意①。同书《简傲篇》"嵇康与吕安善"条注引《晋百官名》:"(阮)籍能为青白眼,见凡俗之士,以白眼对之。"此事人所共知。"白眼望青天",可见在这位出身高门的"潇洒美少年"目中,人间无非凡俗,所以只好不看厚地而看高天了。这就刻画出了他内心的寂寞。

苏晋"数岁能属文",被人誉为"后来王粲"。开元十四年,知吏部选事。当时已用"糊名考判",而他却"独多赏拔",即不以弥封的考卷,而以平日的名声为重,来选拔做官的人。因此"甚得当时之誉"②。可是后来与世推移,却皈依佛法,吃长斋了。但又常常要喝酒,这便破坏了佛教信徒应当坚持的戒律。我们不妨认为:以禅避世,以醉逃禅,是苏晋思想感情变化的三个阶段。禅可因酒而逃,说明宗教对他来说不过是一种寄托。信教是寄托,饮酒又何独不然? 所以诗篇写的虽只是酒与禅之间的矛盾,而实质上则是二者与其用世之心的矛盾。

李白是人们所熟知的。《饮中八仙歌》所写有关他的情节,亦见范传正所撰《李公新墓碑》③,可能是诗人受玄宗尊宠时的事实。但其所写是李白醉后失态,如此而已,决非如苏轼所说的"戏万乘若僚友"④。这在以皇帝为天然尊长的封建时代里,是绝无可能的。这种错误的想法与将李白当成一个完全超现实人物的观点有关。王闿运曾经指出:"世言李白狂,其集中《上李长史书》但以误认李为魏洽,举鞭入门,乃

---

① 仇注引《世说新语·容止篇》:"毛曾与夏侯玄共坐,时人谓蒹葭倚玉树。"所谓失之毫厘。

② 两《唐书·苏珦传》附晋传。

③ 《碑》云:"他日,泛白莲池,公不在宴。皇欢既洽,召公作序。时公已被酒于翰苑中,仍命高将军扶以登舟,优宠如是。"

④ 苏轼《李太白碑阴记》,载王注《李太白全集》卷三三。案:"戏万乘若僚友,视俦列如草芥"二语,见《文选》卷四七夏侯湛《东方朔画赞》。李白一向倾心东方朔,所以苏轼也就以夏侯赞东方之语赞美他。

至再三谢过,其词甚卑,何云能狂乎？又自作荐书令宋中丞上之,得拜拾遗,诏下已卒,亦非轻名爵者。"①可见李白不仅不能做到"戏万乘若僚友",即苏轼同时说的另一句"视俦列如草芥"也难于真正做到。我在另外一个地方,曾经这样地评论李白:"自从贺知章称之为谪仙人,后人又尊为诗仙,这就构成了一种错觉,好像李白之所以伟大,就在他的人和诗具有他人所无的超现实性。这是可悲的误会。事实上,没有一位伟大的浪漫主义者是完全超现实的,李白何能例外？开元、天宝时代的其他诗人往往在高蹈与进取之间徘徊,以包含得有希冀的痛苦或欢欣来摇荡心灵,酝酿歌吟。李白却既毫不掩盖他对功名事业的向往,同时又因为自己绝对无法接受那些取得富贵利禄的附加条件而弃之如敝屣。他热爱现实生活中一切美好的事物(当然也包括物质享受在内),而对其中不合理的现象毫无顾忌地投之以轻蔑。这种已被现实牢笼而不愿意接受,反过来却想征服现实的态度,乃是后代人民反抗黑暗势力与庸俗风习的一股强大的精神力量。这也许就是李白的独特性。"②所以,《饮中八仙歌》中李白的形象也只是不胜酒力,并非愿意装乔。杜甫恰如其分地透露了他尊敬的前辈性格中固有的世俗性成分与突出的超现实性成分的巧妙融合。这与王闿运之观人于微,即微知著相同,都比苏轼及其追随者故意抬高李白的论点更有助于我们完整地理解李白。

对于张旭的生平,特别是他在政治方面的事迹,今日所知甚少。宋朱长文称其"为人倜傥闳达,卓尔不群,所游者皆一时豪杰"③。大概也是根据现存关于他的书法艺术史料加以概括之辞。但《饮中八仙

---

① 《湘绮楼日记》光绪五年己卯(1879)三月十日。
② 《〈唐诗鉴赏辞典〉序言》。
③ 《吴郡图经续记》卷下。

歌》所写这位书家的形象,证以现存其他记载,却是真实的①。书法作为客观世界的形体和动态美的一种反映,它必然(尽管是非常曲折而微妙的)会表现出书家对整个生活的看法和自己的审美趣味与理想。他"善草书,而好酒,每醉后呼叫狂走,索笔挥洒,变化无穷"②。"或以头濡墨而书,既醒自视,以为神,不可复得也"③。又曾对邬彤说:"'孤蓬自振,惊砂坐飞。'予师而为书,故得奇怪,凡草圣尽于此矣。"④"孤蓬"二句,出鲍照《芜城赋》⑤,它成功地写出了在荒寒广漠的境界中大自然的律动。张旭用来形容自己草书的风格,是值得玩味的。从诸书所载及易见的张书真迹如《古诗四帖》等看来,他所追求的是对已经成型的书法规范的突破,要以自己创造的点画与重新组合的线条来征服空间。这也就反映了他对现实世界的不驯服态度。

除《饮中八仙歌》外,焦遂仅以隐士形象出现于唐人小说袁郊《甘泽谣》中⑥。但在杜甫笔下,焦遂主要的却是一位思辨者。赵彦材云:"《世说》载⋯⋯诸名贤论《庄子·逍遥游》,支道林卓然标新理于二家之表。又江淹拟张廷尉诗云:'卓然凌风矫。'⋯⋯《新唐书》云:'李白自知不为亲近所容,益骜放不修,与焦遂等为酒八仙。'则遂亦平昔骜放之流耳。饮至五斗而方特卓,乃所以戏之,末句又以美之。"⑦仇兆

---

① 参看唐张怀瓘《书断》、宋阙名《宣和书谱》卷一八、宋陈思《书小史》卷九、元陶宗仪《书史会要》卷五。
② 《旧唐书·文苑传》贺知章传。
③ 《新唐书·文艺传》李白传附张旭传。
④ 陈思《书小史》卷九。
⑤ 载《文选》卷一一。
⑥ 《分门集注杜工部诗》卷一〇师古注引《唐史拾遗》:"遂与李白号为酒八仙,口吃,对客不出一言,醉后酬结如注射,时目为酒吃。"钱谦益《注杜诗略例》云:"注家所引《唐史拾遗》,唐无此书,亦出诸人伪撰。"又云:"蜀人师古注尤可恨。⋯⋯焦遂五斗,则造焦遂口吃,醉后雄谈之事。流俗互相引据,疑误弘多。"《康熙字典》丑集下口部吃字下即引《唐史拾遗》此文,盖不免于流俗之见。又吉川幸次郎《杜甫诗注》亦及师注引《唐史拾遗》,虽不信其说,然误以师古为师尹(即师民瞻),亦非。
⑦ 郭知达《九家集注杜诗》卷二引。

鳌云:"谈论惊筵,得于醉后,见遂之卓然特异,非沉湎于醉乡者。"所释能得诗意。简单地说,焦遂是酒后吐真言,只有喝到一定程度,才能无拘束地发挥他那骜放的风格和高谈雄辩的才能,树义高远,不同凡响①。这和描写张旭醉后作草,用意正同。即他们平时的性格是受抑制的,只有借酒来引爆,才能产生变化,完成本性的复归②。

如果我们对这八个人的思想行为的论述不甚远于事实,那就可以断定,"饮中八仙"并非真正生活在无忧无虑、心情欢畅之中。这篇诗乃是作者已经从沉湎中开始清醒过来,而以自己独特的艺术手段对在这一特定的时代中产生的一群饮者作出了客观的历史记录。杜甫与"八仙"之间的关系可以归结为:一个醒的和八个醉的。

三

《旧唐书·李林甫、杨国忠等传论》云:"开元任姚崇、宋璟而治,幸林甫、国忠而乱。"这和元稹《连昌宫词》的论调是一致的。这种意见虽不无将历史变革的原因简单化之嫌,但他们指出玄宗一朝之由治而乱,其转变并不开始于天宝改元以来,而是开元时代就已经开始,这却是正确的。如果我们把开元二十二年(734)李林甫拜相作为这一重大转变的显著标志,大致不会与史实相差过远。

杜甫是玄宗登基那一年(712)出生的。他在高宗、武后以来封建经济日益上升、国势日益发展的大环境中度过了自己的童年和青年时代。所以从唐帝国的繁荣富强中形成的社会风气在杜甫笔下也有所

---

① 《汉书·成帝纪》:"使卓然可观。"颜注:"卓然,高远之貌也。"
② 杨伦《杜诗镜铨》卷一评云:"独以一不醉者作结。"似失诗旨。

反映。在《忆昔》中,他详细地描写过"开元全盛日"的情况①;在《壮游》中,他又详细地叙述了自己从幼至长的浪迹生涯②。这就是说,他在到长安之前,乃至初到长安的时候,是和当时的许多诗人一样,沉浸在盛唐时代"那种不受世情俗务拘束,憧憬个性解放的浪漫精神"中的。如果我们将杜甫的《今夕行》③与李白的《行路难》④、王维的《少年行》⑤合读,就可以非常清楚地看出这一点。

但与此同时,我们却从杜诗里察觉到一点与众不同的生疏信息,

---

① 《忆昔二首》之二:"忆昔开元全盛日,小邑犹藏万家室。稻米流脂粟米白,公私仓廪俱丰实。九州道路无豺虎,远行不劳吉日出。齐纨鲁缟车班班,男耕女桑不相失。"载《杜诗镜铨》卷一一。

② 《壮游》:"往者十四五,出游翰墨场。斯文崔魏徒,以我似班扬。七龄思即壮,开口咏凤皇。九龄书大字,有作成一囊。性豪业嗜酒,嫉恶怀刚肠。脱略小时辈,结交皆老苍。饮酣视八极,俗物多茫茫。东下姑苏台,已具浮海航。到今有遗恨,不得穷扶桑。王谢风流远,阖闾丘墓荒。剑池石壁仄,长洲荷芰香。嵯峨阊门北,清庙映回塘。每趋吴太伯,抚事泪浪浪。枕戈忆勾践,渡浙想秦皇。蒸鱼闻匕首,除道哂要章。枕戈忆勾践,渡浙想秦皇。越女天下白,鉴湖五月凉。剡溪蕴秀异,欲罢不能忘。归帆拂天姥,中岁贡旧乡。气劘屈贾垒,目短曹刘墙。忤下考功第,独辞京尹堂。放荡齐赵间,裘马颇清狂。春歌丛台上,冬猎青丘旁。呼鹰皂枥林,逐兽云雪冈。射飞曾纵鞚,引臂落鹙鸧。苏侯据鞍喜,忽如携葛强。快意八九年,西归到咸阳。……"载《杜诗镜铨》卷一四。

③ 《今夕行》:"今夕何夕岁云徂,更长烛明不可孤。咸阳客舍一事无,相与博塞为欢娱。冯陵大叫呼五白,袒跣不肯成枭卢。英雄有时亦如此,邂逅岂即非良图?君莫笑,刘毅从来布衣愿,家无儋石输百万。"载《杜诗镜铨》卷一。

④ 《行路难》三首之一:"金樽清酒斗十千,玉盘珍羞直万钱。停杯投箸不能食,拔剑四顾心茫然。欲渡黄河冰塞川,将登太行雪满山。闲来垂钓碧溪上,忽复乘舟梦日边。行路难!行路难!多歧路,今安在?长风破浪会有时,直挂云帆济沧海。"载王琦注《李太白全集》卷三。

⑤ 《少年行》四首:"新丰美酒斗十千,咸阳游侠多少年。相逢意气为君饮,系马高楼垂柳边。""出身仕汉羽林郎,初随骠骑战渔阳。孰知不向边庭苦,纵死犹闻侠骨香。""一身能擘两雕弧,虏骑千重只似无。偏坐金鞍调白羽,纷纷射杀五单于。""汉家君臣欢宴终,高议云台论战功。天子临轩赐侯印,将军佩出明光宫。"载赵殿成注《王右丞集》卷一四。

那就是一种乐极哀来的心情,例如《乐游园歌》①、《渼陂行》②之类。这是由于他通过自己的生活实践逐步认识到:当时政治社会情况表面上似乎很美妙,而实际上却不很美妙乃至很不美妙。他终于作出了《自京赴奉先县咏怀五百字》那样的总结。

《乐游园歌》《渼陂行》等写诗人自己之由乐转哀,由迷茫而觉醒,显示了形象思维和逻辑思维的和谐一致,所以篇终出现了"此身饮罢无归处,独立苍茫自咏诗"和"少壮几时奈老何,向来哀乐何其多"这种发自内心深处的富有思辨内蕴的咏叹。而《饮中八仙歌》则在很大的程度上是直觉感受的产物。杜甫在某一天猛省从过去到当前那些酒徒之可哀,而从他们当中游离出来,变成当时一个先行者的独特存在。但他对于这种被迫无所为,乐其非所当乐的生活悲剧,最初还不是能够立即体察得很深刻的,因此只能感到错愕与怅惘。既然一时还没有能力为这一群患者作出确诊,也就只能记录下他们的病态。这样,这篇诗就出现了在一般抒情诗中所罕见的以客观描写为主的人物群像。同样,这篇诗也就很自然地成为《今夕行》与《乐游园歌》《渼陂行》的中间环节。它是杜甫从当时那种流行的风气中挣扎出来的最早例证。在这以后,他就更加清醒了,比谁都清醒了,从而唱出了安史之乱以来

---

① 《乐游园歌》:"乐游古园萃森爽,烟绵碧草萋萋长。公子华筵势最高,秦川对酒平如掌。长生木瓢示真率,更调鞍马狂欢赏。青春波浪芙蓉园,白日雷霆夹城仗。阊阖晴开䫵荡荡,曲江翠幕排银榜。拂水低回舞袖翻,缘云清切歌声上。却忆年年人醉时,只今未醉已先悲。数茎白发那抛得,百罚深杯亦不辞。圣朝亦知贱士丑,一物自荷皇天慈。此身饮罢无归处,独立苍茫自咏诗。"载《杜诗镜铨》卷二。
② 《渼陂行》:"岑参兄弟皆好奇,携我远来游渼陂。天地黯惨忽异色,波涛万里堆琉璃。琉璃汗漫泛舟入,事殊兴极忧思集。鼍作鲸吞不复知,恶风白浪何嗟及。主人锦帆相为开,舟子喜甚无氛埃。凫鹥散乱棹讴发,丝管啁啾空翠来。沉竿续蔓深莫测,菱叶荷花净如拭。宛在中流渤澥清,下归无极终南黑。半陂以南纯浸山,动影袅窕冲融间。船舷暝戛云际寺,水面月出蓝田关。此时骊龙亦吐珠,冯夷击鼓群龙趋。湘妃汉女出歌舞,金支翠旗光有无。咫尺但愁雷雨至,苍茫不晓神灵意。少壮几时奈老何,向来哀乐何其多!"载《杜诗镜铨》卷二。

的时代的最强音。从《自京赴奉先县咏怀五百字》起，杜甫以其前此所无的思想深度和历史内容，显示了无比的生命力，而且开辟了其后千百年现实主义诗歌的道路。列宁说过："当然，在具体的历史环境中，过去和将来的成分交织在一起，前后两条道路互相交错……但是这丝毫不妨碍我们从逻辑上和历史上把发展过程的几个大阶段分开。"① 杜甫的创作，在安史之乱前后显然不同，至少应当分为两个大阶段来研究。但如果我们注意到《饮中八仙歌》是杜甫在以一双醒眼看八个醉人的情况之下写的，表现了他以错愕和怅惋的心情面对着这一群不失为优秀人物的非正常精神状态，因而是他后期许多极为灿烂的创作的一个不显眼的起点，这并非是不重要的。这也正是过去和将来交织在一起，前后两条道路互相交错的一例。

由于我们认为《饮中八仙歌》的产生过程有如上述，所以也认为它不可能写于初到长安不久的年代里，而应当迟一些，虽然无法断定究竟迟多久。

四

关于本篇在艺术上的创造，前人所论已多，无须重复。我们只想着重地指出一点，即诗人在这里找到了最恰当的、能够突出地表现那个正在转变的时代的素材和与之相适应的表现方法和表现形式。

沉湎于酒，是这八个人所共同的，但在杜甫笔下，他们每一个人都显示了各自行为、性格的特点，因而在诗篇中展现的，就不是空泛的类型，而是个性化了的典型。他们的某些事迹，如上文所已经涉及的，莫不显示了自己不同于他人的生活道路和生活观点，虽然最后总起来可

---

① 《社会民主党在民主革命中的两种策略》，载《列宁全集》第9卷，人民出版社1959年版，第70页。

以归结为"浪迹纵酒","以自昏秽",或如颜延年之咏刘伶:"韬精日沉饮,谁知非荒宴。"①如贺知章"骑马似乘船",以切吴人;李琎"恨不移封向酒泉",以切贵胄;以及宗之仰天,苏晋逃禅,张旭露顶,焦遂雄辩,都是其习性在某些特定情况下的自然流露,而为诗人所捕捉。如果不是非常熟悉他们,是很难了然于心中,见之于笔下的。由于将深厚的历史内容凝聚在这一群酒徒身上,个性与共性得到高度统一,所以开元天宝时代的历史风貌在诗篇中便显得非常突出。

《饮中八仙歌》在形式上的最大特点便是,就一篇而言,是开头无尾的,就每段言,又是互不相关的。它只是就所写皆为酒徒,句尾皆押同韵这两点来松懈地联系着,构成一篇。诗歌本是时间艺术,而这篇诗却在很大的程度上采取了空间艺术的形式。它像一架屏风,由各自独立的八幅画组合起来,而每幅又只用写意的手法,寥寥几笔,勾画出每个人的神态。这也说明,杜甫在写这篇诗时,有他独特的构思,他是想以极其简练的笔墨,描摹出一群富有个性的人物形象,从而表现出一个富有个性的时代——开元天宝时代。

我们都很熟悉杜甫善于用联章的方式来表现广阔的生活内容,因此很钦佩他晚年所写的《八哀》《诸将》《秋兴》等组诗,《饮中八仙歌》却反过来,将一篇诗分割为八个相对独立的组成部分,而又众流归一地服从于共同的主题。虽然其后这种形式没有得到继续的发展,但终究是值得重视的创造②。

一位能够将自己的姓名在文学史上显赫地留传下来的诗人,其成长过程几乎无例外地是这样的:他无休止地和忠实地观察生活、体验生活,与此同时,也不倦怠地和巧妙地反映生活、表现生活。为了能够

---

① 颜延年《五君咏·刘参军》,载《文选》卷二一。
② 吉川幸次郎《杜甫诗注》曾举出清吴伟业的《画中九友歌》是摹仿《饮中八仙歌》之作。这也许是事实。但我们不能不遗憾地指出,吴作只是狗尾续貂,他作为一个内行,根本不应当做这样一件不自量力的事。

这样，他不得不煞费苦心，在生活中不断深入，在艺术上不断创新，努力突破别人和自己所已达到的境界。他所走过的人生道路和创作道路，每每留下了可供后人探索的鲜明轨迹。而这些纵横交错的轨迹的总和便体现了文学史的基本风貌。

《饮中八仙歌》是杜甫早期诗作发展轨迹上一个值得注意的点——清醒的现实主义的起点。

他们并非站在同一高度上

——读杜甫等同题共作的登慈恩寺塔诗札记

程千帆　莫砺锋

一

中国是一个诗的国度,在汉以后的封建社会中,几乎所有的士大夫都能够"赋诗言志"。所以,"同题共作",就是几位乃至几十位诗人在同时同地就同一个题目写诗,这在中国古典诗歌史上并不是一个罕见的现象。自从建安时代以来,凡是朝廷有什么庆赏典礼,与会群臣往往要赋诗以歌颂朝廷之休明。而在达官贵人的宴席上,与宴者也往往要赋诗以赞扬主人之盛德。在这种风气影响之下,即使是赳赳武夫也不愿被排除在这个诗人圈子之外,例如梁朝的大将军曹景宗在梁武帝的宴会上以"竞""病"为韵脚赋诗就曾成为一时佳话①。我们只要检阅一下汉以后历代的诗歌总集,就可发现这类作品的数量是不少的。特别是六朝诗人和初唐诗人集中,"应诏""被命"之类的题目是经常可见的。文士们在这种场合下作诗,除了献颂邀宠之外,往往还有逞才争胜的目的。比如宋之问和东方虬在武后面前争夺锦袍②,肯定

① 《南史·曹景宗传》:"景宗振旅凯入,帝于华光殿宴饮连句,令左仆射沈约赋韵。景宗不得韵,意色不平,启求赋诗。……时韵已尽,唯余竞病二字。景宗便操笔,斯须而成,其辞曰:'去时儿女悲,归来笳鼓竞。借问行路人,何如霍去病。'帝叹不已。约及朝贤惊嗟竟日。"

② 刘𫗧《隋唐嘉话》卷下:"武后游龙门,命群官赋诗,先成者赏锦袍。左史东方虬既拜赐,坐未安,宋之问诗复成,文理兼美,左右莫不称善,乃就夺袍衣之。"

怀有要在诗名上压倒对方的企图。然而，由于他们是在帝王、权贵的俯视下作诗，即使不至于战战兢兢，也肯定不能畅所欲言，就像谢灵运所说："楚襄王时，有宋玉、唐、景。梁孝王时，有邹、枚、严、马。游者美矣，而其主不文。汉武帝徐、乐诸才，备应对之能，而雄猜多忌，岂获晤言之适？"①所以，虽然诗人们各自的境遇、胸襟、才能千差万别，但他们笔下的"应诏""被命"诗却大同小异。在谢灵运写《拟魏太子邺中集诗》时，尽管他很清楚地指出了那些诗人各自的特点：王粲"家本秦川，贵公子孙。遭乱流寓，自伤情多"；徐幹"少无宦情，有箕颍之心事，故仕世多素辞"；阮瑀"管书记之任，故有优渥之言"；曹植"不及世事，但美邀游，然颇有忧生之嗟"。但他摹拟当时的情势所拟作的诗中却无一例外地以颂扬曹魏之盛德为主旨。在这种场合下的"同题共作"是难以展现诗人们的个性和他们各自拥有的独特艺术的真实面貌的。

如果离开了帝王、权贵的威慑，诗人们比较自由地在一起赋诗，情况就完全不同了。在这种场合下，他们可以各抒怀抱，自吐心声。各不相同的个性、胸襟、才华乃至经历会使他们的同题共作的篇章呈现万紫千红的面貌。对这样的文学现象作一些研究，将会有助于我们理解不少有关的理论问题，诸如时代背景、个人经历和世界观对作家的影响、艺术才能对作品的影响等等。

在古典诗歌史上，诗人们自由集会时同题共作的篇章并不罕见，例如东晋时王羲之、孙绰等名士在兰亭聚会时所作的《兰亭诗》，至今保留完整的还有五家，保留不完整的有二十一家②。但由于受到当时整个诗坛上崇尚玄风的影响，这些作品都写得很不成功，从而也不容易比出高低来。所以，只有选择一群比较杰出的诗人的同题共作的篇章来作为讨论的对象，才能较好地说明问题。出于这样的目的，我们

①　《拟魏太子邺中集诗·序》，《先秦汉魏晋南北朝诗·宋诗》卷三。
②　见《先秦汉魏晋南北朝诗·晋诗》卷一二。

选取了杜甫、高适、岑参和储光羲四人的"登慈恩寺塔诗"来加以比较研究①。

二

唐玄宗天宝十一载（752）的一个秋日，高适、薛据、杜甫、岑参、储光羲等五位诗人一起登上了长安城东南的慈恩寺塔②。高适、薛据首先赋诗③，杜甫等三人随即继作，这是文学史上很值得纪念的一件盛事。时过九百年之后，王士禛还不胜景慕地说："每思高、岑、杜辈同登慈恩塔，高、李、杜辈同登吹台，一时大敌，旗鼓相当，恨不厕身其间，为执鞭弭之役。"④

据《两京新记》《长安志》等书记载，慈恩寺本是唐高宗李治当太子时为他母亲文德皇后祈福而建立的，故名"慈恩"。寺中的浮图（塔）则是永徽三年（652）玄奘所立。其后一百年间，此塔曾经毁而复建，其层数则有五层、十层和七层的变迁。塔前东阶立有褚遂良书写的二碑：唐太宗亲撰的《三藏圣教序》碑和唐高宗亲撰的《述圣记》碑。这一建筑群乃是当时长安的游赏胜地之一。

---

① 盛唐诗坛上名家辈出，他们之间的交游也很密切，"同题共作"的现象是不少的。就以杜甫等诗人而言，早在天宝三载（744），高适、杜甫和李白曾同游单父县琴台，当时肯定都有诗作，但现在只有高适集中还保留着一首《同群公秋登琴台》，而李、杜集中仅能找到他们后来回忆那次交游的诗（李白《梁园吟》"访古始及平台间"；杜甫《昔游》"昔者与高李，晚登单父台"）。至于天宝十一载（752）秋，即杜甫等人写"登慈恩寺塔诗"之时，这些诗人之间从唱和甚密，当时肯定有不少同题共作的篇章，比如高适集中有《同薛司直诸公秋霁曲江俯见南山作》，而储光羲集中也有《同诸公秋霁曲江俯见南山》，即为其例。但是那些同题共作之诗中保存作品较多、质量较高的首推这一组登慈恩寺塔诗。

② 此事只可能发生在天宝十一载，闻一多《岑嘉州系年考证》论之甚详。诸家年谱也无异说。

③ 杜诗题下注云："时高适、薛据先有此作。"

④ 《池北偶谈》卷一八"慈恩塔诗"条。

　　所游之地如此不凡,游赏之人更为一时之俊杰。杜甫、高适、岑参三人名垂千古,毋庸赘述,储光羲和薛据在当时的诗名也很大,在唐人殷璠所选《河岳英灵集》中,储光羲诗计入选十二首,薛据诗入选十首,可证其诗颇为时人所重。所以,这一次同题共作确是诗人们吐露胸臆、驰骋才思的良机。他们留下来的四首诗(薛据诗已佚),争奇斗胜,各有千秋,而杜诗则压倒群贤,展示了这位伟大诗人多方面的过人之处。

　　关于这四首诗的优劣,后人曾有不少评论。多数论者都认为杜诗独擅胜场,但也有持异议的。如明人胡震亨云:"诗家拈教乘中题,当即用教乘中语义。旁撷外典补凑,便非当行。……唐诸家教乘中诗,合作者多,独老杜殊出入,不可为法。"自注:"如'慈恩塔'一诗,高、岑终篇皆彼教语,杜则杂以'望陵寝''叹稻粱'等事,与法门事全不涉,他寺刹及赠僧诗皆然。"①胡氏所云,纯是从慈恩寺乃佛家建筑这一点着眼,所以强调必须限于佛教语义才算当行。今天看来,这种议论当然是没有意义的。诗人并非僧徒,他们到慈恩寺去的目的也是登览而非礼佛,他们所写的诗当然应是述我所见、抒我所感,何须全用"教乘中语义"? 像杜诗中用"方知象教力,足可追冥搜"二句点明所登是佛寺浮图,就足够了。如果通篇皆用"教乘中语义",就很可能成为佛教的"玄言诗"了。这四首诗中储光羲的一首用"彼教语"最多,而成就也最低,就说明了胡震亨这番议论的不足取。

　　况且当诗人们登上慈恩寺塔的那个时候是一个什么样的时代呢? 或者说,那时的唐帝国呈现着怎样一个面貌呢? 为了看清这一点,需要把时间从天宝十一载往前推五六年。天宝五载(746),"口蜜腹剑"的李林甫排斥了贤相张九龄、李适之等人,开始独揽大权,朝政日益黑暗。凡是正直的、有才能的人无不受到排斥陷害。天宝六载(747)李

---

　　① 《唐音癸签》卷四。

邕、裴敦复被杖死。杜甫等参加制举的士子全被李林甫黜落,造成"无一人及第"的局面。与此相反,一些奸邪小人却纷纷得到朝廷的宠爱、重用。天宝七载(748),加高力士骠骑大将军,赐安禄山铁券,而杨国忠竟"以聚敛骤迁,岁中领五十余使"。大臣擅权而勾心斗角,边将邀勋而轻开边衅,安禄山之流在加紧准备谋反。唐帝国的统治已经危机四伏了,而唐玄宗却以为天下仍是太平盛世,高枕无忧地过着穷奢极欲的荒淫生活。"织绣之工专供贵妃院者七百人","贵戚竞以进食相尚……水陆珍羞数千盘,一盘费中人十家之产",杨氏兄妹"竞开第舍,极其壮丽,一堂之费,动逾千万;既成,见他人有胜己者,辄毁而改为"①。在这样的一个时代,任何一位有正义感、愿意睁开眼睛看世界的人,肯定会对帝国的前途忧心忡忡,更何况是对时代脉搏感受特别敏锐的诗人呢? 所以,当他们在天宝十一载秋日登上慈恩寺塔的时候,展现在他们眼前的世界(不仅指自然景物)决不是一幅赏心悦目的画面。杜诗说"登兹翻百忧",其中并无杞人忧天的成分。如果说胡震亨的那番议论在一般情况下也不正确的话,那么,针对这样一个特定的时代背景,就更是大谬不然了。

三

诗人们登慈恩寺塔的时代背景有如上述,这是他们共有的大环境。现在再让我们看看他们的小环境即个人这时的生活如何。

天宝十一载那年,杜甫四十一岁。他自从天宝五载来到长安,已在京城里过了六年"卖药都市,寄食友朋"②的困顿生活。他的这种小环境如陆游《题少陵画像》③一诗所说:"长安落叶纷可扫,九陌北风吹

---

① 参看《资治通鉴》卷二一五、二一六的记载。
② 《进三大礼赋表》。
③ 《剑南诗稿》卷一六。

马倒。杜公四十不成名,袖里空余三赋草。车声马声喧客枕,三百青铜市楼饮。杯残炙冷正悲辛,仗内斗鸡催赐锦。"诗人早已告别了"裘马颇清狂"①的壮游生活,他正越来越深刻地体验着人生的艰辛。在天宝六载应制举被黜后,十载献《三大礼赋》也未能得到一官半职。他的物质生活是"饥卧动即向一旬,敝衣何啻联百结"②,他不能自已地发出了极为愤激的牢骚:"纨袴不饿死,儒冠多误身。"③

这一年,高适已经五十三岁④。他虽从二十岁起就谋求入仕,但终因无人援引而沉沦潦倒,长期过着渔樵和漫游生活。直到天宝八载登有道科之后,才得到封丘县尉的微职,然而那种"拜迎官长心欲碎,鞭挞黎庶令人悲"⑤的生活使诗人内心十分痛苦,他不久就弃官了。天宝十一载秋,高适尚未被荐入哥舒翰幕而在长安闲居,他此时的心情是很抑郁忧愤的。

岑参其时三十六岁⑥。他虽然在天宝三载就已进士及第,但仅得到一个兵曹参军的微职。天宝八载,赴安西入高仙芝幕。虽说塞外雄浑奇丽的自然风光和紧张豪壮的军中生活给他的诗歌提供了异常丰富的新鲜主题和题材,但诗人在仕途上并不得意。他在天宝十载写的一首诗中说"塞花飘客泪,边柳挂乡愁。白发悲明镜,青春换敝裘"⑦,可见其心情也还有比较抑郁的一面。天宝十载秋高仙芝兵败回朝,岑参也随之回到长安闲居,此时他心中的抑郁情绪肯定有了发展。

储光羲那年四十六岁,正在下邽县任县尉,也是一个沉沦下僚的

---

① 《壮游》,《杜诗镜铨》卷一四。

② 《投简咸华两县诸子》,《杜诗镜铨》卷一。

③ 《奉赠韦左丞丈二十二韵》,《杜诗镜铨》卷一。

④ 据周勋初《高适年谱》。按:孙钦善谱(《高适集校注》附录)作五十二岁,刘开扬谱(《高适诗集编年笺注》卷首)作四十九岁,阮廷瑜谱(《高常侍诗校注》卷首)作四十六岁,周说为确。

⑤ 《封丘县》,《高适诗集编年笺注》第一部分。

⑥ 据陈铁民、侯忠义《岑参年谱》,闻一多《岑嘉州系年考证》作三十八岁。

⑦ 《武威春暮闻宇文判官西还已到晋昌》,《岑参集校注》卷二。

不得志文人①。

薛据生平不详,其登慈恩寺塔诗亦不存,但他既然与杜甫、高适等交往甚密,可以推知其境遇也不会十分得意。

总之,这一群诗人的身世虽不尽相同,但在那个特定的年代里基本上都可算是落魄文人。这也就是说,他们的小环境是基本相同的。

虽然大环境是五位诗人共有的,小环境也是大同小异的,但是我们读了现有的四首登塔诗后,却明显地感觉到它们的思想倾向是大相径庭的。这是什么原因呢?

岑参和储光羲的两首诗有一个共同的特点,它们的重点在于写一个佛寺中的浮图,把登塔时所看到的景物与佛家教义紧密地联系在一起。这也是胡震亨所说的,"用教乘中语义"。岑诗结尾云:"净理了可悟,胜因夙所宗。誓将挂冠去,觉道资无穷。"虽也隐约地表示了对现实的不满,但毕竟是要逃到佛家净域中去。储诗结尾云:"俯仰宇宙空,庶随了义归。崱屴非大厦,久居亦以危。"更是认为世间万物皆为虚无,只有佛家的"了义"才是最后的归宿。所以说,岑、储二人用很大的力量、很多的篇幅来描写浮图之高耸与景物之广远,都是为了象征或衬托佛教教义之高与法力之大,换句话说,他们缺乏直接面对那个危机四伏、险象环生的现实社会的勇气(至少在作此诗时是如此),却希望皈依佛门,逃避现实。

高适的诗则与之不同。高适是很有用世之志的,高诗中虽然也有"香界泯群有,浮图岂诸相"之类的话,但毕竟不是"终篇皆彼教语",特别是结尾四句:"盛时惭阮步,末宦知周防。输效独无因,斯焉可游放。"说明诗人在登临佛寺浮图时并没有忘记要为朝廷效劳。这无疑

---

① 按:闻一多《岑嘉州系年考证》说天宝十一载储光羲"宜官监察御史",似不确,谭优学《唐诗人行年考·储光羲行年考》据储诗《哥舒大夫颂德》中有"来朝芙蓉阙"之语,知此诗作于天宝十一载冬哥舒翰入朝之后。末云:"顾我抢榆者,莫能翔青冥。游燕非骐骥,踯躅思长鸣。"推测其时储光羲"仍为下邽县尉",可从。

要比岑、储两人的态度积极得多。但是,高适着眼的只是他个人的前途,当时的社会现实并没有在其诗中留下痕迹。

杜甫的诗就完全不同了。它一开头就说:"高标跨苍穹,烈风无时休。自非旷士怀,登兹翻百忧。"仇兆鳌注:"'百忧',悯世乱也。"穷愁潦倒、衣食艰难的诗人并没有把目光限于他个人的生活。他一登高望远,就立即将眼前景物与整个社会现实联系起来,如浦起龙所说:"乱源已兆,忧患填胸,触境即动。一登眺间,觉河山无恙,尘昏满目。"①在这里,我们不仅可以看到杜甫胸襟、见识的过人之处,而且可以听到诗人在现实主义的创作道路上坚定地迈进的足音。杜甫自从天宝五载来到长安以来,一方面固然也在为衣食而奔走,为谋官而事干谒(我们不必为贤者讳);但是另一方面,诗人已开始日益清醒地观察社会,为大唐帝国的命运而忧虑,也为黎民百姓的遭遇而悲痛。当"杨国忠遣御史分道捕人,连枷送诣军所"②去侵略南诏的时候,诗人来到哭声震天的咸阳桥边,细细询问被迫从军的征夫们的痛苦。当杨国忠兄妹前呼后拥地出游时,诗人又来到花团锦簇的曲江池畔,冷眼观察那些贵人们骄奢淫逸的丑态。对于一个立志要"致君尧舜上,再使风俗淳"③的诗人来说,有什么比朝政昏乱、人民遭殃更使人痛苦、更使人愤慨呢? 他愤怒地举起如椽之笔,《兵车行》《丽人行》《前出塞》……这些充满了人道主义和现实主义精神的光辉诗篇诞生了。这不仅是杜甫本人创作道路中的一个里程碑,也是整个唐诗发展过程中的一个里程碑。这标志着诗人杜甫在思想上已达到了一个远远超过自我、也超过其他诗人的高度。

所以,当四位诗人登上慈恩寺塔举目远眺时,对于观察自然景物来说,他们都站在同样高度的七级浮图之上,可是对于观察社会现象

---

① 《读杜心解》卷一。

② 《资治通鉴》卷二一五。

③ 《奉赠韦左丞丈二十二韵》,《杜诗镜铨》卷一。

来说,杜甫却独自站在一个迥然挺出的高度上。这样,岑参、储光羲所看到的是佛寺浮图的崇丽,所感到的是佛教义理的精微,高适所看到的与岑、储同,所感到的则是个人命运的蹭蹬。而杜甫除了高塔远景之外还看到了"尘昏满目",除了个人命运蹭蹬之外还感到了国家命运的危机。这正是杜甫的独特之处。

从上面的分析可以看出,在完全相同的大环境(社会历史背景)和基本相同的小环境(个人生活经历、社会地位等因素)下,四位诗人的"同题共作"在思想倾向上的差别却是非常大的。这说明影响作家创作倾向的因素是多方面的。长期以来,我们总是不恰当地强调社会背景和作家的阶级属性等外在因素,甚至把它们看作决定作家创作倾向及其成就的惟一原因。其实,这些外在因素固然不能忽视,但是更重要的还是作家的胸襟、品格、个性等内在因素,诚如清人薛雪所说,"有胸襟然后能载其性情智慧","具得胸襟,人品必高。人品既高,其一謦一咳、一挥一洒,必有过人处"①。只有明白了这一点,才能理解文学史上的许多现象。这是这一组"同题共作"诗给我们的第一点启示。

四

诗歌虽然是诗人们心声的流露,但是如果没有完美的艺术形式与之结合,那么,即使是一位胸襟阔大的人的心声也并不就是一首好诗。尤其是"登慈恩寺塔诗"这种登览诗,光有胸襟、品格还是远远不够的,诗人还必须具有高妙的写景抒情的艺术手腕,简而言之,就是必须做到"情景交融"。清人王夫之云:"情景名为二,而实不可离。神于诗者,妙合无垠。巧者则有情中景、景中情。"又云:"不能作景语,又何能

---

① 《一瓢诗话》。

作情语耶?"①下面我们就从写景这个角度来考察一下这一组"登慈恩寺塔诗"。

前面说过,慈恩寺塔是当时的登览胜地,高、杜等诗人又是一时之才俊,所以这一次"同题共作"确实是一个逞才使气、争胜于毫厘之间的良机。就体物写景而言,现存的四首登塔诗都不愧是大家手笔。把这四首诗与后来其他诗人的登眺之作相比一下,就可说明它们确实是诗坛上的大将旗鼓。

例如在高、杜等人登慈恩寺塔数十年之后,章八元也作了一首《题慈恩寺塔》②:"十层突兀在虚空,四十门开面面风。却怪鸟飞平地上,自惊人语半天中。回梯暗踏如穿洞,绝顶初攀似出笼。落日凤城佳气合,满城春树雨蒙蒙。"据说元稹和白居易很赞赏这首诗③,甚至于"吟咏尽日不厌,悉令除去诸家牌,惟留章诗"④。但后来的诗论家大多对章八元此诗甚为轻视。宋人张戒就认为:"此乞儿口中语也。"⑤清人王士禛也说:"章作真小儿号嗄耳。"并诘责说:"不知元、白何以心折如此?"⑥我们同意后一种看法。章诗首联写塔之外表,"十层突兀""四十门开",构思造句已很凡庸、呆滞。颔联虽欲竭力摹写寺塔之高,但正如力小者负重则蹶,实在缺乏相应的笔力。颈联写登塔过程,"如穿洞""似出笼",诗人又将自己的形象写得极为卑微、猥琐,简直是匍匐在这一巨大的建筑物面前。尾联写春城细雨,也缺乏登高望远所应有的开阔气象。总之,章八元面对着高耸入云的宝塔与在塔顶所见的阔大景象,缺乏与之相适应的胸襟、气魄,他在雄伟的大自然面前就只能

① 《姜斋诗话》。
② 见《全唐诗》卷二八一。按:章八元乃大历六年(771)进士,其登慈思寺塔的年代失考。
③ 见《唐诗纪事》卷二六。
④ 《竹庄诗话》卷一三引何光远《鉴诫录》。
⑤ 《岁寒堂诗话》卷上。
⑥ 《池北偶谈》卷一八"慈恩塔诗"条。

处于屈服俯从的地位。张戒讥之为"乞儿语",确是深中其病的。

张戒在《岁寒堂诗话》卷上中还批评了刘长卿《登西灵寺塔》、王安石《登景德寺塔》、苏轼《真兴寺阁》等诗,认为他们都比不上杜甫的"登慈恩寺塔诗",也都言之成理,限于篇幅,不更详引。总之,后人写的登塔诗,在气象上很少有超过杜、岑诸公的。

那么,杜甫等人的四首诗,在体物写景方面是不是并驾齐驱呢?前人对此有不少议论,王士禛说:"盛唐高、岑、子美诸公同登慈恩寺塔赋诗,或云'秋色从东来,苍然满关中。五陵北原上,万古青蒙蒙';或云'秋风昨夜至,秦塞多清旷。千里何苍苍,五陵郁相望';或云'秦山忽破碎,泾渭不可求。俯视但一气,焉能辨皇州',此是何等气概!"①这位神韵派的诗论家对追幽逐险、强弓硬弩的杜、韩诗风是不以为然的,所以他在这里议论的次序是岑、高、杜,虽然不一定就是以之为高下之等第,但至少说明他并不认为杜诗最擅胜场。王士禛对于这四首诗的思想倾向完全没有注意,他所着眼的仅仅是对特定景物的描写,而且仅仅推崇那些似乎不甚用力而气象阔大、风格浑然的句子,这是由他那种与司空图、严羽一脉相承的诗学审美观所决定的。王氏这种看法未免失之偏颇,但他能指出这三首诗的共同优点是有"气概"而不及储诗,还是很有见地的。

多数论者则认为杜、岑二诗的成就在高、储二诗之上。例如高步瀛《唐宋诗举要》中选了杜、岑二首,并于岑诗下注曰:"气象阔大,几与少陵一篇并立千古。"又引沈德潜的话说:"登慈恩塔诗,少陵下应推此作,高达夫、储太祝皆不及也。"②高、沈有一点比王士禛高明,他们不仅仅着眼于诗中的某几个句子,而是对诗的整体进行评论。的确,如果单看王士禛指出来的那几句,那么岑、高二诗是势均力敌的(暂且不

---

① 《池北偶谈》卷一八"慈恩塔诗"条。按:岑诗原作"秋色从西来","东"字误。
② 沈语见《唐诗别裁》卷一。

论杜诗)。但是从全诗看,后者显然笔力较弱。高诗开头说:"香界泯群有,浮图岂诸相。"起得平平。而岑诗开篇说:"塔势如涌出,孤高耸天宫。"雄伟不凡。下面同样是形容塔之高,高诗说:"登临骇孤高,披拂欣大壮。言是羽翼生,迥出虚空上。顿疑身世别,乃觉形神王。宫阙皆户前,山河尽檐向。"前六句写得很抽象,没有把登临所见的形象鲜明地展现在读者眼前,而"宫阙"二句又稍嫌平庸。岑诗则不同:"登临出世界,蹬道盘虚空。突兀压神州,峥嵘如鬼工。四角碍白日,七层摩苍穹。下窥指高鸟,俯听闻惊风。连山若波涛,奔凑似朝东。青槐夹驰道,宫观何玲珑。"塔势之高耸、建筑之精丽,诗中都作了很精细、生动的描绘,使人读之如在目前。而"连山"二句写从高处俯视群山所得印象,更是气势飞动。所以就写景这一点而言,岑诗是远远胜于高诗的。

那么,岑诗与杜诗相比又如何呢?应该承认,它们在写景方面确是争胜于毫厘之间的。

杜诗开端说:"高标跨苍穹,烈风无时休。"清人施鸿保认为:"塔虽高,岂可云跨过天上乎?盖亦倒字句,当云'苍穹跨高标',谓仰望塔之高,去天甚近,若天但跨其上也。惟正言之,则句不奇伟,与通首不类,故倒其字,使人读开首一句即意夺神骇,所谓'语不惊人死不休'也。"①施氏说杜诗"使人读开首一句即意夺神骇"是对的,但对于此句的意思却理解错了。艺术是允许夸张的,有时还是非夸张不可的。老杜"语不惊人死不休"的精神并非仅仅体现于造句,而是经常体现于塑造惊人的艺术形象的。塔"跨"苍穹,正是极言其高,与后面"七星在北户,河汉声西流"两句互相呼应。正因为塔已经凌跨苍天,所以登临者才能从北门里面平视(而不是仰视)北斗七星,而银河的水声也从西边(而不是从上方)传来。也就是说,登临者已经与星辰河汉处于同一高

① 《读杜诗说》卷一。

度,至于他头顶上的塔尖,当然已跨过这一高度了。"七星"两句与杜诗《白帝城最高楼》①"扶桑西枝对断石,弱水东影随长流"等句子一样,都是所谓"冥心刻骨,奇险至十二三分者"②。相形之下,岑诗中"四角碍白日"两句就稍嫌平弱了。

　　以上说的是"仰观于天",以下再说"俯视于地"的情况。岑诗在这一点上是写得相当成功的。上面说过,"连山"两句气势飞动,而为王士禛所激赏的"秋色从西来"四句更是气象阔大,笔力雄健。"青蒙蒙"的迷茫景象正是诗人站在想象中的"碍白日""摩苍穹"的高度上下瞰时所应该看到的。可是,当诗人写到"青槐夹驰道,宫观何玲珑"两句时,他却在不知不觉之中把自己所置身的高度大大地降低了,因为只有站在一个较低的高度上,才有可能看清楚驰道青槐和玲珑宫观。所以说,在形容塔之高峻这一点上,"青槐"两句与全诗的艺术意境是不统一的。而杜诗就不同了。它写俯视的四句:"秦山忽破碎,泾渭不可求。俯视但一气,焉能辨皇州?"与前面"跨苍穹""七星在北户,河汉声西流"等描写完全合拍。朱鹤龄《杜诗辑注》注前两句曰:"秦山谓终南诸山,登高望之,大小错杂,如破碎然。泾渭二水从西北来,远望则不见其清浊之分也。"既然远望山川已觉模糊,那么近瞰城郭当然也只能看到一片烟雾了。这使我们不能不惊叹:诗篇展现在我们面前的是一幅何等穷高极远的景象,其所描摹的景物又是何等地和谐。

　　总的来说,杜诗的境界、气象都比岑诗更为阔大,想象比岑诗更为奇特,结构也比岑诗更为完整,正如李子德评这首诗时所说:"岑作高,公作大。岑作秀,公作奇。岑作如浩然《洞庭》,终以公诗'吴楚东南坼,乾坤日夜浮'为大。"③

　　前面说过,在实际生活中,几位诗人是站在同一个高度上观察自

---

① 《杜诗镜铨》卷一二。
② 《瓯北诗话》卷二。
③ 《杜诗镜铨》卷一引。

然景物的。但是当他们各自展开想象的翅膀在艺术构思的天地里遨游时，当他们把眼中所见的实际景象（属于客观的物质世界）升华为虚构的艺术境界（属于主观的精神世界）时，却又不在同一个高度上了。储诗云"宫室低逦迤"；高诗云"宫阙皆户前"；岑诗云"宫观何玲珑"，他们三人都说看到了塔下的宫室城阙。而杜诗却说："俯视但一气，焉能辨皇州？"就实际情形而言，当然是储、高、岑三诗写得较真实，慈恩寺塔虽高，也不过"崇三百尺"①，站在那样的高度上是应该能看清塔下的城阙宫室的。然而就艺术而言，杜诗却是更高的真实，它不仅极力夸张了慈恩寺塔高标耸立的形象，而且有意忽略视力所及，将塔下景物缩小为不可辨识的"一气"，从而构成了统一的艺术境界。杜诗所以在写景方面也压倒群贤，就因为老杜艺术构思的才力比其他诗人更为雄鸷。

由此可知，在描写对象完全相同的情况下，四位诗人同题共作的篇章在艺术水平上却有如此分歧的差别。张戒说得好："人才各有分限，尺寸不可强。同一物也，而咏物之工有远近；皆此意也，而用意之工有浅深。"②我们在考察文学现象时，如果忽视了作家的艺术才能这个因素，是无法导致任何科学的结论的。这是这一组"同题共作"诗给我们的第二点启示。

五

为了论述的方便，我们分别从思想倾向和艺术描写两个方面对四首登慈恩寺塔诗作了分析，但是事实上，任何艺术品都是不可分割的整体，要评判它们的优劣也必须从整体上来把握。那么，就整体而言，

---

① 《长安志》（《经训堂丛书》本）卷八。
② 《岁寒堂诗话》卷上。

或者说就思想性和艺术性相结合的情形而言（用传统的术语来说，就是情景交融），杜诗是不是这组诗中的压卷之作呢？回答也是肯定的。

我们只需要把四首诗中较佳的杜、岑两首来作些比较。

岑诗的主旨在于描写一个佛寺浮图，并抒发诗人要皈依佛门的志趣。诗人写浮图"突兀压神州"，正是暗示佛国高于人间，而似乎纯是写自然之景的"秋色从西来"四句，既展示了广阔的空间又展示了悠久的时间，也正是以广漠无垠的时空来暗示佛法之广大。所以说岑诗中思想倾向和艺术描写是结合得很紧密的。

杜诗的主旨也在于写他登塔的所见所感，但他所关心的不是佛国而是人间。胸怀百忧的诗人登上高塔，当然无法像"旷士"那样的忘怀现实。在诗人看来，一切景物都蒙上了一层惨淡的颜色。"烈风无时休"固然是高处的应有之景，但又何尝不是政局飘摇、天下将乱的征兆①？胡舜陟解此诗曰："《登慈恩寺塔》诗，讥天宝时事也。山者，人君之象，'秦山忽破碎'，则人君失道矣。贤不肖混淆而清浊不分，故曰'泾渭不可求'。天下无纲纪文章，而上都亦然，故曰'俯视但一气，焉能辨皇州'。"②胡氏认为全诗都隐含讥刺，当然穿凿过甚，所以施鸿保批评他说："通首皆作喻言，屑琐牵合。"且指出："前十六句，皆但写景。"③那么，"秦山忽破碎"这几句是单纯的写景还是有所寓意呢？我们认为其中还是有所寓意的，但是不能像胡氏那样逐句比附、处处落实。就是说，这些句子确是写景，但这是写的一个胸怀百忧的诗人眼中的景，所以诗人胸中的忧愁之情与眼中的苍茫之景已在下意识中融为一体，我们不必也不能再把它们分开来，这正是情景交融的最高境界。不但如此，杜诗中"回首叫虞舜"以下八句，注家都认为是由写景

---

① 王嗣奭云："余观'烈风无时休'一语，必非无为而发，分明有忧明危盛之思。"（《杜臆》卷一）这种体会是多数读者都会有的。

② 《三山老人语录》，见《苕溪渔隐丛话》前集卷一二。

③ 《读杜诗说》卷一。

转为寓意,但是它与岑诗的结尾不同。岑诗结尾虽是从前面的写景中引伸出来的,但它本身(即希冀皈依佛门)却与登塔事并无交涉。而杜诗的结尾虽然转为忧国忧时之语,却仍然与登塔事密不可分,何焯评"回首"以下八句云:"此下意有所托,即所谓'登兹翻百忧'也。身世之感,无所不包,却只是说塔前所见,别无痕迹,所以为风人之旨。"①这段话说得很有识见,我们试作一些诠释。

"回首"二句,旧注认为是以虞舜比唐太宗,是不错的②。慈恩寺既是一个佛教的重要场所,又是唐帝国鼎盛时期的一个象征,当忧国忧时的诗人登上寺塔时,就自然而然地眺望太宗的昭陵而缅怀唐帝国的全盛时代。可是盛世已经消逝,尽管诗人满怀希望地呼唤它,也不会复返了,所剩下的只是愁云惨雾而已。

"惜哉"二句是以周穆王和西王母游宴于瑶池之事以刺玄宗、杨妃,注家于此均无异说。虽说诗中的"瑶池"并不一定是用来比喻骊山温汤③,诗人登塔时玄宗、杨妃也并不在华清池④,但诗人远眺骊山,即景生情,不由得对玄宗沉湎于酒色淫乐感到惋惜、愤慨。

"黄鹄"四句虽然不一定是当时在塔上实见之景,却是在高处可能见到之景,所以它们虽是"忧乱之词",但都是从艺术形象(包括虚构的)触发出来的。"黄鹄哀鸣"的景象且与篇首"烈风无时休"一句密切呼应。

---

① 《杜诗镜铨》卷一引。按:《义门读书记》中未见此语。

② 仇兆鳌《杜诗详注》卷二引王道俊《杜诗博议》云:"高祖号神尧皇帝,太宗受内禅,故以虞舜方之。"可从。

③ 仇兆鳌《杜诗详注》卷二引程嘉燧云:"明皇游宴骊山,皆贵妃从幸,故以'日晏昆仑'讽之。"又引钱谦益云:"唐人多以王母喻贵妃。'瑶池日宴',言天下将乱,而宴乐不可以为常也。"二说略同,然程说坐实瑶池以比骊山温泉,似不如钱说之圆通。又杜集中他篇如《奉同郭给事汤东灵湫作》云:"倒悬瑶池影,屈注沧江流。……至尊顾之笑,王母不肯收",亦可与此互证。

④ 温汤疗疾,故玄宗之幸骊山必在冬季或初春寒冷时节(见陈寅恪《元白诗笺证稿》第一章)。据《资治通鉴》卷二一六所纪,天宝十一载冬十月戊寅(初五日)至十二月丁亥(十六日)玄宗幸华清宫。

　　如果以上的理解不甚违反诗旨，那么，我们就可以说，杜诗从头至尾都紧紧围绕着登塔这个题目，尽管诗中抒情的成分是那么重，想象的天地是那么宽，却一句也没有离开塔上所见之景，实在是情景交融的典范，它在这方面也是压倒群贤的。

　　以上我们对杜甫等四人的"登慈恩寺塔诗"这一组同题共作作了一番考察，考察的结果似乎可以证明：在社会历史背景和作家个人的社会地位、生活经历等外在因素基本相同的情形下，决定作家创作成就高低的原因是作家的内在因素，包括世界观、政治态度、艺术才能、性情学识等等，用传统的术语来说，就是沈德潜所云："有第一等襟抱、第一等学识，斯有第一等真诗。"[①]正因为杜甫的胸襟和才学在四位诗人中最为杰出，所以其成就迥出三家之上。也正由于这个原因，尽管那么多诗人经历了安史之乱前后的大时代（或者说受到时代的"玉成"），却只有杜甫一人登上了古典诗歌的顶峰。

---

　　①　《说诗晬语》卷上。

英雄主义和人道主义

——读杜甫咏物诗札记

程千帆　张宏生

一

咏物诗在中国起源甚早。从现存作品来看，《诗经》中的《鸱鸮》，《楚辞》中的《橘颂》已肇其端。魏晋以后，作者渐众，作品渐多。衍至唐代，更得到了很大的发展。

杜甫对大自然有着深厚的感情和亲切的体验，"一重一掩吾肺腑，山鸟山花吾友于"①，常为"物微意不浅"而"感动一沉吟"②。因此，他的咏物诗继承了前代的丰厚遗产，并经过自己的创造性的努力，取得了空前的成就。

这表现在，他的咏物诗数量多、题材广、命意深。举凡山川日月，花鸟虫鱼，无不摄入毫端，以之吟咏情性。这些诗，反映了杜甫多方面的思想倾向，是诗人思想历程某一侧面的、然而是深刻的记录，同时，在艺术上也有很高的价值。本文不拟对杜甫的咏物诗进行全面评价，而只略事讨论其中的英雄主义和人道主义内涵，并初步探索一下与此相关的诸问题。

---

① 《岳麓山道林二寺行》，《杜诗镜铨》卷一九。
② 《病马》，《杜诗镜铨》卷六。

二

前人评杜甫咏物诗，谓其"说物理物情，即从人事世法勘入，故觉篇篇寓意，含蓄无限"①。这是说这些作品都是有所感、有所为而作，而决非徒事形容模写。这一评价，从整体上把握了杜甫咏物诗的特点，大体上是如实的。

杜甫素怀大志，自许甚高。他立志要"窃比稷与契"②，"致君尧舜上，再使风俗淳"③。他对自己的力量和抱负充满信心，自觉地赋予自己以时代的使命感。因此，他登泰山，眺齐鲁，豪迈地宣称："会当凌绝顶，一览众山小。"④流露出自致隆高、凌跨世俗的强烈愿望。这样的一种气度不能在他的咏物诗中没有表现。试看其《房兵曹胡马》：

> 胡马大宛名，锋棱瘦骨成。竹批双耳峻，风入四蹄轻。所向无空阔，真堪托死生。骁腾有如此，万里可横行。

这首诗，"四十字中，其种其相，其才其德，无所不备"⑤，而"词语矫健豪纵，飞行万里之势，如在目前"⑥，充分表现了杜甫一往无前，以天下为己任的英雄主义。这篇诗，诸家均定为安史乱前的作品，可见这种思想感情成熟得很早。

欲展济世的抱负，就要先有除恶的心胸，所谓"必若救疮痍，先应

① 仇兆鳌《杜诗详注》卷一七引黄生语。
② 《自京赴奉先县咏怀五百字》，《杜诗镜铨》卷三。
③ 《奉赠韦左丞丈二十二韵》，《杜诗镜铨》卷一。
④ 《望岳》，《杜诗镜铨》卷一。
⑤ 《杜诗详注》卷一引张綖语。
⑥ 杨伦《杜诗镜铨》卷一引赵汸语。

去螫贼"①,杜甫于此体认甚切。他在作品中常以鹰自比,不仅是"攫身思狡兔,侧目似愁胡",更期待着"何当击凡鸟,毛血洒平芜"②。这种气魄,老而弥盛,甚至更增强了不妥协之心。如在四川写的《王兵马使二角鹰》:

> 角鹰翻倒壮士臂,将军玉帐轩翠气。二鹰猛脑绦徐坠,目如愁胡视天地。杉鸡竹兔不自惜,溪虎野羊俱辟易。……恶鸟飞飞啄金屋,安得尔辈开其群,驱出六合枭鸾分。

这首诗为永泰元年崔旰叛乱,王兵马使前来刮寇而作。诗中极写角鹰务除恶鸟,力分枭鸾,借物言志,虽归美于王兵马使,却也见出他本人除恶务尽,再造升平的情怀。

如上所述,杜甫咏物诗中的英雄主义主要表现为致远雄心和疾恶刚肠,其出发点和最后归宿,都在于报国的满腔热忱。而在当时的历史条件下,忠君爱国与仁民爱物的一致性,又使得关心王室安危,期望报效朝廷,因而歌颂具有英雄气概的事物的诗人,也必然同时对人民的命运怀着深切的关注,从而使其作品中也充满着人道主义精神。

对人民的关怀,贯穿着杜甫生命的始终。十年困守长安时期,他曾发出"穷年忧黎元,叹息肠内热"③的浩叹,安史之乱期间,他曾唱出"三吏""三别"的悲歌。在他生活稍稍安定的时候,他想到的是"安得广厦千万间,大庇天下寒士俱欢颜"④,而在他穷愁潦倒、生命的最后

---

① 《送韦讽上阆州录事参军》,《杜诗镜铨》卷一一。
② 《画鹰》,《杜诗镜铨》卷一。
③ 《自京赴奉先县咏怀五百字》,《杜诗镜铨》卷三。
④ 《茅屋为秋风所破歌》,《杜诗镜铨》卷八。

关头,忧虑的却仍是"战血流依旧,军声动至今"①的现实。他对人民的无私的、充满深情的爱,是其人道主义的核心。

杜甫的人道主义精神渗透在他的咏物诗中,其最全面、最集中的表现,则在于他所具有的广泛的同情心。这种广泛的同情心是杜甫咏物诗中人道主义的基础,由此出发,杜甫笔下的物象就显得百态千姿,使得他的思想得到了形象的揭示。下面从四个方面来谈。

首先是对漂泊流离的悲伤。杜甫一生数罹战乱,他与广大人民一样,亲身经历了漂泊流离的苦难,因此,他对这种感情也通过咏物诗而进行了表达。如《孤雁》:

> 孤雁不饮啄,飞鸣声念群。谁怜一片影,相失万重云。望尽似犹见,哀多如更闻。野鸦无意绪,鸣噪亦纷纷。

此诗就视觉言,"望断矣而飞不止,似犹见其群而逐之者";就听觉言,"哀多矣而鸣不绝,似更闻其群而呼之者"②。全篇皆以审美主体对客体的观照立言,将主体的感情明显注入客体之中,使其意象的显示更有明确性。孤雁的形象也许有着"兄弟相暌"的意思,如浦起龙所说③。但是,就诗中的思想容量来看,它显然超越了自己一家的痛苦,而成为广大人民离乡背井、四处漂泊的生动写照。于此,诗人的同情之心由于被置于广阔的社会背景中而得到了升华。

其次是对生灵涂炭的悲悯。作为一个积极入世者,杜甫虽具有远大的抱负,但其政治理想落到实处,往往是反映了人民大众生活中的一些最基本的要求,即所谓"几时高议排金门,各使苍生有环堵"④。但是,就是这一点可怜的愿望也难以实现。诗人所看到的,总是"万国

---

① 《风疾舟中,伏枕书怀三十六韵,奉呈湖南亲友》,《杜诗镜铨》卷二〇。
②③ 浦起龙《读杜心解》卷三之五。
④ 《寄柏学士林居》,《杜诗镜铨》卷一七。

尽征戍"①、"不息豺狼斗"②的景象,这使他的心灵充满悲愤。因此,他对笼罩着杀机的社会现实极为厌恶,对无辜者的不幸命运,更是充满了同情。如他的《观打鱼歌》,"可当一篇戒杀文"③。他的《又观打鱼》还写道:

> 苍江渔子清晨集,设网提纲万鱼急。能者操舟疾若风,撑突波涛挺叉入。小鱼脱漏不可记,半生半死犹戢戢。大鱼伤损皆垂头,屈强泥沙有时立。……干戈格斗尚未已,凤凰麒麟安在哉?吾徒胡为纵此乐?暴殄天物圣所哀。

通过描写弱小生命被横加杀戮的惨象,表现了"盈城盈野,见者伤心,而暴殄天物,俱可悲痛"④的感情,对黑暗的社会现实进行了深刻的批判。

复次是对物力衰竭的惋惜。杜甫所处的是一个多灾多难的时代。不仅兵祸连年,而且剥削深重。面对这种现实,早在安史乱前,诗人就曾感慨道:"彤庭所分帛,本自寒女出。鞭挞其夫家,聚敛贡城阙。"并揭露了"朱门酒肉臭,路有冻死骨"⑤那种惊心动魄的阶级对立。作为一个杰出的现实主义者,杜甫深切关注着那饿殍遍野、民生凋敝的状况,悉心感受着人民的痛苦,并将这种感情融入他的咏物之作中去。如后来在四川写的《枯棕》云:

> 蜀门多棕榈,高者十八九。其皮割剥甚,虽众亦易朽。徒布

---

① 《垂老别》,《杜诗镜铨》卷五。
② 《暮春题瀼西新赁草屋五首》之五,《杜诗镜铨》卷一五。
③ 《杜诗详注》卷一一引钟惺语。
④ 王嗣奭《杜臆》卷四。
⑤ 《自京赴奉先县咏怀五百字》,《杜诗镜铨》卷三。

> 如云叶,青青岁寒后。交横集斧斤,凋丧先蒲柳。伤时苦军乏,一
> 物官尽取。嗟尔江汉人,生成复何有。有同枯棕木,使我沉叹久。
> 死者即已休,生者何自守! 啾啾黄雀啄,侧见寒蓬走。念尔形影
> 干,摧残没藜莠。

此诗从棕榈的生机盎然,写到它被摧残殆尽。其枝干高大,更易割剥;
数量众多,却早衰朽;虽有如云茂叶而难禁斧斤,空有岁寒之名却凋先
蒲柳。加以黄雀之啄,狂风之吹,因而诗人终于不得不发出"念尔形影
干,摧残没藜莠"的叹息。在他看来,枯棕的命运正像"伤时苦军乏,一
物官尽取"的"江汉人",虽已穷困不堪,仍被诛求无度。处于这样的境
遇之中,人民怎样生活下去呢?"死者即已休,生者何自守"二句,真是
字字血泪。

最后是对博施济众的赞美。杜甫对人民,悯之深而爱之切。他同
情人民的痛苦,更希望减轻人民的痛苦;不仅愿意以整个身心拥抱之、
庇护之,甚至可以牺牲自己,以造福人民,就像他对那只"饥寒日啾啾"
的雏凤所表达的"我能剖心血,饮啄慰孤愁"[1]的愿望一样。这种仁民
爱物、博施惠济之心,是贯穿杜甫整个生命的一根红线。如其《题桃
树》云:

> 小径升堂旧不斜,五株桃树亦从遮。高秋总馈贫人实,来岁
> 还舒满眼花。帘户每宜通乳燕,儿童莫信打慈鸦。寡妻群盗非今
> 日,天下车书正一家。

这五株桃树,实可馈贫,花可悦目,乳燕可巢,慈鸦得庇,凡此种种,莫
不于他人有益。这种无私的奉献,不正是杜甫的品格的写照吗? 杜甫

---

① 《凤凰台》,《杜诗镜铨》卷七。

之所以能"就现前景物,写出一番仁民爱物之意"①,正是因为他时时处处胸怀"仁民爱物"之心。于此,可以看到人道主义的力量所在。

在另外一篇文章中,我们曾指出,逼真的形象与绝妙的讽谕是杜甫咏物诗的统一的基调②。这一点,在上面的讨论中,基本上得到了证实。在杜甫笔下,不论是描写场面,还是刻画细节,都无不生动逼真,而思想则在形象塑造中自然流露。在这些诗中,崇高的思想作为形象的内核,增强了它的生动性和深刻性。由于二者的完美结合,使得杜甫在运用咏物诗表现英雄主义和人道主义内容时,在思想性和艺术性两个方面都取得了很高的成就。

三

杜甫咏物诗中的英雄主义和人道主义,如前所述,反映着杜甫思想中的两个重要方面。但是,如果我们作一点纵向考察,就会发现,它们并不是与生俱有的,也不是一成不变的。同杜甫整个思想的走向一样,它们也随着杜甫在生活道路上的前进,不断变化着,发展着。

杜甫早年很少写咏物诗,仅有的几首,也绝无反映人道主义内容的。这一现象,如杜诗所昭示的,是杜甫思想实际的表现。写于开元二十九年(741)的《临邑舍弟书至,苦雨黄河泛溢堤防之患,簿领所忧,因寄此诗,用宽其意》一诗,叙黄河泛溢的景象后,末四句有云:"吾衰同泛梗,利涉想蟠桃。赖倚天涯钓,犹能掣巨鳌。"朱鹤龄评云:"末因临邑滨海,故用蟠桃巨鳌事。……盖戏为大言以慰之,题所云'用宽其意'也。"③朱氏所评,颇不以其大言为然。这是因其早岁之作"关心民

---

① 《杜诗详注》卷一三。
② 参见程千帆、张宏生《火与雪:从体物到禁体物——论白战体及杜、韩对它的先导作用》,载本书。
③ 《杜诗镜铨》卷一引。

瘝不足，乃始有此大言"①。杜甫早年的咏物诗中没有出现人道主义内容，与他当时还"关心民瘝不足"是不无关系的。安史之乱前后，杜甫咏物诗的数量增多了，而且，随着社会条件的不断变化，其中的人道主义的精神大量增加，入蜀以后，就更得到了极大的发展。通观这些咏物诗，其中的一个重要主题，便是反映着杜甫对人民不幸命运的同情和悲悯。如《病橘》云：

> 群橘少生意，虽多亦奚为？惜哉结实小，酸涩如棠梨。剖之尽蠹虫，采掇爽所宜。纷然不适口，岂止存其皮。萧萧半死叶，未忍别故枝。玄冬霜雪积，况乃回风吹。……

"此借病橘以喻穷黎之不足任征徭，所当急为轸恤也。"②诗中形象描写了病橘的悲惨处境，表现了杜甫对人民命运的深深关切。而到了晚年，杜甫的人道主义进一步向深层发展，即对于人民，他不仅同情、悲悯，而且，立志要拯救他们，为了做到这一点，他不惜献上自己的全部身心。这，在《朱凤行》中表现得很清楚：

> 君不见潇湘之山衡山高，山巅朱凤声嗷嗷。侧身长顾求其曹，翅垂口噤心甚劳。下愍百鸟在罗网，黄雀最小犹难逃。愿分竹实及蝼蚁，尽使鸱鸮相怒号。

朱凤已是穷愁潦倒，而犹愿将竹实分及蝼蚁，其品格胸怀，得到了深刻的揭示，而杜甫的精神世界也显露无遗。杜甫的人道主义当然并不一定只用咏物诗来表达，但从其现存的咏物诗来看，仍能发现诗人思想

---

① 程千帆《〈杜诗镜铨〉批抄》。
② 佚名《杜诗言志》卷六。

演进的轨迹,虽然这一点也许是不太清晰的。

在那些体现英雄主义的咏物诗中,也同样能够发现杜甫思想的变化和发展。如其所写咏马诗,集中就有九首,创作于他的人生道路的各个阶段。在那首《房兵曹胡马》中,青年杜甫以其豪迈的意气,赞美着骏马"所向无空阔"的气度和"真堪托死生"的品质,最后归结为"万里可横行"那种目空一切的精神。在这里,杜甫渴望建功立业,渴望身当重任的心情得到了淋漓尽致的刻画。然而,安史之乱宣告了唐朝由盛而衰,时代的巨变将杜甫抛到严酷的现实中去,这不能不给他的激情注入更为深沉的内容。一方面,他的满怀壮志因为艰难时世而加强了力挽狂澜的期待;另一方面,他的才华又一直不被赏识,价值得不到肯定。于是,他开始为"闻说真龙种,仍残老骕骦"而叹息了。但即使如此,他仍然豪情不减:"哀鸣思战斗,迥立向苍苍。"①这种英雄气概,已由超越历史的清狂,变为贴切时代的苍劲,风格内涵也由豪迈变为悲壮。及至杜甫晚年,国势益难挽回,壮志益难舒展,裘马轻狂的气度和"致君尧舜"的理想,都变得非常遥远,已成为激流中瞬息即逝的浪花。于是,他写道:

> 忆昔巡幸新丰宫,翠华拂天来向东。腾骧磊落三万匹,皆与此图筋骨同。自从献宝朝河宗,无复射蛟江水中。君不见金粟堆前松柏里,龙媒去尽鸟呼风。②

这是英雄末路的感喟,因此,更加苍凉,更加悲壮,但仍洋溢着永不衰竭的激情。由此看来,没有理由说,英雄主义只属于杜甫的青少年时期,事实上,作为一种与生命同在的用世热情和强烈的价值要求,它贯

---

① 《秦州杂诗二十首》之五,《杜诗镜铨》卷六。
② 《韦讽录事宅观曹将军画马图歌》,《杜诗镜铨》卷一一。

穿着杜甫的一生，只是其内容和层次不同而已，而这种不同也正反映着诗人生活和心态的变化发展。

四

杜甫在咏物诗中所表现的英雄主义和人道主义固然是他的独特的生活经历和对生活的深刻感受的产物，但这并不意味着前代思想遗产对他没有影响。即以人道主义而言，如果我们将其限制在最基本的意义上，即对万物的广泛的同情心，那么，我们可以发现，杜甫这一思想的来源是很广泛的。如墨家的兼爱："视人之国若视其国，视人之家若视其家，视人之身若视其身"①；道家的齐物："天地与我并生，而万物与我为一"②；佛家的众生平等："一切众生，悉有佛性"③，"但识众生，即能见佛"④。从杜甫对待人与我、物与我的关系上，以及他在心物交感时所进行的一系列生发中，我们不难看到这些思想的烙印。然而，"少陵一生却只在儒家界内"⑤，对杜甫影响最深的，当然还是儒家思想。

儒家创始人孔子的思想核心是仁。孟子曰"仁也者，人也"；又曰"恻隐之心，仁之端也"⑥。可见，在儒家思想中，人是被放在核心位置的，因而对人的态度也就是确立价值标准的根本。"恻隐之心"便是爱心，所谓"仁者爱人"⑦，即是一种最广泛、最普遍的爱。不仅如此，儒家的仁爱更由人进一步推及到物。孟子曰"亲亲而仁民，仁民而爱

---

① 《墨子·兼爱》。
② 《庄子·齐物论》。
③ 《大般涅槃经》卷二七，雍正十三年刊本。
④ 《坛经校释》，中华书局1983年版，第108页。
⑤ 刘熙载《艺概》卷二。
⑥ 《孟子·尽心下》，又《公孙丑上》。
⑦ 《论语·颜渊》。

物";又曰"万物皆备于我","上下与天地同流"①。这样,仁爱之心便无所不在,这正是"民吾同胞,物吾与也"②所达到的极致。从这种极广泛的同情心出发,则整个世界都能闪烁着人道主义的光辉。儒家的仁爱思想在这里表现了超越一切差别的意义。杜甫对"物微限通塞,恻隐仁者心"③的体认当然与此是一脉相承的。下面一首诗也能恰当地说明这一点:

> 秋野日疏芜,寒江动碧虚。系舟蛮井络,卜宅楚村墟。枣熟从人打,葵荒欲自锄。盘飧老夫食,分减及溪鱼。④

王嗣奭评云:"枣从人打,则人己一视……盘飧及溪鱼,则物我一视。非见道何以有此?"⑤所谓"见道",即是其中所体现的广泛而深沉的同情心。在杜甫看来,不仅要仁民,而且要爱物,只有用整个身心去拥抱宇宙,才算具有充实光辉的仁爱之心。在杜甫的许多咏物诗中,可以看到这位伟大的诗人对儒家这种传统的继承和发扬。

对杜甫的思想产生直接影响的,除了仁爱思想外,儒家的恕道也是一个重要的方面。"夫子之道,忠恕而已矣。"⑥所谓恕,便是"推己及物"⑦。孔子曰:"己欲立而立人,己欲达而达人。能近取譬,可谓仁之方也矣。"⑧这种思想所要求的,就是人们应该将自己的是非得失之心,喜怒哀乐之感推及他人,从而达到心与心、心与物之间的沟通。在

---

① 《孟子·尽心上》。
② 张载《西铭》,载《张子全书》卷一。
③ 《过津口》,《杜诗镜铨》卷一九。
④ 《秋野五首》之一,《杜诗镜铨》卷一七。
⑤ 《杜臆》卷九。
⑥ 《论语·里仁》。
⑦ 朱熹《论语集注》卷二引程子语。
⑧ 《论语·雍也》。

咏物诗中,杜甫每将所咏之物人格化,有时并使客观事物成为自己的代言者,都可称为儒家这一传统思想的具体化、形象化的表现。

如果将观察面扩展到杜甫的整个人生道路上,对这一点也许能看得更清楚些。如杜甫常以己之乐推人之忧。他在"课隶人伯夷、辛秀、信行等入谷斩阴木"时,感于"尔曹轻执热,为我忍烦促",遂"报之以微寒,共给酒一斛"①,表现出"民吾同胞之思"②。杜甫也常以己之忧推人之忧。在《自京赴奉先县咏怀五百字》中,他描写了自己家庭的不幸:"入门闻号咷,幼子饿已卒。"而他在深味自己的痛苦后,却放开了悲愤的目光:"抚迹犹酸辛,平人固骚屑。默思失业徒,因念远戍卒。"因此,感到"忧端齐终南,澒洞不可掇"。有时,他甚至表示愿意添己之忧以成人之乐。如他在茅屋漏雨时所表现的"敢辞茅苇漏,已喜黍豆高"③的感情,又如他在行船遇险时所表现的"减米散同舟"④的义举,无不如此。他的忧乐观的确立,使他无论何时何地都能产生由己及人的思想,而由此反观他的咏物诗,便会认识到,二者在本质上正是一致的,虽然方式上还有不同。

要之,杜甫的人道主义在广泛接受前代文学遗产的同时,还受到了儒家仁、恕思想的影响。惟其能仁,所以物与心会;惟其能恕,所以随处"移情",这使他的作品被赋予了理性的深度。

杜甫的英雄主义也受到了儒家思想的影响。孟子云:"我善养吾浩然之气。"这种浩然之气的典型特征是"至大至刚"⑤。如上所述,杜甫的英雄主义主要表现为致远雄心和疾恶刚肠,这在"大"与"刚"两个方面,都显示出儒家思想道德的要求,因而有着充实与高远的内涵。

---

① 《课伐木》,《杜诗镜铨》卷一六。

② 《杜臆》卷七。

③ 《大雨》,《杜诗镜铨》卷九。

④ 《解忧》,《杜诗镜铨》卷一九。

⑤ 《孟子·公孙丑上》。

同时,从英雄主义与人道主义的内在联系上,也能看到这种影响。孔子云"唯仁者能好人,能恶人","恶不仁者,其为仁矣";又云"仁者必有勇"①。这使得仁民爱物作为一种思想基础,成为英雄主义的本质表现。由此出发,必然产生豪迈的气魄和昂扬的斗志,并使之得到进一步深化。在《自京赴奉先县咏怀五百字》中,杜甫"窃比稷与契"的志向由于"穷年忧黎元"的思想而更加显得气吞山河,二者交相辉映,揭示出诗人思想境界的伟大和崇高。在《壮游》中,杜甫曾回忆了自己青少年时的"性豪业嗜酒,嫉恶怀刚肠""饮酣视八极,俗物多茫茫"的精神状态,这种不可一世的气概,也由于"上感九庙焚,下悯万民疮"的思想感情而更加得到了升华。要之,在儒家仁民爱物的思想基础上,杜甫咏物诗中的英雄主义和人道主义作为一个有机的整体,共同放射出灿烂的光辉。

为了进一步说明这一点,不妨举《义鹘行》为例:

> 阴崖有苍鹰,养子黑柏颠。白蛇登其巢,吞噬恣朝餐。雄飞远求食,雌者鸣辛酸。力强不可制,黄口无半存。其父从西归,翻身入长烟。斯须领健鹘,痛愤寄所宣。斗上捩孤影,噭哮来九天。修鳞脱远枝,巨颡折老拳。高空得蹭蹬,短草辞蜿蜒。折尾能一掉,饱肠皆已穿。……

雌鹰无望的悲鸣,"黄口"遭噬的惨象,雄鹰"西归"后的悲愤,健鹘"斗上捩孤影,噭哮来九天"的勇武,种种不同的形象交织在一起,显示出丰富的思想感情。对于健鹘来说,因扶弱而更见刚勇,刚勇中即渗透着强烈的同情心;而对作者来说,对雏鹰的怜悯和对健鹘的赞美也是互相生发的。这里,可以看到,英雄主义和人道主义,就某些角度说,

---

① 《论语·里仁》,又《宪问》。

往往是一种思想本质在两个不同方面的表现。二者虽有着外在的区别,但更多的却是内在的联系,这种结合,便使得杜甫的咏物诗更具有了深刻性。

五

杜甫咏物诗体现着中国传统审美观念中的所谓阳刚之美和阴柔之美。

清人姚鼐在《复鲁絜非书》中对文学作品的阳刚之美有过这样一段描述:

> 其得于阳与刚之美者,则其文如霆,如电,如长风之出谷,如崇山峻崖,如决大川,如奔骐骥;其光也,如杲日,如火,如金镠铁;其于人也,如凭高视远,如君而朝万众,如鼓万勇士而战之。[①]

这一段描述,揭示了阳刚之美的外在气魄和内在力量。杜甫咏物诗中的阳刚之美主要反映在对英雄主义内容的表现上。在这些诗篇中洋溢着的豪迈俊逸的气度、一往无前的精神和百折不挠的意志,正是这种美感特征的生动显现。

阳刚之美的深层内涵是作者的思想境界。孟子云:"充实之谓美,充实而有光辉之谓大。"[②]"充实而有光辉",便是对"大"美即阳刚之美的内在规定。杜甫的一生,不管穷与达,安与危,都始终充满了一种义不容辞的责任感和使命感,抱着以自己的生命去殉自己所热爱、所从事的事业的坚定信念。这是他的作品中的阳刚之美的思想基础。

---

① 姚鼐《惜抱轩文集》卷六。
② 《孟子·尽心下》。

同时,作品的美学倾向与作家的创作选择也不是没有关系的。在论述杜甫的纪行诗时,我们曾在这一点上对杜甫的阳刚之美进行了一定的讨论,指出,从内在因素看,杜甫雄豪的性格,伟大的抱负,高尚的人格,阔大的胸怀,决定了杜甫在审美意趣上往往倾向于阳刚之美。而从创作倾向看,杜甫推崇笔力雄强、气象阔大之作,这也使他在创作实践上追求阳刚之美①。这些,必然要表现在具体的物象选择上。杜甫从小就喜爱吟咏壮丽的事物:"七龄思即壮,开口咏凤凰。"②这一倾向,贯穿他生命的始终。通观杜甫的咏物诗,我们发现诗人常对具有阳刚之美的物象进行选择,尤以对马、鹰、鹘、雕一类动物的歌咏为多,其原因,正如黄彻所云:"盖其致远壮心,未甘伏枥;疾恶刚肠,尤思排击。"③"同声相应,同气相求"④,壮阔的胸襟必然对壮阔的事物表示关切,因此,诗人的心灵以及由这种心灵出发而对客观事物进行的观照与选择,就达到了美学意义上的高度统一,从而使得他的那些作品愈益显得生气灌注。

再者,如同杜甫咏物诗中的英雄主义的内容一样,其阳刚之美也既有一贯性,又有起伏性。随着时代、社会、个人生活的改变,诗人的思想不断受到撞击,因而也造成了风格形态的不同。例如,《房兵曹胡马》《瘦马行》和《题壁上韦偃画马歌》,这三首诗的风格便既相同又相异;同样,《画鹰》《义鹘行》和《呀鹘行》,这三首诗也能看到一条贯穿始终而又有所变化的线索。胡应麟评价杜诗的壮美,指出有"壮而闳大""壮而高拔""壮而豪宕""壮而深婉""壮而飞动""壮而整严""壮而典硕""壮而秾丽""壮而奇峭""壮而精深""壮而瘦劲""壮而古淡""壮而

---

① 参见程千帆、莫砺锋《崎岖的道路与伟丽的山川——读杜甫纪行诗札记》,载本书。
② 《壮游》,《杜诗镜铨》卷一四。
③ 黄彻《䂬溪诗话》卷二。
④ 《易·乾》。

感怆""壮而悲哀"等十四种风格①,虽然其界说还不够明确,但他对壮美的多种面貌的体认,还是很有见解的,因而对我们讨论杜甫咏物诗中阳刚之美的多样化也是富于启发性的。

当然,我们说杜甫主要倾向于阳刚之美,这并不意味着杜甫拒绝对阴柔之美的理解和领会,事实上,杜甫对二者往往是兼容并包的,区别仅在于,他在具体创作中是根据物象和自己的感情,视具体情况而有所轻重的,因此,其咏物诗中对阴柔之美的表现也非常出色。

在讨论这一点时,仍先引上述姚文对阴柔之美的一段描述:

> 其得于阴与柔之美者,则其文如升初日,如清风,如云,如霞,如烟,如幽林曲涧,如沦,如漾,如珠玉之辉,如鸿鹄之鸣而入寥廓;其于人也,漻乎其如叹,邈乎其如有思,暖乎其如喜,愀乎其如悲。

可见,这种美感特征以韵味深美、情调婉约见长。杜甫的反映人道主义内容的咏物诗,大致上体现着这种风格。

与阳刚之美一样,阴柔之美也要求对对象进行选择。当我们对杜甫的咏物诗进行检讨时,就可以发现,其体现了诗人人道主义精神的篇章,所咏之物多半是微小的、柔弱的,或被摧残、被遗忘的。如《促织》《萤火》《废畦》《铜瓶》等。当诗人以充满了人道主义的笔墨去描绘它们时,诗句也就自然流露出阴柔之美。下面试以《鹦鹉》等八首联章诗为例。这组诗的反映面很宽,不是我们所讨论的问题所能包举的。但对蒙受苦难的细微的小生命的关切是这组诗的重要内涵,而这种关切中又浸染着作者的人道主义,因此,它们是有一定的代表性的。如《鹦鹉》寓失路羁栖之感;《孤雁》有同气分离之悲;《鸥》则羡其闲适自

---

① 《杜诗镜铨》卷一九引。按:胡氏虽是指七言诗而言,但显然也可移评全部杜诗。

得;《猿》则奇其智能全生;《麂》慨乱世之危;《鸡》表殊乡之俗;《黄鱼》悯长大难容;《白小》伤细微不免①。总之,这八首诗在整体上笼罩着杜甫所具有的广泛的同情心,其题材、角度和层次的转换与变化,都是围绕着这一主题的,而感情则细腻深婉,表现出作者独特的审美体验。这里不妨举其中的一首——《白小》:

> 白小群分命,天然二寸鱼。细微沾水族,风俗当园蔬。入肆银花乱,倾箱雪片虚。生成犹拾卵,尽取义何如!

柔婉的笔触与深沉的悲悯交织在一起,在对这种小生命的观照中,形象地展现着诗人的精神世界。

因此,可以看到,杜甫咏物诗的阴柔之美的内涵也不是空泛的。由于诗人具有广泛的同情心,所以他在进行创作时,才能与大自然达成不期然而然的契合。一竿新竹,一片芦苇,一群小鱼,一只小鹅,都能引起他的审美激情,而这些事物本身具有的易折、易败、易残、易伤的属性,正好萌发了他心中胞与为怀的爱。这种爱,既执着,又纯真,既热烈,又缠绵,通过诗人不可重复的艺术手段表现出来,就使他的咏物诗中的阴柔之美,具有了既深婉而又高华的境界。

当然,美感与题材的联系不是绝对的,英雄主义与人道主义内容与题材的联系性也不能绝对化。即以《病马》而言,虽属于杜甫咏物诗中的马的系列,但它体现的却是人道主义而非英雄主义。《蕃剑》虽是微物,却体现着英雄主义,而与人道主义无关。这是我们在具体分析作品时所应该特别注意的。尽管如此,总的说来,杜甫咏物诗中题材与内容的联系的明确性还是显而易见的,特色也是非常突出的。这些,都从一个方面反映了杜甫咏物诗的巨大成就。

---

① 八首诗的解释,大体上参照了浦起龙之说,见《读杜心解》卷三之五。

崎岖的道路与伟丽的山川

——读杜甫纪行诗札记

程千帆　莫砺锋

一

唐肃宗乾元二年(759)七月,杜甫抛弃了华州掾的微职,携带家小前往秦州。诗人弃官西去的原因,一方面固然是"关畿乱离,谷食踊贵"①;另一方面也是对于朝廷政治的失望。他怀着"唐尧真自圣,野老复何知"②的满腹牢骚,永远离开了疮痍满目的关辅地区,也永远离开了漩涡险恶的政治中心,开始了他终于"飘泊西南天地间"③的晚年生命旅程。

"满目悲生事,因人作远游"④,杜甫此时的生活十分艰难,心境也极其悲苦。在饥寒的逼迫下,他先投秦州,继投同谷,都没有得到希冀中的接济,全家几濒绝境,最后不得不向蜀中进发。"白头乱发垂过耳"⑤的诗人带领着弱妻幼子在深山穷谷中跋涉了两个多月,这真是一段伤心惨目的艰难历程。可是诗人在手持长镵挖黄独充饥的同时并没有放下诗笔。他给我们留下了"发秦州""发同谷"两组纪行诗,以狮子搏兔之全力描绘秦陇山川,而且打并入身世之感、生事之艰,成为

---

① 《旧唐书·文苑传》。
② 《秦州杂诗二十首》之二十,《杜诗镜铨》卷六。
③ 《咏怀古迹五首》之一,《杜诗镜铨》卷一三。
④ 《秦州杂诗二十首》之一,《杜诗镜铨》卷六。
⑤ 《乾元中寓居同谷县作歌七首》之一,《杜诗镜铨》卷七。

古代纪行诗中的空前绝后之作。

<h2 style="text-align:center">二</h2>

严格地说,纪行诗与山水诗是两种不同的题材。但是诗人们在纪行时往往会涉及所经历的山水,在描摹山水时也往往会写到行役之情,所以早在谢灵运和谢朓的笔下这两种题材已有融合的趋势。而到了杜甫,则更是合纪行诗与山水诗为一个有机的整体,最显著的例子就是"发秦州""发同谷"这两组诗。正因为它们是以联章纪行诗的形式来描绘山水的,所以他们与杜甫以前的山水诗相比有一个显著的特点:在时间和空间上具有很强的连续性。

山水诗的第一位大师谢灵运,由于在政治上不得意,"遂肆意游遨,遍历诸县,动逾旬朔","所至辄为诗咏"①。他所游历和描写的山水都在浙东一带,时间也比较集中,所以具有一定的连续性。例如宋武帝永初三年(422),谢灵运出为永嘉太守,一路上有诗纪行,从《初往新安至桐庐口》《富春渚》《七里濑》《夜发石关亭》等诗可以大致上看出他此行的路线。但是这样的诗在谢灵运集中为数不多。他在永嘉期间虽然写了不少山水诗,所咏及的绿嶂山、岭门山、石鼓山、白石山和瓯江孤屿都在永嘉境内,地理上相当集中。但是诗人究竟是一次还是数次出游,所游的地点孰先孰后,都已不可考知。也就是说,谢灵运山水诗中体现出来的连续性是不够清晰的。谢灵运之后,用联章诗即组诗的形式对一个地区内的山水风景分别予以描写的诗人虽然不少,但是一路写去、次序井然的山水组诗罕有所闻。可以说,谢灵运诗中偶一现之的这个特点在杜甫之前并未得到发展。

杜甫的"发秦州""发同谷"是两组结构严整的联章纪行诗。他在

---

① 《宋书·谢灵运传》。

秦州到同谷途中共作诗十二首。(写于两组诗之间的《乾元中寓居同谷县作歌七首》为述怀的七言歌行,《万丈潭》乃冬游纪胜的单篇,不在纪行之数。)首章《发秦州》开宗明义,说明南行的原因:"我衰更懒拙,生事不自谋。无食问乐土,无衣思南州。"接下来从《赤谷》到《凤凰台》,皆以所到地名为诗题。同样地,他在同谷到成都途中也作诗十二首,首章《发同谷县》说明"奈何迫物累,一岁四行役"之原因,接下来从《木皮岭》到《成都府》也皆以所到地名为诗题,以《成都府》作结,表明此次行役之结束。时间是从十月至岁末,地点是从秦州到成都,井然有序,历历可考。宋人说"杜陵诗卷是图经"①,诚非虚语。

　　然而,这两组纪行诗的长处并不仅仅在于它们所叙述的行役过程在客观上具有时间的连续性,也不仅仅在于它们清晰地勾勒了一条没有间断的行役路线,而在于它们采取了化整为零又合零为整的艺术手法,形象地展现了空间跨度极大的秦陇山水和历时三月的行役过程。正如苏轼所云:"老杜自秦州越成都,所历辄作一诗,数千里山川在人目中,古今诗人殆无可拟者。"②

　　蜀道山川,自古闻名遐迩。从张载的《剑阁铭》到李白的《蜀道难》,无数骚人墨客咏叹过它的险峻雄壮。但是这些作品往往未能展示它的全貌,因为它确实不是一篇诗或文的篇幅所能包涵的。只有当杜甫找到了联章纪行诗这种方式,极大地扩展了诗的容量之后,才有可能对蜀道山水的全貌作出富有典型性的描绘。读这两组诗时,无异展开了一幅山水长卷,赤谷、铁堂峡、盐井……一一接踵而至,进入眼帘,使我们仿佛跟随着诗人登绝顶、穿峡谷、经栈道、渡急流,最后来到沃野千里的天府之国。很难想象,除了这种联章纪行诗的方式之外,还能有什么别的诗歌形式能够描摹出这千里蜀道的全部雄姿。应当

　　① 刘克庄《后村先生大全集》卷一八二《诗话新集》中引网山《送薪师》诗句。按:网山,宋林亦之号。
　　② 朱弁《风月堂诗话》卷上引。

肯定,这是杜甫在谢灵运的基础上对山水诗表现形式之发展所作出的一大贡献。

三

如果我们打开一轴山水长卷而竟发现所画的峰峦溪壑都呈现着大同小异,甚至基本相同的面貌,那么,不管画家勾勒点染的技法有多高明,也难免使人产生厌怠之感。同样地,如果杜甫的这二十多首纪行诗都从同样的角度或用同样的手法来摹写秦陇山川,那么也是无法引人入胜的。可是杜甫毕竟是"巨笔屠龙手"①,他没有用同一的模式来写这些诗,从而使这组纪行诗与其所反映的对象一样的气象万千②。

首先,杜甫的这组纪行诗在题材的安排上是颇见匠心的。虽然山川之险壮与道路之艰难是贯穿整个组诗的主要内容,但是具体到每一首诗上,却各有侧重,而且还融入了许多其他内容,诸如国步之艰危、民生之凋敝等等。这就使得这些诗不仅在内容上无一雷同,而且十分充实。

《发秦州》《发同谷县》这两首诗分别是一组纪行诗的首篇,以申明行役之因。但是前者着重写了诗人对于物产丰富的秦州所寄的希望以及希望破灭之后被迫南行的怅惘之情。"大哉乾坤内,吾道长悠悠"的结句,情绪苍凉而气势悲壮,足以振起以下诸篇。而后者则对同谷之山川物产不着一语,却以主要的篇幅抒写"奈何迫物累,一岁四行役"的愤慨,结句"去住与愿违,仰惭林间翻"也已是喟然长叹了。

《赤谷》《铁堂峡》《寒峡》等十六首诗都是写山川之险与道路之艰的,然而侧重各有不同。例如《赤谷》仅用"乱石无改辙,我车已载脂"

---

① 苏轼《次韵张安道读杜诗》,《东坡集》卷二。

② 为了论述的方便,下面把"发秦州""发同谷"两组诗看作一个整体。

两句略示溪谷之险，又用"山深苦多风，落日童稚饥"等四句写道中饥寒之状，写景叙事俱不十分用力，而首尾抒情，语甚凄惋，是一篇之用力处。《泥功山》则着力刻画道路之艰。"白马为铁骊，小儿成老翁。哀猿透却坠，死鹿力所穷"四句，把泥功山那种泥泞深积，路滑难行的特点写得惟妙惟肖。《龙门阁》则极言其险。当诗人在"危途中萦盘，仰望垂线缕。滑石欹谁凿，浮梁袅相拄"的栈道上蹑足而行时，但觉"目眩陨杂花，头风吹过雨"，他此时的忧虑集中于一点："百年不敢料，一坠那复取？"对于饥寒等事都已置之度外，无暇顾及了。而《石柜阁》又于心弦屡张之后故作一弛，虽然诗人仍在栈道之上，但所见之景甚为隽秀："蜀道多早花，江间饶奇石。……清晖回群鸥，暝色带远客。"诗人的慨叹也变成"优游谢康乐，放浪陶彭泽。吾衰未自由，谢尔性所适"，词气显得甚为舒缓了。此外，《铁堂峡》中有"生涯抵弧矢，盗贼殊未灭。飘蓬逾三年，回首肝肺热"的伤乱之叹；"龙门镇"中有"胡马屯成皋，防虞此何及？嗟尔远戍人，山寒夜中泣"的忧时之嗟；而《石龛》一诗更用一半篇幅来描写途中所见山民冒险伐竹为供官府征求的情景："苦云直竿尽，无以充提携。奈何渔阳骑，飒飒惊蒸黎！"身处深山穷谷中的诗人的目光并未局限于自身的艰难历程，动乱的时代在这些纪行诗上也投下了浓重的阴影。这已远非寻常的纪行诗所具有的内容了。

《凤凰台》《剑门》《鹿头山》三首诗对所见之景仅略作点染。它们都侧重于发议论，然而议论的方式又迥然相异。《凤凰台》实为述怀之诗。诗人明知同谷境内的凤凰台决非周文王发迹之地，但还是借题发挥，以披露他欲以心血哺育作为王者之瑞的凤凰的深衷。《剑门》事实上是用诗写的政论。诗人对着自古成为割据者之屏障的剑门大发感叹，深以蜀地形势险要易生叛乱为忧。而《鹿头山》则因地近成都，险阻已尽，就只对成都的形势作了一番评说。

此外，《盐井》一诗是对途中所见的蜀地特产的描述，《成都府》是这一组纪行诗的终篇,内容都与上述几类诗不同。这种在内容的结构上变化多端的情况与谢灵运山水诗"首多叙事,继言景物,而结之以情理"①的固定模式是不可同日而语的。

其次,杜甫在描写山川景物时也没有采取单一手法,而是从不同的角度、不同的层次来写景的。可以看出,他在实践中注意到了如下几点:

第一,概括与具体之分。同是写山峰之险峻,《积草岭》中是"连峰积长阴,白日递隐见。飕飕林响交,惨惨石状变";而《铁堂峡》中则是"硤形藏堂隍,壁色立精铁。径摩穹苍蟠,石与厚地裂。修纤无垠竹,嵌空太始雪"。同是写水势之浩渺,《寒峡》中是"寒峡不可度","溯沿增波澜";而《水会渡》中则是"大江动我前,汹若溟渤宽","回眺积水外,始知众星干"。显然,前一种写法比较概括,是粗加勾勒的远景;而后一种写法相当具体,是工笔细描的近景。

第二,有比较与无比较之分。这组诗中有许多首是用比较的方法来写的,如《青阳峡》:"忆昨逾陇坂,高秋视吴岳。东笑莲华卑,北知崆峒薄。"这是用诗人已经经历过的其他高山来烘托此山之高。又如《龙门阁》:"饱闻经瞿塘,足见度大庾。终身历艰险,恐惧从此数。"这是用诗人未曾经历过的著名险地来形容此地之险。但与此同时,也有仅仅对所咏对象着力刻画而不用它物作比较的,如《铁堂峡》《飞仙阁》等诗。

第三,实写与虚写之分。这组诗中大部分诗都用实写的手法,但也有一些例外,如《泥功山》写青泥岭之路滑难行:"白马为铁骊,小儿成老翁。哀猿透却坠,死鹿力所穷。"就是用虚笔渲染的方式。而如《凤凰台》之出以寓言,《剑门》之杂以议论,都是就景物生发,而远离了景物本身。这也是虚写。

① 黄节语,见《读诗三札记》。

　　写法的灵活多变,是这组纪行诗使人百读不厌的原因之一。

四

　　黄庭坚曾感叹说:"诗意无穷,而人之才有限。"①梅尧臣则认为:"诗家虽率意,而造语亦难。若意新语工,得前人所未道者,斯为善也。必能状难写之景,如在目前;含不尽之意,见于言外,然后为至矣。"②如果把这些诗学原理具体运用到山水诗上,则不妨说:自然界的山川景物变化无穷,而诗人用来描写它们的艺术手段却有限。一定要能"意新语工",且"状难写之景,如在目前",才能算是山水诗中的大手笔。用这个标准来衡量历代的山水诗人,可以发现,杜甫的造诣是前无古人的。

　　从谢灵运以来,山水诗蔚为大国,名章佳句屡见不穷。但是如果把这些山水诗与它们所反映的对象即真实的山川比较一下,显然前者远不如后者那样千姿百态、变幻无穷。换句话说,就是大多数山水诗人有一个共同的缺点,他们的观察角度比较单一,描写手法不免雷同,往往只写出了山川景物的某些共性,而对于它们各自的个性揭示得不够。这个缺点在谢灵运的山水诗中已见端倪。谢诗中有些篇章如《入彭蠡湖口》《登江中孤屿》等,刻画山川景物颇能见其特点,王夫之称谢诗"取景则于击目经心、丝分缕合之际,貌固有而言之不欺"③,如果仅指这些诗而言,确非过誉。但是谢集中还有许多作品,甚至包括一些为人传诵的名篇在内,在写景上仍然失之于笼统概括。比如"林壑敛

---

①　见惠洪《冷斋夜话》卷一。
②　见欧阳修《六一诗话》。
③　《古诗评选》卷五。

暝色,云霞收夕霏"①、"密林含余清,远峰隐半规"②等,历来称为佳句,但是它们显然没能写出所咏山川的独特之处,因为这是任何地方都能见到的景色。谢朓诗亦然。"余霞散成绮,澄江静如练"③并非大江上特有之景,"威纡距遥甸,巉岩带远天"④也不妨从宣城移置他处。二谢之外的南朝诗人更是如此,他们的山水诗通常都是极力摹写山之高峻或水之深广:"层峰亘天维,旷渚绵地络"⑤,"洞洞窥地脉,耸树隐天经"⑥,"金峰各亏日,铜石共临天。阳岫照鸾采,阴溪喷龙泉"⑦,等等。这些描写都是置之任何名山大川而皆可的。到了唐代,虽然产生了以王、孟为首的山水田园诗派,但这些诗人所着力摹写的往往并非客观世界的明山秀水,而是他们主观世界中的静谧意境。所以,尽管王、孟诗中的写景名句历来为人传诵:"天边树若荠,江畔舟如月"⑧,"明月松间照,清泉石上流"⑨;但是他们笔下很少有对某地山水的具体而确定的描写。这种情形或许与王维首创的写意画有某种相通之处,即"当以神会,难可以形器求也"⑩。

杜甫则与众不同。当然也应指出,就在杜甫的这一组《发秦州》纪行诗中,也不是完全没有类似上述情形的例子,比如写山之高峻的"连峰积长阴,白日递隐见"⑪、"山峻路绝踪,石林气高浮"⑫等句,但就其

---

① 《石壁精舍还湖中作》,《先秦汉魏晋南北朝诗·宋诗》卷二。
② 《游南亭诗》,《先秦汉魏晋南北朝诗·宋诗》卷二。
③ 《晚登三山还望京邑》,《先秦汉魏晋南北朝诗·齐诗》卷三。
④ 《宣城郡内登望》,《先秦汉魏晋南北朝诗·齐诗》卷三。
⑤ 刘骏《游覆舟山诗》,《先秦汉魏晋南北朝诗·宋诗》卷五。
⑥ 鲍照《登庐山》,《先秦汉魏晋南北朝诗·宋诗》卷八。
⑦ 江淹《游黄檗山》,《先秦汉魏晋南北朝诗·梁诗》卷三。
⑧ 孟浩然《秋登万山寄张五》,《全唐诗》卷一五九。
⑨ 王维《山居秋暝》,《全唐诗》卷一二六。
⑩ 沈括评王维画语,见《梦溪笔谈》卷一七。
⑪ 《积草岭》,《杜诗镜铨》卷七。
⑫ 《凤凰台》,《杜诗镜铨》卷七。

被开拓的诗世界

总体而言,杜诗却呈现着与上述山水诗完全不同的风貌:杜诗对于山川景物的描写是具体的、明确的、体现了鲜明个性的。试以《发秦州》一组诗中的《青阳峡》为例:

> 塞外苦厌山,南行道弥恶。冈峦相经亘,云水气参错。林迥峡角来,天窄壁面削。礤西五里石,奋怒向我落!仰看日车侧,俯恐坤轴弱。魍魅啸有风,霜霰浩漠漠。忆昨逾陇坂,高秋视吴岳。东笑莲华卑,北知崆峒薄。超然侔壮观,已谓殷寥廓。突兀犹趁人,及兹叹冥漠。

杜甫自从"迟回度陇怯"①来到"莽莽万重山"②的秦州,又离开秦州向同谷进发以来,已经翻越了无数的高山峻岭了。作为亲受跋涉之苦的诗人,当然希望地势能变得平缓些。而作为读者的我们,在读过了《赤谷》《铁堂峡》等诗之后,也满以为不会出现更为险峻的山岭了。可是造物仿佛是有意识地显示其伟力,而诗人也仿佛欲以其雄强的笔力与造物比个高低,出现在我们眼前的句子偏偏是"南行道弥恶"!这就给读者已经绷得很紧的心弦又加上了很大的张力。那么,此处的山岭到底是怎么个恶法?下面就展开了具体的描写:重岩叠嶂,云水迷茫。乱云嶙峋,铺天塞地。如果说这些描写已经不同寻常,那么下面两句就更惊心动魄了:"礤西五里石,奋怒向我落!"韩愈的《南山》诗写终南山之高峻,虽竭尽全力铺陈排比,但后人仍以为"凡大山皆可当,不独终南也"③。而杜甫此诗则绝无他山可当,因为他写出了青阳峡独有的奇险之景。在这种地方,正可看到杜甫的心思与笔力过人之处。正因为有了如此深刻的具体描写,诗中称此山压倒众山才令人信服而不失之浮泛。

---

① 《秦州杂诗二十首》之一,《杜诗镜铨》卷六。
② 《秦州杂诗二十首》之七,《杜诗镜铨》卷六。
③ 王履语,见《杜诗详注》卷八《万丈潭》后附注。

154

不在这组联章诗之内而写于同谷的《万丈潭》也具有这种特征：

青溪含冥寞，神物有显晦。龙依积水蟠，窟压万丈内。跼步凌垠堮，侧身下烟霭。前临洪涛宽，却立苍石大。山危一径尽，岸绝两壁对。削成根虚无，倒影垂澹瀩。黑知湾澴底，清见光炯碎。孤云到来深，飞鸟不在外。高萝成帷幄，寒木垒旌旆。远川曲通流，嵌窦潜泄濑。造幽无人境，发兴自我辈。告归遗恨多，将老斯游最。闭藏修鳞蛰，出入巨石碍。何当暑天过，快意风雨会！

此诗写潭，着力于环境之刻画和气氛之渲染。《杜臆》评曰“起来二句有大力量”，其实下面两句更是如此，“窟压万丈内”的“压”字何等笔力！是什么东西把龙“压”在万丈深潭之中呢？诗人没有说，而从下面的描写来看，应是指整个的环境和气氛。此潭既大且深，四周绝壁如削，草木繁密，这一切组成了一个与外界完全隔绝的封闭环境，连云彩和飞鸟都被锁在这个环境之内，更不用说深藏潭底的龙了。此诗所展现的雄奇、险怪、幽僻、阴森兼而有之的环境，是万丈潭的独特之景，换句话说，此诗写出了万丈潭的个性。

为什么杜甫描写山水能达到如此独特的造诣呢？我们认为在于诗人的写实手法。虽然杜甫在具体描写时也不排斥夸张和想象，但这些手法都是用来形容人间的真山实水的。就总体而言，杜甫和李白的山水诗有很大的不同。李白的山水诗中当然也有纯属写实之作，但他那些神思飞扬、词采壮丽的长诗却有不少是出于虚构的。李白梦游天姥，即吟成长歌；神驰蜀道，亦写出巨篇。毫无疑义，这些诗都是传诵人口的杰作。诗人用惊人的想象力在读者面前展示了一幅幅烟云明灭、变幻莫测的奇山异水，具有极高的审美价值。但是，“翻空易奇”而“征实难巧”①。相

---

① 此处借用《文心雕龙·神思》中语，但与刘勰原意无关。

比之下,杜甫那种写实的方法难度更大。王嗣奭云:"盖李善用虚,而杜善用实。用虚者犹画鬼魅,而用实者工画犬马,此难易之辨也。"①如果把此语仅仅用来评论李、杜的山水诗,那么是很确切的。因为虚写可以忽略许多细节,可以仅勾勒其大体而不必显示其个性,而实写就必须刻画出某一处真山实水的特点。显然,后者需要更细致的观察和更雄强的笔力。我们把杜甫的这组纪行诗与李白的《蜀道难》比较一下,就不难看出这个差别。李白诗中虽然对蜀道之艰难三致意焉,那些充满着想象、夸张的惊人之语也确实使人叫绝,但是蜀道山川到底是怎样的壮伟,其道路又是怎样的艰难,诗中并没有具体而细致的描写。而杜甫的这组纪行诗则使读者觉得"分明如画"②,而且"如陪公杖屦而游"③,这正是杜甫的独到之处。

五

杜甫没有公然像李白那样,说自己是"五岳寻仙不辞远,一生好入名山游"④,但早年壮游吴、越、齐、赵,晚年漂泊秦、陇、蜀、楚,也经历了许多名山大川。如果把杜甫所游历过的山川与杜诗中所描写过的山川统计对照一下,我们可以发现,诗人并不是有见必书的,他在用诗笔赞颂祖国的山川时是有所选择的。

杜甫于开元十九年(731)南游吴越,至二十三年(735)方归,他那时正是"裘马颇清狂"⑤的贵介公子,可以优游不迫地观赏山水。但是在杜集中并未留下咏吴越山水的诗篇。当然这也许是由于少作未能

① 《杜诗笺选旧序》,《杜臆》卷首。
② 见《朱子语类》卷一四〇。
③ 鲁訔《编次杜工部诗序》语,见《草堂诗笺·传序碑铭》。
④ 《庐山谣寄卢侍御虚舟》,《李太白全集》卷一四。
⑤ 《壮游》,《杜诗镜铨》卷一四。

保存下来,可是在他晚年所作的《壮游》诗中,虽然说"剡溪蕴秀异,欲罢不能忘",而从全诗来看,引起他回忆的与其说是吴越山川,倒不如说是那里的历史人物。由此我们可以推测,吴越一带秀丽妩媚的山水也许并没有引起杜甫多少吟兴。杜集中最早的山水诗是诗人游吴越归来的次年(开元二十四年)所作的《望岳》,咏的是与吴越山水风格迥异的泰山,看来并不是偶然的。杜甫的山水诗中以咏秦陇和夔巫两处雄伟山川的为最多最好,也不是偶然的。

就题材内容的广泛性来说,杜诗是前无古人的。单就咏物的范围来说,杜诗也是前无古人的。巨至山川日月,微至草木虫鱼,在杜甫笔下都成了绝妙的诗料。王安石对此惊叹说:"浩荡八极中,生物岂不稠? 丑妍巨细千万殊,竟莫见以何雕锼。"①并非过誉之词。当杜甫在成都过着较为平静的生活时,他的笔下出现了诸如《舟前小鹅儿》《题桃树》等诗题,他也曾咏过"花浓春寺静,竹细野池幽"②、"小院回廊春寂寂,浴凫飞鹭晚悠悠"③等细巧婉丽之景,但是相对而言,杜甫对于那些雄伟壮丽的事物有着特殊的爱好。这是什么原因呢?

首先,这和诗人的性格、胸襟有关。从本质上说,咏物诗也是抒情诗。咏物诗的创作过程就是诗人用他的主观世界去观照、拥抱客观事物的审美过程。在这个意义上,只有当诗人的主观世界与他所咏的客观事物相吻合时,诗人的笔下才可能创造出和谐的美。杜甫从小就喜爱吟咏那些壮丽的事物:"七龄即思壮,开口咏凤凰。"④他青年时代怀有远大的抱负和雄伟的气概:"会当凌绝顶,一览众山小。"⑤他在政治上自视甚高:"许身一何愚,窃比稷与契。"⑥他在文学上更是气冲斗

---

① 《杜甫画像》,《临川先生文集》卷九。
② 《上牛头寺》,《杜诗镜铨》卷一〇。
③ 《涪城县香积寺官阁》,《杜诗镜铨》卷一〇。
④ 《壮游》,《杜诗镜铨》卷一四。
⑤ 《望岳》,《杜诗镜铨》卷一。
⑥ 《自京赴奉先县咏怀五百字》,《杜诗镜铨》卷三。

牛："赋料扬雄敌，诗看子建亲。"①雄豪的性格、伟大的抱负、高尚的人品、阔大的胸怀，这些内在因素决定了杜甫在审美情趣上往往倾向于阳刚之美即壮美，因为只有雄伟壮丽的审美对象才能与审美主体的上述特性达成默契。而就山水而言，只有秦陇、夔巫那样雄奇伟丽的高山巨川才能真正拨动杜甫的心弦，从而发出最和谐的共鸣。

其次，这和诗人的创作倾向有关。如上所述，杜甫的性格特点使他倾向于阳刚之美，这与他诗歌的艺术风格是一致的。杜甫批评当时某些诗人说："或看翡翠兰苕上，未掣鲸鱼碧海中。"②可见他对笔力细弱、风格纤巧的倾向是不满的。他推崇的是笔力雄强、气象阔大之作。杜甫的创作实践与他的文学观点完全一致，其中最主要的体现就是如赵翼所指出的："盖其思力沉厚，他人不过说到七八分者，少陵必说到十分，甚至有十二三分者。其笔力之豪劲，又足以副其才思之所至，故深人无浅语。"③毫无疑问，"思力沉厚""笔力豪劲"的诗人并不是不能描写细小、寻常的事物。但是，真正能让这样的诗人驰骋其才思、显露其笔力的还是那些奇伟不凡的事物。就山水而言，只有秦陇、夔巫那样雄奇伟丽的高山巨川才能与诗人的才思笔力相称。上文所分析的两组纪行诗证实了这一点，杜甫晚年在夔州、巫峡一带写下的许多山水诗也可证实这一点。当然，"发秦州""发同谷"这两组纪行诗与咏夔巫山川的诗有不少相异之处，但是就其构思之深刻、用力之沉厚而言，两者是很接近的。

综上所述，我们认为杜甫的"发秦州""发同谷"这两组纪行诗在古代的山水诗中是空前绝后的。杜甫虽不以山水诗人而著称，但他在山水诗上的造诣却不应当被忽视。

---

① 《奉赠韦左丞丈二十二韵》，《杜诗镜铨》卷一。
② 《戏为六绝句》之四，《杜诗镜铨》卷九。
③ 《瓯北诗话》卷二。

杜甫在夔州诗中所反映的生活悲剧

张宏生

人生的道路曲折艰难。痛苦和欢乐彼此更替,绝望与希望互相交织。杜甫敏感的心灵,洋溢着多少落寞的情思和不甘落寞的追求。他旅居长安十年,是那样地渴望着"致君尧舜上,再使风俗淳"①,而终于发出"无才日衰老,驻马望千门"②的感慨,离开了这个他希望有所作为的政治中心。这一份惓惓之情,始终折磨着他。华州途中的血泪,秦州塞上的风烟,成都草堂的彷徨——歌喉由高亢而深沉,感情由热烈而浓郁。大历元年(766),他又伴着阵阵沉重的叹息来到了夔州,以整个身心,更深地感受着人生巨大的痛苦。

人生最大的痛苦,大概莫过于压抑之痛了。慷慨淋漓,长歌当哭,这痛苦也会呈现出光辉,含蕴着快感;而如果落寞的情怀只能是愁肠百转,郁结心中,那会是怎样的一种悲哀!杜甫正是如此。这个悲剧性的人物来到夔州后,一生的悲剧达到了高潮。人们也许不愿意接受这样一个事实,即彼时彼地的杜甫,个性上发生了一些变化:他似乎是更多地收起了自己的棱角,而表现出对喜剧因素的倾心。在夔州的两年时间里,杜甫的生活较为安定。他有公田百顷,柑林四十亩,还有一些奴仆,如獠奴阿段,隶人伯夷、辛秀、信行,女奴阿稽等。可这一切,都是一个名叫柏茂琳的小军阀赐予的,而杜甫对于这种仰人鼻息的生活,竟又表现出一种异乎寻常的顺应。这就使我们不免大为惊讶了。

---

① 《奉赠韦左丞丈二十二韵》,《杜诗镜铨》卷一。
② 《至德二载,甫自京金光门出间道归凤翔。乾元初,从左拾遗移华州掾,与亲故别,因出此门,有悲往事》,《杜诗镜铨》卷五。

不错,杜甫一直是穷愁潦倒的,几乎一生都没有摆脱依附的状态;但是,在这同时,杜甫又是不甘心的,他总是要大声唱出自己的委屈和不平,带着一种不加掩饰的愤懑。十年的困守长安,他"朝扣富儿门,暮随肥马尘。残杯与冷炙,到处潜悲辛"①。虽然悲痛,而那种愤怒的感情,却使人感到他发自内心的、迫切要求改变现状的愿望。即使是在成都草堂,依附好友严武,他还是不能使自己那不屈己、不干人的素质稍加改变:"白头趋幕府,深觉负平生"②;"强将笑语供主人,悲见生涯百忧集"③。他那波动的心灵是多么难以平息!他那强烈的屈辱感是多么难以排遣!这才是杜甫的本来面目。从这一点出发,人们也许会惋惜他的变化,惋惜他会那样轻易而又平静地以千秋诗笔为一个小军阀写出一批颂美之作:《览柏中丞兼子侄数人除官制词,因述父子兄弟四美,载歌丝纶》《览镜呈柏中丞》《陪柏中丞观宴将士二首》《奉送蜀州柏二别驾将中丞命,赴江陵起居卫尚书太夫人,因示从弟行军司马位》《为夔府柏都督谢上表》等。且看其中一首:

> 渭水流关内,终南在日边。胆销豺虎窟,泪入犬羊天。起晚堪从事,行迟更学仙。镜中衰谢色,万一故人怜。

> ——《览镜呈柏中丞》

往昔,是多么悲哀;现状,又是多么凄凉。相形之下,对于杜甫来说,似乎能在此得到"频分月俸"④的柏氏的庇护,真是天大的幸事了。

生活把一个伟大诗人逼到这个地步,不是天大的悲剧又是什么?哪个有情的读者对此不为之一掬同情之泪。然而,杜甫毕竟是杜甫。

---

① 《奉赠韦左丞丈二十二韵》,《杜诗镜铨》卷一。
② 《正月三日归溪上有作,简院内诸公》,《杜诗镜铨》卷一二。
③ 《百忧集行》,《杜诗镜铨》卷八。
④ 《峡口二首》自注,《杜诗镜铨》卷一五。

如果忽视了他心灵的那份潜在意念而仅仅着眼于外观，那也不过是误会而已。确切地说，他的个性表面上的改观，只是由于感情遭压抑而对现实妥协的一种表现。正因遭此压抑，他那从扭曲的心灵中发出的微弱呻吟暂且被淹没了。想想看，诗人敏感的心灵怎能经受住这种折磨？他心中郁结的痛苦又该是多么深沉！所以，一离开夔州，他马上像摆脱瘟神一般地欢快轻松，并对两年的夔州生活作了反省："艰危作远客，干请伤直性。"①能够为自己"直性"的复归大声歌唱，这对杜甫是一件多么振奋的事！而再回过头来想想他的那种貌似恬淡的"干请"，又是融汇了多少血泪！杜甫的个性没有变，他只是在"自哂"（《久客》"衰颜聊自哂"）。他内心的一切都以这种"自哂"的形式表现出来了，所以，杜甫的悲剧才那么令人惊心动魄。同时，在我们对这个悲剧感到震惊之余，不禁要问：是谁把伟大诗人逼成这样的？杜甫的悲剧，实在是时代的悲剧，杜甫的消沉，也恰似时代的剪影罢了。从这个观点出发，人们就同样不应当，也不会忍心去责备杜甫往日的锐气的丧失了。如果说，安史之乱前夕，杜甫就已经看出这个王朝不配有更好的命运，那么，现在，他更加感到了它的衰落，而这个王朝又是那样地与杜甫息息相关。在这个意义上，我们对杜甫晚年一再哀叹着"年年非故物，处处是穷途"②、"百年同弃物，万国尽穷途"③，就会深深地同情，深刻地理解了。

压抑，是杜诗在夔州的重要内蕴。他个性的压抑，造成了感情的畸形，而思想上的压抑，又带来了诗歌格调上的苍凉。经历了长年的颠沛流离后，从安居于成都草堂开始，杜甫就和陶潜有了共鸣④，而来

① 《早发》，《杜诗镜铨》卷一九。
② 《地隅》，《杜诗镜铨》卷一九。
③ 《舟中出江陵南浦，奉寄郑少尹审》，《杜诗镜铨》卷一九。
④ 《可惜》："宽心应是酒，遣兴莫过诗。此意陶潜解，吾生后汝期。"《杜诗镜铨》卷八。

到夔州后,这种共鸣就更其强烈。不仅在诗篇中经常提到陶,也不仅在用典时经常引到陶①,更主要的是许多诗的格调情趣酷似陶。显然,杜甫是有意为之。但是,他的学陶,虽然有时也能具有陶诗面目,却并不能真正与陶诗融成一体,不过是借陶潜表现自己而已。因为,杜甫做不到陶潜那样恬淡。陶潜虽然有时也难以忘怀现实社会,可社会的黑暗已使他深深失望了。因此,复归自然的生活给他带来的是真正的快乐。而杜甫是并不愿意隐居的,他忘不掉自己的理想和抱负。在他心中,寂寞的悲凉和执著的热情非常奇妙地糅合在一起。他不甘寂寞而又不得不寂寞,这就使他和自然并不能完全和谐。实际上他的学陶只不过是压抑自己心中热情的一种特殊的手段。所以他的这类作品,就呈现出一种恬淡中的悲哀。与陶诗相比,这种悲哀更为深沉。黄生已看出了这一点,他说:"杜田园诸诗,觉有傲睨陶公之色,其气力沉雄,骨力苍劲处,本色自不可掩。"②所谓"气力沉雄,骨力苍劲",尽管有些抽象,却也道出了某些具有丰富内蕴的、与田园这一主题似矛盾又似统一的属于杜甫的东西,这就是杜甫的"本色"。下面举两首诗为例来看一下杜甫的情怀。

　　穷老真无事,江山已定居。地幽忘盥栉,客至罢琴书。挂壁移筐果,呼儿间煮鱼。时闻系舟楫,及此问吾庐。

——《过客相寻》

　　众壑生寒早,长林卷雾齐。青虫悬就日,朱果落封泥。薄俗防人面,全身学《马蹄》。吟诗重回首,随意葛巾低。

——《课小竖锄斫舍北果林,枝蔓荒秽净讫,移床三首》之二

---

　　①　杜诗提到陶潜其人其事的地方有三十九处,而仅在夔州的两年时间里,就提到十处之多。

　　②　《杜诗详注》卷一九引《杜诗说》。

　　第一首是恬淡的,可我们如果同陶潜的诗略加比较的话,便会发现恬淡之下隐藏着火一样的激情。陶潜逃离了腐朽混浊的官场,重新回到宁静的田园生活中以后,他是真的庆幸自己的"归园田居":"野外罕人事,穷巷寡轮鞅。白日掩荆扉,虚室绝尘想。"①由于心灵的淡泊,在他的眼中,一切社会人事显得多么无足轻重,他的环境,在他看来,完全是和心灵起伏的节奏相和谐的,因此,他悠然自得,感到其乐无穷。这是只有远离了生活激流的人才能持有的态度。而杜甫就不同了。"地幽忘盥栉",颇有点超然、物我两忘的意味;终日价抚琴、读书,也可以说是优哉游哉。可是,"穷老真无事,江山已定居"。原来,"穷老"而"无事"只是一种无可奈何的慨叹,而终于认为"江山已定居",又是带有多少的自嘲! 字里行间,表现出难以排遣的无聊和忧郁。因此,对于客人的来访,他表示了那样巨大的、抑制不住的兴奋,甚至不顾自己的老病之身,亲自"挂壁移筐果",又急忙"呼儿间煮鱼"—— 一个个的细节,是多么平淡而又倾注了他多少热情和蕴含着多少悲凉! 正因为客人的来到,给他那凝滞的、灰暗的生活染上了人间的情趣和色彩,所以,送客时他才会那样热切地叮咛着:"时闻系舟楫,及此问吾庐。"他是多么地盼望有人来安慰他枯寂的心灵! 他的一腔热情被自己久久压抑着,甚至连他自己都不敢承认还有这种热情,于是,他就人为地煎熬着自己。我们由此对杜甫的品格和思想可以了解得更深刻了。

　　讨论第二首时,不妨与杜甫写于成都的《独酌》一诗进行参照:

　　　　步屧深林晚,开樽独酌迟。仰蜂粘落絮,行蚁上枯梨。薄劣惭真隐,幽偏得自怡。本无轩冕意,不是傲当时。

────────

①　陶潜《归园田居》之二,《先秦汉魏晋南北朝诗·晋诗》卷一七。

两首诗的情趣是有相同之处的,特别是"仰蜂粘落絮,行蚁上枯梨"同"青虫悬就日,朱果落封泥"两联,闲适的格调,很难使人认为竟是写于两个时期。但是,两首诗在根本上又是不同的。在成都时,杜甫虽然苦闷,但还有着信心,处于一种彷徨状态。因此,他既能够领略大自然的甘美,又敢于承认自己"薄劣",不是"真隐",只是以"幽偏"之"怡"自慰罢了;同时,他又在自得的叙述中透露了欲盖弥彰的消息:"本无轩冕意,不是傲当时。"以自嘲的形式,表现了一种失望中的强烈的向往。而夔州诗则恬淡中带着悲凉,恬淡中渗透着不自然,并不是真恬淡。一面在欣赏着"青虫悬就日,朱果落封泥"的自然情趣,一面又念念不忘过去的雄心壮志,"重回首"之余,强迫自己"全身学《马蹄》","随意葛巾低"。这个"随意葛巾低"的形象与陶潜相比多不协调。同是一方葛巾,同是"随意",可戴在杜甫头上,就塑造出了一个饱经忧患、绝望之中燃烧着希望的火焰而又极力迫使自己平息这种火焰的具有丰富内蕴性格的形象。任何一个有情之人无不感受到这种压抑的沉重而为杜甫深深地叹息。

但是,感情的外壳又不是高度密封的。我们固然可以从内蕴上去了解杜甫,而那透过感情外壳的隙缝流露出的低吟,甚至更可以说明当着杜甫的思想由奔放而变为浓郁时,他的一切自我压抑是多么痛苦,实际上是多么的事与愿违。杜甫的悲剧就在于他不能完全超脱(这也正是他的伟大之处),在他的夔州诗里有一些有趣的现象,即虽然出现了许多试图"遣闷""解愁"的诗,可实际上并没有一首是达到预期效果的。这一类作品虽然长短不一,其结构形式却几乎完全一样,且看其中一首:

> 故蹊澴岸高,颇免崖石拥。开襟野堂豁,系马林花动。雉堞粉似云,山田麦无陇。春气晚更生,江流静犹涌。四序婴我怀,群盗久相踵。黎民困逆节,天子渴垂拱。所思注东北,深峡转修耸。

衰老自成病，郎官未为冗。凄其望吕葛，不复梦周孔。济世数向时，斯人各枯冢。楚星南天黑，蜀月西雾重。安得随鸟翎，迫此惧将恐。

——《晚登瀼上堂》

　　"瀼岸"之下，崖石拥仄，好像压得人透不过气，又加上情绪的不佳，于是"为遣闷"①而"故跻瀼岸高"，果然，系马山林，触目春景：白色的城墙像云彩一样，随着山势延伸起伏；山田里种的麦子，是那样绿油油一片，以至于看不出麦陇来。夕阳照着群山，照着大地，更感到春意盎然，而远远地看过去，那汹涌的江流好像不再流动了，显得平缓而又宁静。这是一幅多美的春色图，杜甫怎能不为之"开襟"呢？但是，这位诗人最大的特点，就在于他尽管陶醉于自然景色，但只能是暂时的，他永远也忘不了国家，忘不了人民；有时候，他心灵的负担太沉重了，便试图迫使自己忘掉这些，结果，随之而来的是更郁烈的忧愁。他似乎已净化在忧国忧民的情感之中，以至于那有意识的心灵喘息只延续了片刻，马上便被那不自觉的、下意识的思维活动所代替。萦绕在他脑海里的，是蜀中大小军阀的相继叛乱给国家造成的危害，给人民带来的灾难。他热切地希望能出现往昔吕尚、诸葛亮那样的"济世"之才，来挽救这危乱的时局。而想想自己，"衰老自成病"，已是"无力正乾坤"②了，这一片忠爱之情，除了不断地发出"凄其"的哀叹，又能向谁诉说！为遣闷而出游，结果其闷更甚，这正是杜甫形象的生动刻画。显然，这首诗里的自然景色，已经不像"感时花溅泪，恨别鸟惊心"③那样鲜明地情景交融了。杜甫是很想使自己沉浸在大自然中，忘掉人世间一切忧患的，因此，联系实际情形，我们看到，那极恬淡、极自然、极

---

① 《杜诗详注》卷一八。
② 《宿江边阁》，《杜诗镜铨》卷一三。
③ 《春望》，《杜诗镜铨》卷三。

真切的景物描写,只是更沉痛地宣告了杜甫压抑自己的企图终告失败,仅此而已。沉重的压抑,终于从心灵的隙缝中迸发出感情的全部,杜甫就是这样在折磨自己,社会就是这样在折磨这位千古诗人的。类似的写作手法,还见于《解闷十二首》《入宅三首》《复愁十二首》《雨》等诗。到底还是杜甫自我认识正确,他将这种状况归纳为"愁极本凭诗遣兴,诗成吟咏转凄凉"①。如果说,"遣兴"是愿意微笑的话,那么,这种微笑也是含着眼泪的。这就是悲剧力量之所在。

问题的关键是杜甫不能完全和光同尘,他偏要在已经注定了的悲剧结局里挣扎着去寻求对喜剧的憧憬,这样,个性上和思想上的压抑,就使他的诗风苍凉多了;而那在压抑的隙缝里迸发的感情,又显示了悲愤的色调——这就是杜甫夔州诗的风格:苍凉、悲愤。这是感情的深化,因而也就带有更大的悲剧色彩。

杜甫夔州诗的内容非常丰富,本文所探讨的生活悲剧,只是其中的一个侧面。其他如杜甫为反省当代历史而写下的《八哀诗》和一批回忆过去的诗以及七律联章诗的创造性运用等,都很有特色。这些,本文都暂不置论。

---

① 《至后》,《杜诗镜铨》卷一一。

晚年:回忆和反省

——读杜甫在夔州的长篇排律和联章诗札记

程千帆　张宏生

一

伟大的文学家杜甫,一生在诗歌创作道路上进行着孜孜不倦的追求,大历元年来到夔州以后,他的艺术创造力仍然十分旺盛①。这一时期他所写的一些长篇排律和联章诗②,以它独特的风貌,标志着作者对这些诗体的运用达到了全新境界,构成他诗歌创作的新成就。

---

① 据浦起龙《少陵编年诗目谱》,杜甫现存诗作,始于 25 岁,终于 59 岁,共 1458 首。诗人在夔州生活了两年,共作诗 432 首。这些数字表明,杜甫在其创作生涯的约 6％的时间里,写出了全部诗篇的约 30％的作品。

② 对于排律和各体联章诗,杜甫虽然早年便曾尝试使用,但以这些样式所写出的作品,其成熟期却无疑是在他的晚年。这不仅指其质,便是在量上也能反映出来。下面我们试以夔州为分界线,将杜甫一生创作联章诗的情况列表比较如下:

数量 时期 ＼ 联章诗体	五古	七古	五律	七律	五排	七排	五绝	七绝
夔州前	十六	六	三十四	三	五十七	二	三	十三
夔州后	三	三	三十二	七	六十五	五	一	四

说明:(一) 本表据浦起龙《读杜心解》对杜诗的编年和分类制成。(二) 表中的“五排”和“七排”都是单篇作品,当然不是一般意义上的联章诗,但由于它们的长篇往往可以包涵一组联章诗的内容,故将二者一并列入表内,以便比较。自杜甫五十五岁(大历元年)来夔州,到五十九岁(大历五年)去世,不过才几年,竟创作了这么多的五排和近体联章诗,足证他晚年对这些诗歌样式的重视。

当我们仔细检点杜甫晚年的这些作品时,发现它们笼罩着一种浓厚的怀旧情愫,也就是体现着由现在回溯过去的反省①。对于这一现象,如果不是视其为一种巧合,就应该深入考察它形成的原因及其在杜甫创作发展道路上的意义。同时,也有必要对诗人所处的时代和他的心境同这一现象的关系作出合理的解释。

二

大历以后,唐帝国崩溃的危机总算成为过去,但整个政治社会的状况仍然没有什么太大的改观。虽距平定安史之乱已将近十年,而唐王朝的各种矛盾却日趋尖锐复杂,出现了一系列并发症。仅在大历元年前后不长的时间里,就有吐蕃、回纥、党项等族不断侵扰,又有安史余党和各藩镇拥兵作乱,真是"万方多难"②。这种局面,充分暴露了最高统治者的腐败无能。他们既无力抵御外侮,又一味姑息迁就由叛将变成的地方军阀,并不断加重剥削③,使广大人民继续承受深重的苦难。

---

① 杜诗中回忆和反省的诗篇并非全是长篇排律和联章诗,而其长篇排律和联章诗也并非全用以写回忆和反省这一主题。前者如《壮游》《昔游》,后者如《夔州歌十绝句》《戏为六绝句》。

② 《登楼》,《杜诗镜铨》卷一一。

③ 广德元年(763),吐蕃"入长安"。"宦官广州市舶使吕太一发兵作乱。"永泰元年(765),"党项寇富平,焚定陵殿。""时承德节度使李宝臣,魏博节度使田承嗣,相卫节度使薛嵩,卢龙节度使李怀仙……各拥劲卒数万,治兵完城,自署文武将吏,不供贡赋……朝廷专事姑息,不能复制。……仆固怀恩诱回纥、吐蕃、吐谷浑、党项、奴剌数十万众俱入寇。"大历元年(766),周智光叛,"擅留关中所漕米二万斛,藩镇贡献,往往杀其使者而夺之"。"(张)献诚与(崔)旰战于梓州,献诚军败。"杜鸿渐至蜀,闻献诚败而惧,"数荐之于朝,因请以节制让旰……上不得已从之"。"京兆尹第五琦什一税法,民苦其重,多流亡。"

大历二年(767),"淮西节度使李忠臣入朝,以收华州为名,帅所部兵大掠,自潼关至赤水二百里间,财畜殆尽,官吏有衣纸或数日不食者"。

大历三年(768),"幽州兵马使朱希彩、经略副使昌平朱泚、泚弟滔共杀节(转下页)

历尽人生艰辛的杜甫，此时虽已远离政治斗争中心，可他那双充满忧患的眼睛却时刻注视着动荡不安的社会，常为那"不息豺狼斗""时危人事急"的景况而"中宵泪满床"①。他这种饱受压抑而又感到无能为力的强烈的忧世之心，几乎给他日常生活的每一个细节都打上了深刻的烙印。当有客远道而来时，他一不道乏，二不叙旧，而是焦急地打听两京的情况：

> 有客归三峡，相过问两京。函关犹出将，渭水更屯兵。设备邯郸道，和亲逻逤城。幽燕惟鸟去，商洛少人行。
>
> ——《柳司马至》

他打听所得的，又常是这样令人忧虑的消息，使他貌似平静的生活，一次又一次地感受着深深的痛苦。

这痛苦对杜甫别具深沉的滋味。在他豪迈的青少年时代②，曾亲历"开元全盛日"③的辉煌，今昔盛衰对比鲜明，他永远难忘盛世的繁荣，就同他忘不了安史之乱的惨象一样。他一再表达对那已逝岁月的留恋："本朝再树立，未及贞观时。"④"武德开元际，苍生岂重

（接上页）度使李怀仙，希彩自称留后"。"朝廷不得已宥之。""吐蕃十万众寇灵武。"以上均见《资治通鉴》卷二二三、卷二二四。

① 《暮春题瀼西新赁草屋五首》之五，《杜诗镜铨》卷一五。

② 《壮游》："往者十四五，出游翰墨场。斯文崔魏徒，以我似班扬。七龄思即壮，开口咏凤凰。九龄书大字，有作成一囊。性豪业嗜酒，嫉恶怀刚肠。脱略小时辈，结交皆老苍。饮酣视八极，俗物都茫茫。东下姑苏台，已具浮海航。到今有遗恨，不得穷扶桑。……放荡齐赵间，裘马颇清狂。春歌丛台上，冬猎青丘旁。呼鹰皂枥林，逐兽云雪冈。射飞曾纵鞚，引臂落鹙鸧。……"《杜诗镜铨》卷一四。

③ 《忆昔二首》之二："忆昔开元全盛日，小邑犹藏万家室。稻米流脂粟米白，公私仓廪俱丰实。九州道路无豺虎，远行不劳吉日出。齐纨鲁缟车班班，男耕女桑不相失。"《杜诗镜铨》卷一一。

④ 《咏怀二首》之一，《杜诗镜铨》卷一九。

攀?"①这常使他沉浸在强烈的历史感中,以大量的诗篇来回忆和反省。

前面我们探讨过杜甫夔州诗中所体现的生活悲剧,指出诗人由于对精神上的痛苦长期自我压抑,致使个性发生了一些变化,并影响到诗风的变化②。他在这个时期所写的回忆和反省的诗篇,自然也不能和他的悲剧生涯及心理状态无关。回忆往事,反省那些事实的成败是非,对家国之事进行历史性总结,这是诗人晚年人生道路已快走到尽头时的心理反映。在现实生活中遭罹难以承受的压抑,就难免会避开现实,让过去那些令人怀念和激动的日子来填充空虚的、哀愁的心灵,使压抑的精神暂时得到缓解。这种心理上的流向是很自然的,容易理解的。有不少人认为,杜甫之所以在夔州写出大量回忆和反省的诗,是由于这两年中他的生活比较安定之故③。这种解释似乎缺乏说服力。因为诗人在成都的生活也是安定的,甚至比在夔州还要安定一些,可是并没有写出这样一些作品来。

我们认为,夔州的回忆和反省诗,是杜甫生活在特定时期中的特定心情的产物,而且,他之所以较多地采用了长篇排律和联章诗,也正是为了表达在这一特定时期中的特定心情。在这些诗篇里,杜甫对过去理想破灭的怅惘,对现在时局纷乱的忧虑和对未来道路的朦胧希望,都纷纷交织在一起了。

___

① 《有叹》,《杜诗镜铨》卷一八。

② 参看程千帆、张宏生《杜甫在夔州诗中所反映的生活悲剧》,载本书。

③ 如冯至云:"除了歌咏山川和人民生活外,杜甫在这时(按:指在夔州时)有了充裕的时间,回忆他的青年时代。他在这偏僻的山城里与外边广大的世界隔绝,朋友稀少,生活平静,因此过去的一切经历在他的面前活动起来。"(《杜甫传》第162页)冯文炳云:"杜甫在夔州的两年,因为生活单调,又比较地安闲,一方面是一组一组的往事回忆(《诸将》、《八哀》、《秋兴八首》、《洞房》等八首、《往在》、《昔游》、《壮游》,还有《夔州百韵》)……"(《杜诗讲稿》,载《杜甫研究论文集》二辑)缪钺云:"杜甫居住在夔州时已是五十五六岁的晚年,而又生活平静,所以经常回忆往事。"(《杜甫夔州诗学术讨论会开幕词——综述杜甫夔州诗》,载《草堂》1984年第2期)陈贻焮也持同样的意见,他说:"自从老杜来到夔州,村居多闲,旧事萦怀。"(《夔艺雌黄》,载《草堂》1984年第2期)

三

在祖国历史上,杜甫主要是作为一个文学家的形象出现的,而伟大的文学家往往同时是伟大的思想家,二者的区别,只不过是思维方式的不同罢了。杜甫的伟大在于,他能够将深刻的思想和完美的艺术形象巧妙地结合起来,在每一个特殊的层次上,十分真实地反映世界。这到了他晚年生活在回忆中对历史进行再认识时,表现得尤为鲜明,下面试从纵、横两个方面讨论他的这种再认识。

首先讨论纵的方面。依据历史推移由近而远的时间差距可区分为三个层次。杜甫的回忆已将自己嵌进历史之中,并对历史深深地注入了自己的喜怒哀乐,所以不仅时间被大大浓缩了,历史也因此被赋予了强烈的主观色彩。这三个层次可用三组联章诗为代表,它们分别是《诸将五首》《八哀诗》和《咏怀古迹五首》。

《诸将五首》中描写的人物和事件,是离杜甫最近的层次。诗人以忧伤的目光,凝视着全国,"次第为自北而东而南而西为一寰区之周览。第一首北望长安,独标泾渭。第二首极目三城,特点潼关。第三首东望洛阳,兼及海蓟。第四首专言南海。第五首专言蜀中"①。诗人以其博大的胸怀拥抱了多灾多难的祖国母亲的整体。目光所及,思绪也随之飞扬,似乎任何一个方向都能勾起他痛心的回忆。如他北望长安,想到的是"昨日玉鱼蒙葬地,早时金碗出人间。见愁汗马西戎逼,曾闪朱旗北斗殷",表现了他对吐蕃入寇,皇陵遭掘的惨象难以释然,对国家面临着的外患有着深广的忧虑。又如他东望洛阳,想到的是"洛阳宫殿化为烽,休道秦关百二重! 沧海未全归禹贡,蓟门何处尽尧封",表现了对安史之乱和对安史余党继续割据祸国所进行的严正

① 见罗庸《读杜举隅》,载《杜甫研究论文集》一辑。

谴责。这些祸乱虽然已经过去,但却与现实有着千丝万缕的联系。作为一个封建社会的知识分子,杜甫不可能批评最高统治者,他只能追究那些身系社稷存亡的将相对这种状况应负的直接责任,另一方面,则热切地期待着"出群"的"忠良"来"翊圣朝"。为了强调忠良翊国的重要性,杜甫举了王缙和严武为例。他们两人,一位是"募耕劝农"①的良相,一位是"军令分明"的良将。诗中并未详细写他们的功业成就,但在与那些被谴责的"诸将"的对比中,显然寄托着杜甫心中的这种热切期望。

《八哀诗》较之《诸将五首》,是离杜甫稍远些的层次。杜甫表达了对近数十年中八个著名人物的追忆。他们依次是王思礼、李光弼、严武、李琎、李邕、苏源明、郑虔、张九龄。在唐帝国由盛而衰的特定历史环境中,他们都曾在社会大舞台上献演过自己的人生悲剧,给杜甫的心灵带来了难以平息的激动。这八位人物大都有着宏伟的抱负、卓越的才具和磊落的气节。杜甫与他们或为至交,或曾谋面,或仅闻名,但对他们都怀着很深的敬意。在作为具有传记性质的这八首诗中②,杜甫对他们各自的生活道路有着较为全面的描写,又极力避免了流水账式的记载。这就是说,杜甫在描写他诗中的主人公时,往往选取了那些最富于代表性的、最震撼自己心灵的和最易于借此抒发自己主观感受的事件作为表现的对象。因此,贯穿主人公一生事迹的,并不是若干事件的逻辑联系,而是作者的感情。他通过自己独特的感受提炼了典型事件,使得人物性格更加鲜明。如他描写李光弼在安史之乱时扼守太原、力阻叛兵之势的伟业:

---

① 《钱注杜诗》卷一五云:"如王缙者,不过募耕劝农,修承平有司之职业而已。曰'稍喜'者,盖深致不满之意,非褒词也。"按:在"天下军储不自供"之时,能够劝农以供军需,所以"稍喜"。似不能谓诗意为"深致不满"。钱笺求之过深,往往类此。

② 王嗣奭《杜臆》卷七:"此八公传也,而以韵语纪之,乃老杜创格。"

> 司徒天宝末,北收晋阳甲。胡骑攻吾城,愁寂意不惬。人安
> 若泰山,蓟北断右胁。朔方气乃苏,黎首见帝业。

据《旧唐书·李光弼传》:"(至德)二年,贼将史思明、蔡希德、高秀岩、牛廷玠等四伪帅率众十余万来攻太原。光弼经河北苦战,精兵尽赴朔方,麾下皆乌合之众,不满万人。……(坚守)月余,我怒而寇怠,光弼率敢死之士出击,大破之,斩首七万余级。"这对唐王朝扭转局势、扫平叛乱来说,是一次关键性的战役①。正是在国家生死存亡的关头,李光弼作为一个良将所具有的才干和胆略,得到了充分的体现。又如杜甫对李邕立朝风节的描述:

> 往者武后朝,引用多宠嬖。否臧太常议,面折二张势。衰俗
> 凛生风,排荡秋旻霁。

杜甫举了两个例子来渲染李邕对"衰俗"的"排荡"。《旧唐书·韦巨源传》:"太常博士李处直议巨源谥曰'昭'。户部员外郎李邕驳之……而论者是之。"又同书《李邕传》:"(邕)拜左拾遗。俄而御史中丞宋璟奏侍臣张宗昌兄弟有不顺之言,请付法推断。则天初不应,邕在阶下进曰:'臣观宋璟之言,事关社稷,望陛下可其奏。'则天色稍解,始允宋璟所请。"这两件事集中体现了李邕刚直不阿的风范和嫉恶如仇的品格,倾注了杜甫对这位前辈的深深敬慕。

　　杜甫对这八位历史人物的回忆,是带有他独特的体验的。这表现在,他不仅注意了他们才干的卓越和事业的辉煌,而且,还注意了他们的才智不被了解和事业难以发展的悲哀,这也就是杜甫将这组诗题为

---

① 仇兆鳌《杜诗详注》卷一六云:"当时安史称乱,禄山从河北而向潼关,思明从山右以瞰秦陇。自光弼西扼贼冲,故朔方无虞,而肃宗得起业灵武。"

《八哀》的原因。他写李光弼忠而见谤,"死泪终映睫"的忧愤;写李琎这位"让帝子"在"谨洁极"的外表之下隐藏着的忧畏的内心①;写李邕虽才名甚盛,而终于"忠贞负冤恨""坡陀青州血"的不幸;写张九龄"乃知君子心,用才文章境"的悲剧②。要而言之,"哀八公,非独哀其亡逝,大半皆有惜其不能尽用于时之戚"③。在杜甫看来,这些优秀人物都因生不逢时,才没有做出他们本来可以取得的更大成就。这样,杜甫就赋予了他们以时代的哀痛,而将这组诗的意蕴升华到一个更高的境界。

《咏怀古迹五首》是这三组诗中最远的层次。杜甫跳荡的思绪往复于祖国悠久的历史之中,而由于自己的行踪到达了或接近了他非常熟悉、非常敬仰的五位历史人物所生活过的地区,他的心灵律动因而发生了新的震颤。前人曾评这五首诗是"借古迹以自咏其怀抱"④,这原是不错的。但既然这"五首托兴最远,有纵横万古、吞吐八极之概"⑤,那么,所谓咏怀,也就决不限于杜甫一己的情怀。像宋玉,他"以不世之才,遭荒淫之主,虽乃心宗社,而于治无补"⑥,这一悲剧足使千古贤臣感喟不已。而王昭君的遭遇,更能引起才高见忌者的强烈共鸣⑦。末二章,分咏刘备和诸葛亮,揭示出一种理想的君臣关系,于二人的明良相际,深有会心。杜甫将他所关注的对象赋予了历史的延续性,同时又有意无意地将诗中人物的命运进行比较,暗示应当联系现实来进行反省,使他的思想锋芒得到较为充分的显示。如第三首咏

---

① 关于汝阳王李琎的精神状态,参看程千帆《一个醒的和八个醉的》,载本书。
② 《杜诗详注》卷一六云:"'君子'二句,惜其抱济世之才,退而用心于文章也。"
③ 见佚名《杜诗言志》卷九。
④⑥ 见《杜诗言志》卷一〇。
⑤ 李子德语,杨伦《杜诗镜铨》卷一三引。
⑦ 程千帆、沈祖棻《古诗今选》:"在古代传说中,王昭君是一个为国家的利益而献身的妇女,也是一个不愿意为着个人地位而丧失正直品行的人物,所以人民自来非常同情她。"(第272页)

王昭君云:

> 画图省识春风面,环佩空归月夜魂。千载琵琶作胡语,分明
> 怨恨曲中论。

金圣叹认为:"咏明妃,为千古负才不偶者十分痛惜。"又说这首诗是
"从来弃才之主一面照胆镜"①。负才不偶的痛苦,有才不识的危险,
这些沉痛的历史教训,一一从杜甫笔下流出,表现了杜甫对古代历史
的远见卓识,也表现了他对时局的忧虑。

通过对以上纵向的三个层次的分析,不难看出,杜甫对于历史上
的治乱兴衰,特别是导致治乱兴衰的人才问题,表示了极大的关心。
《诸将五首》,写理想人才对于国家的重要性;《八哀诗》,写有才而难尽
其用的悲哀;《咏怀古迹五首》,写对怀才不遇的同情和对能够识才、用
才的赞美。联系唐代贞观、开元之时在上者知人善任所起的作用②,
再看以上这些诗的写作年代,诗人针砭当世的用意是显而易见的。我
们不能不佩服杜甫对历史与现实的洞察力,以及将这种洞察力表现于
创作的巨大才能。

下面,我们再来讨论横的方面,它也有三个层次,这可以从《夔府
书怀四十韵》与《秋日夔府咏怀奉寄郑监李宾客一百韵》③、《洞房》八

---

① 金圣叹《杜诗解》卷三。
② 用人和纳谏是唐太宗取得贞观之治、唐玄宗取得开元之治的两个主要原因。
参看范文澜《中国通史简编》(修订本)第 3 编第 1 册第 2 章的有关论述,人民出版社
1965 年版。
③ 朱东润《杜甫叙论》第九章:"这(按:指《夔府书怀四十韵》)是大篇的开始,以后
还要发展。从今天看,律诗已经成为强弩之末,更不必说四十韵甚至百韵或更长的律
诗了;但是在杜甫的时代,或是白居易、李商隐的时代,五言律诗正有强大的生命力,在
长律中,更见得作者诗才的峻拔、雄肆及浩荡。时代在不断地演变,因此我们对于文学
作品的评价,也必然要随时有所转变,倘使我们能按照时代的要求,加以适当地评骘,
究竟比抛开时代,凭臆武断要更加合适些。"(第 171 页)我们赞赏这一见解。

首以及《秋兴八首》等这些篇章中看出来。它们之所以构成一个系列，是因其在某种意义上反映了杜甫在回忆过去时思维空间的不断扩展。

第一个层次是两首大型的五言排律。作为咏怀诗，诗人所表达的思想感情当然是多方面的。但是，从整体上看，则忆旧无疑是这两首诗的主要倾向，而这种倾向又集中在诗人所亲身经历的安史之乱前后的事件上。他回忆道：

> 昔罢河西尉，初兴蓟北师。……扬镳惊主辱，拔剑拨年衰。社稷经纶地，风云际会期。血流纷在眼，涕泗乱交颐。四渎楼船泛，中原鼓角悲。贼壕连白翟，战瓦落丹墀。……
>
> ——《夔府书怀四十韵》

这一段往事，在他心中沉积着无限的悲痛。因为那天翻地覆的历史进程在他身上打下的烙印是永远无法消失的。在叛乱初起的时候，他曾为叛军所掳，在沦陷了的长安城中过了一段困苦的日子，而侥幸逃脱，奔赴行在，又经历了非常的艰辛，以至于"麻鞋见天子，衣袖露两肘"[1]。作为一个当事人，他目睹了这个他曾寄予无限希望的王朝竟然如此迅速地土崩瓦解，这不能不强烈地震撼着他的心灵。甚至到了晚年，他还是难以忘怀自己的人生经历中这惨酷的一幕，对那"胡星一彗孛，黔首遂拘挛"[2]的巨变怅恨不已。在这样一种精神状态中，他用自己的笔再现了唐帝国由盛而衰的转折点上所展开的一段历史，并进而追思这段历史所延续下来的恶性反应，对"恒山犹突骑，辽海竞张旗。田父嗟胶漆，行人避蒺藜。总戎存大体，降将饰卑词。楚贡何年绝？尧封旧俗疑。长吁翻北寇，一望卷西夷"[3]所表示的深沉的忧虑，

---

① 《述怀》，《杜诗镜铨》卷三。
② 《秋日夔府咏怀奉寄郑监李宾客一百韵》，《杜诗镜铨》卷一六。
③ 《夔府书怀四十韵》，《杜诗镜铨》卷一五。

就能够得到读者的同情和理解了。

如果说,上面两首五排作为第一个层次,是杜甫融汇了自己的经历而反映了安史之乱前后的历史面貌的话,那么,第二个层次——《洞房》八首则是诗人站在一个较高的角度,从宏观着眼,拓展思路,使自己的反省面更为开阔而创作的一组诗。八首诗各有小标题,依次为《洞房》《宿昔》《能画》《斗鸡》《历历》《洛阳》《骊山》《提封》①。这种结构上的匠心,表现了作者有意将安史之乱作为一种历史的必然去进行考察,因而其思想方式是多维型的。面对历史中那曲折的一页,诗人看到的是多种事实之流向一个集中的低点倾斜,汇到一处,然后喷射出来,形成大变。这种理解,使他的观察和反省,远远超过安史之乱本身。在八首诗中,诗人所思考的主要问题在于:这场大乱何以会发生?他的历史感和责任感,使他在一定程度上摆脱了封建关系的桎梏,而将批判的矛头对准了最高统治者。如:"落日留王母,微风倚少儿"②;"能画毛延寿,投壶郭舍人。每蒙天一笑,复似物皆春"③;"斗鸡初赐锦,舞马既登床"④。将这些所谓"乐事"置于大乱的前夕,显然,杜甫认为,皇帝的淫游无度、恣意行乐、宠幸小人、不修德政,乃是祸乱产生的根本原因。那么,在"洛阳"已"陷没","胡马犯潼关"之时,"天子"才"初愁思",又何以自解呢?金圣叹云:"'初愁思',妙,言天子直至是日初有愁思,写得最好笑。一向'花骄''龙喜',何等快活,却变出愁来。"⑤一个"初"字,写尽昏君情态,而那"历历开元"盛事,一朝化为云

---

① 杜诗有的本子,如钱谦益注所据吴若本,在《斗鸡》之后,《历历》之前,有《鹦鹉》一首。管世铭《读雪山房唐诗钞》卷一四"五律凡例"云:"《洞房》以下八章,皆取篇首二字为题,盖联章也。俯今仰昔,与《有感》《伤春》诸作,异曲同工。俗选有止登《洞房》一首而遗其下七章,殊不可解。(又《鹦鹉》一篇,系误行编入,不与前后诸章相首尾也。)"

② 《宿昔》,《杜诗镜铨》卷一七。

③ 《能画》,《杜诗镜铨》卷一七。

④ 《斗鸡》,《杜诗镜铨》卷一七。

⑤ 金圣叹《杜诗解》卷三。

烟,所谓"无端盗贼起"①,也不过是正话反说而已。所谓"无端",正是
有端。如此着笔,更见百感交集。可是,即使在这种极端的忧伤、痛苦
与感慨中,诗人对祖国的前途也没有丧失信心。因此,在这组诗的最
后一首《提封》中,他提出要崇"俭德","征俊乂",加恩四海。八首诗于
未乱之前,隐隐写出将乱;正乱之时,写出致乱之由;已乱之后,写出弭
乱之方。诗中历史过程的开阔,正反映出杜甫胸怀的开阔,而作为文
学家的杜甫和作为思想家的杜甫,也就在此时更紧密地结合起来了。

　　《秋兴八首》是这三个层次中反映面最广的一组诗。杜甫以飞动
的思绪,将多年来翻腾于胸中无法摆脱的由各种事实构成的历史过程
充分立体化,并多向延伸出去。前人评这八首诗,以为"每依北斗望京
华"是通篇主旨②,是很有道理的。长安,这个杜甫曾希望以之作为建
功立业出发点的政治中心,始终寄托着他对祖国的无限忠爱。一个
"每"字,形象地写出了他的执着。不仅如此,"望"既是视觉活动,又是
心灵活动。在感情极端凝聚的时候,他的心也就不期然而然地从"夔
府孤城"随着"万里峰烟"飞到了长安的"曲江头",陷入对个人、社会和
历史的沉思。他重温那消逝不久的"百年世事",想到大唐帝国由盛而
衰,都是亲闻亲见,不禁由衷地感到了"不胜悲"。在那烽火连天的岁
月里,自己施展抱负的机会固然是谈不上了,而社会的动乱则更有可
伤者。其间安史作乱,吐蕃、回纥入侵,安史余党负固不臣,官军内讧
害民,以及由此导致的"城社丘墟,人民涂炭","宫庭丧乱,骨肉抛
离"③,种种情事,一齐搅动着他的情思。抒情诗,不是叙事文学,杜甫
对此不可能、也没有必要进行具体描绘,但他富有暗示性的极为精练
的语言,仍然勾勒出了一幅幅生动的画面。如:

---

① 《历历》,《杜诗镜铨》卷一七。
② 见《钱注杜诗》卷一五。
③ 见《杜诗言志》卷一一。

> 花萼夹城通御气,芙蓉小苑入边愁。珠帘绣柱围黄鹄,锦缆牙樯起白鸥。

又如:

> 织女机丝虚夜月,石鲸鳞甲动秋风。波漂菰米沉云黑,露冷莲房坠粉红。

如果将这一幅幅画面连接起来,铺展开去,就可以把这一段浸透作者的追求和痛苦、怀恋和怅惘的历史,多角度、多层次地在自己心目中展现出来,其场景的壮阔,在杜诗中是不多见的。关于这一点,张缙评论说:"《秋兴八首》,皆雄浑丰丽,沉着痛快。其有感于长安者,但极摹其盛,而所感自寓于中。徐而味之,则凡怀乡恋阙之情,慨往伤今之意,与夫外夷乱华,小人病国,风俗之非旧,盛衰之相寻,所谓不胜其悲者,固已不出乎意言之表矣。"①他的话虽还不够全面,但他能从诗的容量着眼,看到这八首诗对历史的回顾,一切都"不出乎意言之表",确是很有见地的②。

---

① 《杜诗详注》卷一七引。

② 杜甫回忆过去,不仅想得多,而且想得深,这就是说,他不仅仅满足于对过去的惆怅和思考,而是希望对今后的历史走向有所发现,有所预见,虽然这种发现和预见也许是很朦胧的。如他在诗中经常对朝廷纵容藩镇、宠信宦官进行指责:"沧海未全归禹贡,蓟门何处尽尧封"(《诸将五首》之三);"越裳翡翠无消息,南海明珠久寂寥。殊锡曾为大司马,总戎皆插侍中貂"(《诸将五首》之四);"青蝇纷营营,风雨秋一叶。内省未入朝,死泪终映睫"(《八哀诗·故司徒李公光弼》);"君臣尚论兵,将帅接燕蓟。朗咏《六公篇》,忧来豁蒙蔽"(《八哀诗·赠秘书监江夏李公邕》))。联系唐朝中后期因纵容藩镇和宠信宦官所造成的危害,应该说,杜甫是相当敏感的。这是一位伟大的思想家通过观察历史而对社会趋向的一种沉思。

四

通过前面的讨论,显然可以看出,杜甫晚年对于长篇排律和联章诗的创造和运用是十分重视的。他在内容上拓展了诗的境界,在形式上也进行了大胆探索,而二者的完美结合,又集中体现了他的独创精神。

作品的形式和内容是一对不可分割的、互相制约的范畴,前者对后者既是"传达"的关系,又是"组成"的关系。为了表现内容,作家总是要选取最完美的形式,因此,从本质上看,作品的形式是从内容获得的①。杜甫晚年沉浸在对过去的回忆中,其内心的动荡是难以抑制和排遣的。在这种心态中,他认为单篇小诗已难以表达自己的感情,就尝试着方法上的更新和提高,而终于找到了最适合表现当时心情的诗体。歌德说:"艺术要通过一种完整体向世界说话。但这种完整体不是他在自然中所能找到的,而是他自己的心智的果实。"②五言排律和联章诗,作为诗歌艺术的完整体,只是到了杜甫的晚年才成熟,它代表了杜甫创作的全新阶段,是杜甫进行了多年的艺术追求后,在晚年的特定精神状态中所获得的"心智的果实"。

独特的表现形态一旦固定下来,就必然反映着作者独特的审美体验。杜甫这些诗歌的共同主题,借用屈原的篇题,是"惜往日"。但他的表现手段却是十分丰富的:或写人,或写事,或写景,或抒情,或刻画场面,或进行议论,或古体,或近体,或大篇,或联章,将独特的历史风貌和作者的思想感情密切结合起来,达到了宏观与微观、主观与客观的高度和谐统一,充分体现了长篇排律和联章诗在表达深厚丰富的历

---

① 见凯塞尔《语言的艺术作品》第7章、第9章,陈铨译,上海译文出版社1984年版。参看陈伟《什么是文学作品的内容》,载《读书》1985年第4期。

② 见《歌德谈话录》,人民文学出版社1978年版,第137页。

史内容时所特有的开放式结构,显示了大笔濡染和穿插点缀相间的效果,情采亦复绚烂多姿,准确生动地表现了那样一个风云变幻的时代,使杜甫在诗歌创作史上又攀登了一座新的高峰。

后　记

　　从 1979 年开始,我们先后来到南京大学跟千帆师学习古典文学,学习的重点是古典诗歌。在千帆师亲自给我们讲授的课程中,杜诗是一门重点课。除了课堂上的讲授之外,平时也常与我们讨论杜诗。在讲课和讨论的过程中,我们固然常有经过点拨顿开茅塞之感,千帆师也偶有"起予者商也"之叹。渐渐地,海阔天空的漫谈变成了集中的话题,若有所会的感受变成了明晰的语言。收在这个集子中的十一篇文章,都是在这个教学过程中产生的。我们现在把它们呈献给广大读者,既作为我们师生共同研读杜诗的一份心得,也作为千帆师指导我们学习的一份教学成绩汇报。

　　自从宋代以来,研究杜诗的专著汗牛充栋,今人所撰的单篇论文更是浩如烟海。在杜诗研究领域里,前代学者的努力主要集中在校勘、考证、注释方面。新中国成立以后,学术界比较重视对杜诗思想意义的阐发,同时也不废对杜诗艺术造诣的分析。我们对于前代和当代的学者们在杜诗研究中付出的辛勤劳动和取得的杰出成绩都深感钦佩,但同时也认为,杜诗是一个取之不竭的艺术宝藏,并不因为前人发掘已所得甚多,后人就会空入宝山。所以当我们从杜诗包蕴丰赡的艺术世界中漫游归来时,仍有不虚此行的感觉。

　　我们讨论的一个重点是杜甫在古典诗歌发展过程中的作用问题。有比较才能有鉴别,对于文学史上的任何一位重要作家,只有把他置于文学史演变的长河中进行全面考察,才有可能对他的地位作出比较公允的评价。而对于杜甫这样一位"集大成"式的重要诗人,就更应该如此。所以,我们用了较多的篇幅对杜甫与其前后的诗人进行比较。

我们考察了屈原、贾谊的忧国忧民精神对杜甫的影响,也考察了杜甫在七言律诗中注入政治内涵的尝试对李商隐、韩偓的启迪。我们考察了杜甫的山水诗对谢灵运等人既有继承又有革新的现象,也考察了杜甫的咏物诗如何演变成宋人的"禁体物语"的过程。此外,我们还通过对一组"同题共作"诗歌的分析,论述了为什么在灿若繁星的盛唐诗人中只有杜甫登上了现实主义诗歌的顶峰。

我们讨论的另一重点是杜甫本人创作的发展过程问题。杜甫并非生来就是"诗圣",杜诗在思想意义和艺术造诣两方面登峰造极的成就决不是一蹴而就的。我们把考察的目光集中于杜甫创作生涯中前后两个重要时期:困居长安时期和漂泊夔巫时期。对于前者,我们着重探索了杜甫是怎样从盛唐诗人的浪漫主义群体中游离出来而走上现实主义道路的。对于后者,我们着重探索了杜甫是怎样在艺术上达到"无意为文"的老成境界以及杜诗怎样由对现实的愤怒控诉而转变成深沉的内心独白。

最后,作为总结,我们对前人称杜诗为"集大成"的问题谈了我们的看法。我们认为,杜甫之所以被称为诗国的集大成者,最重要的意义不在于承前而在于启后。古典诗歌在盛唐之后仍能继续发展并最终由唐转宋,固然离不开中晚唐及宋代诗人的共同努力,但杜甫作为这一转变过程的始发轫者,其功绩是不可低估的。杜甫通过艰苦卓绝的艺术探求,在极大的程度上开拓了古典诗歌的世界,同时也就为后代诗人开辟了广阔的求新求变之路,诚如宋人王禹偁所云:"子美集开诗世界。"我们要探索的正是杜甫对诗歌世界的开拓过程及其前前后后,所以取王禹偁诗意,把本书题作《被开拓的诗世界》。

上面所说的就是本书的主要内容。读者很容易发现,这些文章中并没有多少独得之秘,更没有什么惊人之论。但我们可以自信地说,这里呈献给读者的是在较长时期中独立思考和实事求是的结果。在那些与别人相同的地方,我们没有为了趋时媚众而人云亦云;在那些与别人相异的地方，我们也没有为了一鸣惊人而标新立异。

对于这些文章本身，读者自会作出恰当的评判，不用我们饶舌。但既然本书实际上是一份教学成绩汇报，我们觉得有必要对千帆师指导我们研治古诗的方法稍谈几句。

长期以来，千帆师一直主张在古典文学的研究中应该采取将考证和批评密切结合起来的方法。他认为，没有考证方面的过硬本领，就会使研究流于粗疏空洞而难以求其实；而缺乏批评方面的深厚功力，又会使研究流于烦琐浅薄而难以极其深。在长达半个世纪的治诗过程中，千帆师正是从这两方面努力的。他从年轻时起，就在校雠学、史学等方面用功甚深。新中国成立以后，他又在新文艺理论和思维方式上不断拓宽治学之路。"旧学商量加邃密，新知培养转深沉"，这就是他在古典诗歌研究中获取重要成就的缘故，学术界对此是有目共睹的。除此之外，我们觉得还应该指出一点：千帆师不仅是一位勤勉的学者，而且是一位深有造诣的诗人。这样，当他探索古典诗歌艺术海洋的奥秘时，就不仅仅是站在海边远眺帆影，俯拾贝壳，而能亲自驾舟入海，领略起伏波涛之宏伟壮观与曼衍鱼龙之怪怪奇奇。千帆师出生于诗人之家，从小与诗结下了不解之缘。即使在那些风雨如磐的黑暗岁月中，也始终不废吟事。由于人所共知的原因，他数十年的诗作如今只残存薄薄的一册《闲堂诗存》，钱仲联先生为之题序云："余循读数过，绝叹弥襟。其神思之骛远、藻采之芊绵，不懈而及于古。空堂独坐，嗣宗抚琴之怀也；天地扁舟，玉溪远游之心也。时复阑入宋人，运宛陵、半山、涪翁于一手。"我们自惭浅薄，不足以知千帆师之诗。但从钱先生的序中可以看出，老师对于诗艺不但造诣精深，而且转益多师，绝无宗唐宗宋的门户之见。正因如此，他在研究、批评古典诗歌时，就既能抉其精微，又不会为个人艺术趣味所左右而失之于偏颇。

当千帆师于八年前重新开始招收研究生之后，他就运用自己治诗的经验精心指导学生。在他为我们开设的课程中，包含着两方面的内容:一是他亲自给我们讲授校勘、版本、目录等一系列基础课,指导我们如何收集材料并进行去伪存真、去粗取精的整理;二是要我们熟读李、杜、苏、黄等大家的诗集,并且学着写些旧体诗,以提高诗学功力。只因我们的根底太浅,忝列门墙虽已数年,未能登堂入室。然而我们决心沿着老师所指引的道路继续前进,像老师一样,永远在祖国古典诗歌艺术海洋中不懈地探索。

莫砺锋　张宏生
1987 年 11 月 19 日